二〇一八年
富邦文教基金會
感恩社會福利基金會
吳尊賢文教公益基金會
合購本書三千冊
分贈全國各公
私立圖書館
玉山社與作者吳豐山
謹敬表謝忱

壯遊書海

吳豐山 著

前言　壯遊書海　其樂無窮

吳豐山

一、

人間好書不可勝數，一個人窮畢生之力，恐怕也讀不了萬分之一。

可是，每一本好書都是前人智慧的結晶，為了使生命更為美好，理當能多讀一本就多讀一本；不讀書絕對是生命最大的浪費。

台灣人讀書風氣不是很好，只要比較各先進國家的印刷數量，一看便知。

淺見以為，如要讓國家不斷向上提升，那麼鼓勵同胞多讀好書，絕對是一件必要工作；至於每一專業，日有新知，從業人士應知日日精進，更不待言。

二、

筆者於二〇一四年結束公職生涯，在發表回憶錄之後，自感健康、思緒、意志都還處於很好狀態，這就意謂來日方長，可以再用什麼方式做一些對台灣有益的事。幾經考量，決定替同胞導讀一些非專業性的人間好書，讓不是那麼喜歡讀書的同胞，只花幾百分之一的金錢和時間，就能一親好書芳澤。

三、

心意既決，我拿出一張稿紙，前思後想，時增時刪，再三推敲到底要揀選那些好書？

我認為各主要宗教的經典，應該一讀；因為這些經典流傳久遠必有道理。可是同胞即使信仰該宗教，都不一定用心閱讀該教經典，更何況不是他所信仰宗教的經典。至於非宗教經典，如果顛仆不移，應亦有其永恆價值。

我認定人類文明的進展，多賴古今海內外一群超級菁英的貢獻；這些超級菁英的人生、事功和思想，理當讓同胞知道；也惟有認識這些超級菁英，才能開闊眼界，有利於台灣未來的發展。

文學，不管以何種形式呈現，都是人類心智的昇華。我半生寫文章，深知文人嘔心瀝血的可貴。導讀部份曠世鉅作，可以讓同胞體會何謂鬼斧神工，同時也讓同胞瞭解世界之大，瞭解人生可以無限豐富。

大千世界萬象雜存，您喜歡也好，不喜歡也好，那都是人間現實。人性有善惡兩半，世界有已知未知範疇，也有似知似未知領域；既生而為人，能夠洞曉世事，練達人情，才不枉費瀟灑走一回。

最後，我回到吾土吾民，回到生養我們的這個海島。我合理懷疑，同胞對我們台灣的古往今來和風土人情究竟瞭解多少？我也絕對相信，唯有深入了解台灣，才會忠愛台灣，呵護台灣！

四、

好像不少人以讀書為苦。我要很坦白地告訴同胞，逐一閱讀本書介紹的各種文本，並旁徵博引，融會貫通，形諸導讀文字，是本人俗世生涯中很快樂的一段時光。

晨昏之間，泡杯好茶，與古聖先哲同遊太虛，飄飄然活像神仙；看諸多一代人傑的豐功偉業，令人心生無限景仰；諸多文學大作，不管欣賞小說、散文或詩詞歌賦，都像品嚐滿桌美食佳饌、山珍海味，令人大快朵頤；細觀人間百態，欣賞好人好事讓人心悅誠服，批判壞事壞人也可一吐怨氣；至若美麗台灣的多面向容顏，在凝視近觀遠看之餘，也油然心生「上國公民」的驕傲。

筆者使用了幾千個小時，以做功德的心情寫作此書，現在付梓上市了，我親愛的台灣同胞假如樂意循著我的引導，快樂遊走一回，必然會有收穫；假如遊走一回之後，興致勃發，開始隻身壯遊浩瀚書海，那才真是善莫大焉！

目錄

Chapter 3 文學精典篇

Chapter 4 大千世界篇

Chapter 5 吾土吾民篇

Chapter 1

宇宙生靈篇

01.
心經

一、

在佛教三藏十二部為數近萬卷的經典中，字數最少的就是「般若波羅蜜多心經」。

心經共有十一種華文譯本，至少七十二種註疏。其中唐三藏玄奘法師譯的心經傳佈最廣；在台灣，凡以佛教禮儀進行送終法事，大都誦讀心經；法師誦讀時也發給禮堂中的哀家親友人手一冊，讓諸多善男信女隨著法師誦讀。

心經二百六十個字，全文如下：

觀自在菩薩，行深般若波羅蜜多時，照見五蘊皆空，度一切苦厄。

舍利子，色不異空，空不異色，色即是空，空即是色，受想行識，亦復如是。舍利子，是諸法空相，不生不滅，不垢不淨，不增不減，是故空中無色，無受想行識，無眼耳鼻舌身意，無色聲香味觸法，無眼界乃至無意識界，無無明亦無無明盡，乃至無老死亦無老死盡。無苦集滅道，無智亦無得，以無所得故，菩提薩埵，依般若波羅蜜多故，心無罣礙，無罣礙故，無有恐怖，遠離顛倒夢想，究竟涅槃。三世諸佛依般若波羅蜜多故，得阿耨多羅三藐三菩提，故知般若波羅蜜多，是大神咒，是大明咒，是無上咒，是無等等咒，能除一切苦，真實不虛。

故說般若波羅蜜多咒，即說咒曰：揭諦，揭諦，波羅揭諦，波羅僧揭諦，菩提娑婆訶。

二、

只要讀畢國中，大概心經的每一個字都讀得出來，可是能夠充分瞭解每一字、每一句的精義的人，恐怕寥寥無幾；其中包括筆者我。

因此我很認真地在二〇一七年研讀于凌波居士所著「般若心經蠡解」。

該書由佛教慈濟文化服務中心普門文庫贈經會於民國七十七年初版。非賣品。

于凌波是中國洛陽人，軍醫學校畢業。來台後曾任糖廠醫務部門主管。民國四十九年被共同經營出版社的伙伴欺騙，損失不貲，精神為之沮喪。恰於此時獲贈梁啟超寫的小冊子「佛教與群治的關係」因而與佛教結緣。民國五十年皈依懺雲法師。民國七十五年用了半年時間全心投入心經研究，完成約六萬字的蠡解。

三、

于凌波居士蠡解心經，採逐字逐句法。比如「心經」全名「般若波羅蜜多心經」，他逐一解析何謂「般若」？何謂「波羅蜜」「多」？然後何謂「心」？接著的一句「觀自在菩薩」，何謂「觀自在」？何謂「菩薩」？然後何謂「觀自在菩薩」？

佛經原典都是梵文，華文本是從梵文本翻譯而來，翻譯時有的音譯，有的意譯。于凌波居士不厭其煩，引經據典，左對右照，所以他才必須用六萬字去解析兩百六十字。

佛學是哲學，哲學文字無法快讀，在忙碌的工商業社會很不討好。佛教是宗教，對宗教有成見的人也不少。筆者因此認定：讓大家願意把拙文看完，而且看完之後能說「喔！原來心經是這個意思，很好！很好！我懂！我懂！」然後願意自己把良心洗刷一番，大家就算功德圓滿。

四、

般若波羅蜜多心經

般若是智慧，但不是一般智慧，而是奧妙智慧、正智慧，或相對於惡智慧的善智慧。若進一步深究，則智是瞭解，慧是鑑別。

波羅蜜是彼岸，波羅蜜多是到彼岸了。

心經的心指菁華，如以讀經的目的在於洗面革心而言，則此心亦可直解為人心。

觀自在菩薩，行深般若波羅蜜多時，照見五蘊皆空，度一切苦厄。

觀自在另譯觀世音。譯為觀自在是玄奘手筆。觀是觀照，了解諸法皆空，因而解脫，解脫了即自在。

菩薩是梵文菩提薩埵的簡稱。菩提是覺、是佛果，薩埵是有情眾生。民間以「觀音菩薩」為簡稱。觀音菩薩不是人，是佛，在西方極樂世界。說他是男或女，是眾生的執著。

行深是修行高深。

五蘊是指造成人身的五種要素：色、受、想、行、識。五蘊又稱五陰或五聚。蘊是覆蓋的意思。

色泛指物質。包括佛經把人體稱為色身，以及把宇宙的物質形相稱為色相。

受是心理上的感覺組合。

想是心理上的識別組合。

行字很麻煩。如要簡解，可解為一顆雜亂的心不斷產生各種念頭。

識是認識。識有六種，即眼識、耳識、鼻識、舌識、身識、意識。

皆空是佛教的最核心思想。佛教指人世間萬事萬物皆因緣生，皆因緣滅，也就是一切本來都是假有。

至於度一切苦厄。苦是逼人身心，厄是艱難危險。生老病死是生理上的苦。愛別離、怨憎會、求不得是心理上的苦。釋迦牟尼佛並不否認人生有樂，但認為所有樂皆會有苦的因子，也就是說樂的後果仍是苦。

舍利子，色不異空，空不異色，色即是空，空即是色，受想行識，亦復如是。

舍利子是一個沙門的名字，又名舍利弗，是釋迦牟尼佛住世時的弟子。

色的意指，前段已說了。

空的意涵，前段已說了。

舍利子！是諸法空相，不生、不滅，不垢、不淨，不增、不減，是故空中無色。無受、想、行、識。無眼、耳、鼻、舌、身、意。無色、聲、香、味、觸、法。無眼界，乃至無意識界，無無明，亦無無明盡。乃至無老死，亦無老死盡。

所謂無無明、亦無無明盡，很難三兩字說清楚。

無明是本來就是迷昧不明。

于凌波說：真如佛姓，由無始無明所覆蓋，由見聞知覺的作用，成為妄心。妄心攀緣塵境，成為妄想執著。而這個妄想執著作何解？凡事不當於實的叫妄，妄為分別而取種種之想叫妄想。固執於一切事物而不離叫執著。因妄想、因執著而生愛取或憎捨，叫妄想執著。

佛法稱色、受、想、行、識為五蘊。稱眼、耳、鼻、舌、身、意為六根。稱色、聲、香、味、觸、法為六塵。六根六塵合稱十二處。十二處加上眼、耳、鼻、舌、身、意六識合稱十八界。

十八界之外，復有十二因緣。

于凌波說：十二因緣是釋迦世尊以因果法則開示有情生命三世流轉的真相。說事實上，釋迦世尊也是以此証得正覺的。他引「過去現在因果經」的記載說，世尊在雪山修道，苦行六年後至尼連禪河，入水沐浴，浴罷至畢波羅菩提樹下，結跏趺坐，至第三夜，悟得十二因緣：無明、行、識、名色、六入、觸、受、愛、取、有、生、老死。

這十二因緣匯聚而成過去因、現在果、現在因、未來果等三世因果。至此世尊澈悟宇宙人生真相，遣除我法二執，不造一切惡果，不貪愛、不妄取、不投生、無老死。

于凌波說：我人的生死根本是無明，而八萬四千修行法門是破無明；破得無明，就是明心見性；果然明心見性，在妙湛圓寂、萬境俱空的真如實相中，何來十二因緣呢？

無苦、集、滅、道，無智，亦無得，以無所得故，菩提薩埵，依般若波羅蜜多故，心無罣礙，無罣礙故，無有恐怖，遠離顛倒夢想，究竟涅槃。

苦、集、滅、道合稱為四聖諦，是佛教人生觀和宇宙觀的根本。苦是果，集是因。滅是果，道是因。

集就是貪求無饜。使人知苦、斷集、慕滅、修道，就是世尊說四聖諦的目的。

何謂涅槃？

涅槃是一種境界，是不能以語言文字詮釋的。為什麼不能以語言文字詮釋？因為它是聖人所証得的超越凡情經驗，而非人類用以表達他們所熟知的感官心靈事物意象。

可是不以語言文字表達，又如何教化眾生？于凌波因此從「佛陀的啟示」一書中摘錄了幾段關於涅槃的說明，試圖解說：

「涅槃是徹底斷絕貪愛，放棄它、摒斥它、遠離它，從它得到解脫。」

「熄滅貪愛，就是涅槃。」

「一切有為無為法中，無貪最上。就是說：遠離憍慢，斷絕渴想，根除執著，續者令斷，熄滅貪愛，離欲，寂滅，涅槃。」

如果還未悟得，以下這段話好像比較易懂：

「凡是親証真理、涅槃的人，就是世間最快樂的人⋯他不追悔過去，不冥索未來，只是扎扎實實的生活在現在裡。因此，他能以最純淨的心靈欣賞與享受一切，而不參雜絲毫的自我成分在內⋯他既無自私之欲求、憎恚、愚癡、狂傲以及一切染著，就只有清淨、溫柔，充滿了博愛、慈悲、和善、同情、了解與寬容⋯不積儲⋯他不渴求重生。」

如果讀友還有未解，那麼只能說涅槃是超越邏輯與理性的，它是由智者內証的。涅槃亦翻譯為圓寂。圓証一真，無欠無餘曰圓；寂融萬法，不生不滅曰寂。

三世諸佛，依般若波羅蜜多故，得阿耨多羅三藐三菩提。

三世指過去、現在、未來。

阿耨多羅三藐三菩提全句是梵語。阿是無。耨多羅是上。三為正。藐為等。菩提為正覺。前後連起來就是「無上正等正覺」。

無上是正覺圓滿，萬德具備。

正等是不偏、平等。

正覺是不邪、不迷，遠離顛倒妄想的正智。

故知般若波羅蜜多，是大神咒，是大明咒，是無上咒，是無等等咒，能除一切苦，

真實不虛。

所謂咒，就是密語，相對於顯語。說釋迦說法，經典中說明道理示人修持者謂之顯教；不加解釋，唯加持功用者謂之密言。

說大神咒，是喻般若能解脫生死煩惱的魔障，有如大神力。

說大明咒，是比喻般若的大智，能大放光明，破除眾生愚痴的昏暗。

說無上咒，是說世間一切諸法，無一能勝過般若。

說無等等咒，是指無法能與之相等。

故說般若波羅蜜多咒，即說咒曰：揭諦，揭諦，波羅揭諦，波羅僧揭諦，菩提娑婆訶。

這是心經最後一段，是咒語。佛教經典翻譯的五不翻規則，其中包括咒語不翻，因其不可思議。說是要一心虔誠轉誦，日久必生效用。

然則，至少字面上要懂一點吧，否則怎麼背得起來？可能因此，于凌波依據賢首國師的「心經略疏」，稍解如下：揭諦者，是去的意思，也是度的意思。波羅揭諦是度到彼岸。波羅僧揭諦的僧是眾的意思，指大眾度到彼岸。菩提薩婆訶者，菩提是佛果，薩婆訶是快，是速疾的意思。整句咒語上下連起來變成：去，去，去到彼岸！大眾去到彼岸，共証佛果。

五、

筆者原先計畫把心經逐字逐句解析後，再把二百六十個字的經文用大家都懂的文字連結起來成為白話心經。可是本書讀到最後，看到于凌波居士已做了這個工作，我再做一次不可能做得比他好。

那麼把于居士原文照抄在此如何？

不可！不可！那是鼓勵懶惰！會害大家進不了佛學門檻，遑論修成正果。

您假如真想求道，請自己向慈濟函索。我已幫您簡解，您可事半功倍。

阿彌陀佛！

02.
聖經

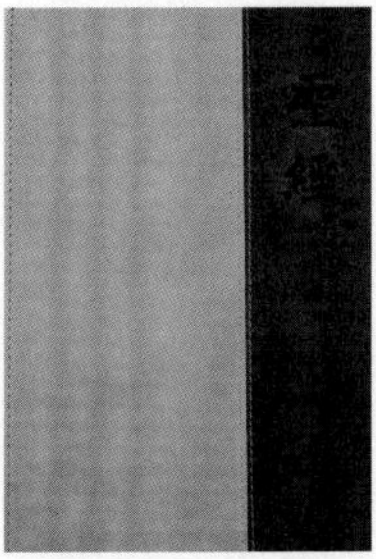

一、

世人咸認聖經是地表上傳佈最廣的一本書。

閱讀聖經之前，我先從維基百科找尋「聖經是什麼？」得到以下資訊：

Bible一詞源自拉丁語和希臘語，意思就是書。

聖經分舊約全書三十九卷和新約全書二十七卷。舊約是一個民族的故事，新約是一個人的故事。一個民族指以色列，是主耶穌之前的世代。一個人指人形的神—耶穌。舊約記載的是耶和華在律法時代的工作，新約記載的是耶穌在恩典時代的工作。舊約是預言，新約是解釋。舊約預言耶穌的到來，並為他的到來設置了舞台。新約詳細描述了耶穌的到來以及他為拯救這個罪惡世界而做的事功。

誰是聖經的作者？

說是約有四十個人類作者跨越了一千五百年寫成聖經，這些人中有國王、漁民、神職人員、政府官員、農民、牧羊人、醫生，不過歸根結柢，他只有一個作者，就是神自己。人類作者只是寫下神的默示，寫下神完美和聖潔的道。

聖經在十九世紀中葉以後才有中文譯本。有中文譯本後聖經豐富了中文詞彙；如福音、永生、禮拜、原罪、禁果等等，在魯迅、巴金、郭沫若、林語堂、聞一多等作家的作品上都曾大量出現。

我讀聖經，讀的是香港聖經公會的版本。包括舊約全書一千四百五十頁、新約全書四百二十三頁。封面皮革精裝。這個聯合聖經公會是世界一百四十七個聖經公會的聯合組織，以推廣聖經為宗旨。

二、

舊約全書首卷「創世紀」共五十章。

「創世紀」記述宇宙的創造、人類的起源、罪惡和人世苦難的開始以及如何審判和懲罰作惡的人，如何揀選、帶領和扶助自己的子民。

神創造宇宙，花了七天時間。第一天創造天地。「起初，神創造天地。地是空虛混沌，深淵上面一片黑暗；神的靈運行在水面上。神說：『要有光』，就有了光。神看光是好的，於是就把光和暗分開。神稱光為『晝』，稱暗為『夜』。有晚上，有早晨。」這是第一日。

第二天，神認定眾水之間要有穹蒼，把水和水分開，於是造就了穹蒼，把穹蒼以下的水和穹蒼以上的水分開了。

第三天，神認定「天下的水要聚在一處，使乾地露出來，於是有了『地』與『海』。」神又認為「地要長出植物」於是有了五穀菜蔬。

第四天，神認定「天上要有光體來分晝夜，讓它們作記號，定季節、日子、年份。它要在天空發光，照在地上。」「於是有了兩個大光體，大的管晝，小的管夜，另有早晨。」

第五天，神認定「水要滋生有生命之物；要有鳥飛在地面以上，天空之中。」同時認定「要繁殖增多，充滿在海的水裡；飛鳥也要在地上增多。於是有了魚類和鳥類。」

第六天，「地要生出有生命之物，就是牲畜、爬行動物、地上的走獸，各從其類。」於是有了牲畜和走獸。同一天，神說「我們要照我的形像、按著我們的樣式造人，使他們管理海裡的魚、空中的鳥、地上的牲畜，和全地，以及地上爬的一切爬行動物。於是有了男女。」

到了第七日，「神已經完成了造物之工，就在第七日安息了，歇了他所做一切的工。神賜福於第七日，將他分別為聖，因為在這日，神安息了，歇了他做創造的工，這就是天地創造的來歷。」

聖經百萬言，筆者之所以把七日創世抄引原文，是因為這是一切的源頭，是聖經所指人類歷史的開端。

聖經的故事被拍成無數電影，詮釋成無數著作。接下去的幾個篇章是大家耳熟能詳的亞當、夏娃偷吃禁果、大洪水和挪亞方舟。

然後從第十二章到第五十章記述以色列人列祖列宗的歷史，最後止於以色列人寄居埃及。

第二卷「出埃及記」共四十章，記述神揀選了摩西，讓他帶領族人離開埃及，以擺脫壓迫。其中重點是神在西奈山將「十誡」傳給摩西，成為將來子民的律法。

接著「利未記」記述神與子民在敬拜神和一般生活上應遵守的敬拜及生活規範。

「民數記」記述以色列人在西奈安營後進行人口普查，以及其後至摩押安營和預備進入迦南地。

「申命記」記述摩西第一次宣講，回顧往事；第二次宣講，重述神的要求；第三次宣講，以色列人必須特尊對神的信約。然後止於約書亞繼承摩西。

「約書亞記」記述約書亞帶領以色列人進入應許之地—迦南地經過。然後約書亞過世。

「士師記」記述以色列人進到迦南後離棄真神去拜假神，所以苦難不斷。最後有十二位英雄（士師）基於對真神的信心做了很多事功。

「路得記」記述女子路得的忠貞，以及她在丈夫死後在前夫的親族中找到丈夫波阿斯，由此成為以色列最偉大的君王大衛的曾祖母的溫馨故事。

接下去的「撒母耳記上」和「撒母耳記下」主要記述以色列從士師時代轉變到君

主政體時代的歷史。以三個人物為中心，即最後一位士師撒母耳、第一任國王掃羅、第二任國王大衛。其中對大衛的抵禦外侮之功和私行敗壞之過，皆記述甚詳。

再接下去的「列王紀上」和「列王紀下」記述所羅門王的輝煌成就，尤其是建造耶路撒冷聖殿的經過。然後王國分裂為猶大和以色列兩國。兩國君王和人民凡對神忠心的國家就興盛，轉拜偶像違背神的命令的國家就遭受禍患。最悽慘的是連耶路撒冷也陷落。

接下去的「歷代志上」和「歷代志下」記述猶大和以色列兩國雖然頻遭禍患，但神並未離棄，強調凡遵守神諭，就得幸福安寧。反之必得禍患。「歷代志下」尤其集中記述北國猶大三百多年間的君王更替和聖殿的破壞和重建。

其後「以斯拉記」、「尼希米記」、「以斯帖記」繼續記述以色列人的厄運和拯救。

接下去「約伯記」是一個人的故事。約伯是個義人，卻遭遇人生所有至痛，因此對神起了大疑心。本篇詳細記述了約伯的朋友和他的對話，以及神如何啟發約伯，最後重建信心，並重享義人光榮。多半文字以詩體呈現。

「詩篇」收集了一百五十首詩歌和禱文。其中包括頌讚、祈求、禱告。據指出，半數為大衛所作。「詩篇」中的許多篇章，因大量傳誦，早已膾炙人口。

「箴言」用格言體寫成，用以道德訓誨，充滿了立身處世的智慧。據指出，大半為所羅門的手筆。

「傳道書」是所羅門王的傑作，這是探索人生意義的篇章，揭示人生的挫折和虛空，最後以信仰神得平安喜樂為結論。

「雅歌」是愛情詩歌集，以詩歌的體裁描寫男女之愛。據解說，作者也是所羅門王。

接下來的「以賽亞書」記述先知以賽亞在國家危難之際蒙召協助耶和華進行宏大救贖的經過。「耶利米書」記述先知耶利米的苦難和事功。「耶利米哀歌」全篇詩體，第一首哀歌：耶路撒冷的悲傷。第二首哀歌：耶路撒冷受懲罰。第三首哀歌：懲罰和盼望。第四首哀歌：陷落後的耶路撒冷。第五首哀歌：祈求憐憫。

接著是「以西結書」。以西結是先知，也是一位祭司，他以眼見的諸多異象，傳達神將重建耶路撒冷和以色列。「但以理書」記述但以理先知眼見的異象，預言歷史的走向和以色列人民的未來。「何西阿書」記述何西阿先知如何指責當時社會的各種罪惡，以及如何大聲疾呼規勸人民歸向神。「約珥書」記述 約珥先知從巴勒斯坦可怕的蝗災和旱災預言神的日子臨到的徵兆。「阿摩司書」記述阿摩司先知如何指出社會的不公道和壓迫，如何呼籲以色列悔改，預備好迎見神的到來。「俄巴底亞書」記述俄巴底亞先知預告以色列人將回歸應許之地，神的國度必將長存。「約拿書」記述約拿先知違背神的命令而遭受苦難，然後反悔重歸神的懷抱，藉以指出神的慈愛以及神恩廣披。「彌迦書」記述彌迦先知明確指述未來復興之時的美景。「那鴻書」記述那鴻先知預言以色列人的世仇亞述帝國的首都尼尼微將會滅亡，指出神公義的審判。「哈巴谷書」記述哈巴谷先知預言不義的人一定遭殃，又以詩歌頌讚神的偉大威嚴。「西番雅書」記述西番雅先知預言審判猶大和列國日子的到來。「哈該書」記述哈該先知如何幫助發出簡短有力的訊息，讓一度停工的聖城重建工程復工。「撒迦利亞書」記述撒迦利亞先知以諸多異象呼籲聖殿的重建。

舊約最後一章「瑪拉基書」記述西元前五世紀，耶路撒冷聖殿重建完成後，百姓熱忱消退，宗教形式主義盛行，社會不公增加，於是瑪拉基先知號召祭司和人民重新立志，信守與神所立的約。最後，神也應許賞善罰惡。

三、

新約全書第一卷是「馬太福音」。

即便不是教徒，對「馬太福音」的內容大概也都曾在好萊塢電影中看過。「馬太福音」告訴大家，耶穌就是猶太人期待已久的彌賽亞。他要實現神與以色列人所立的約，實現稱許下的諾言。而且這福音不只給猶太人，也給全世界的人。「馬太福音」詳細記述了耶穌的家譜、瑪麗亞童女懷孕、耶穌降生、受洗、受試探，以及其後的傳道工作，最後被釘上十字架和復活。

馬太這個作者，咸認是耶穌十二門徒之一。

接下來「馬可福音」是馬可記述耶穌的能力和權威。並對耶穌在世最後一週詳盡記述。「路加福音」以洋溢的喜樂記述耶穌的博愛使命，神赦罪的恩典。同時對主的復活、顯現和升天的經過詳細述說。「約翰福音」是耶穌的門徒約翰描寫耶穌是神的永恆之道。記述耶穌所行的許多神蹟異能，証明他就是救主、神的兒子。末尾同樣記述耶穌被捕、受審、被釘死、復活及顯現。

「使徒行傳」記述耶穌的門徒在聖靈引導下逐步向外地傳佈福音。

「羅馬書」是耶穌門徒保羅為訪問羅馬教會而寫。主旨在於強調神的靈可使人從罪和死的權勢下得到釋放，使全人類得到恩典。並討論基督徒應有的生活態度、責任和良心。

接下來的「哥林多前書」和「哥林多後書」也是保羅的作品。哥林多是羅馬統治下的一個希臘城市。保羅在那裡成立了哥林多教會。前書係以書信方式談論教會內部的分裂和道德敗壞。後書是當保羅與教會之間出現裂痕時所寫。保羅後來採取和解態度，並為此感到欣慰。

接下來的「加拉太書」、「以弗所書」、「腓立比書」、「歌羅西書」、「帖撒羅尼迦前書」、「帖撒羅尼迦後書」、「提摩太前書」、「提摩太後書」、「提多書」、「腓利門書」都是保羅所寫，內容大約都藉由各種情事，闡揚神的真理、人與神的合宜關係。寫作時間大約在主後五、六十年。

「希伯來書」作者不詳。主旨是為一群陷於困境的信徒解惑，告訴他們，基督高於一切。

「雅各書」作者雅各，主旨在於提示一些實際生活的指導與勸勉。

「彼得前書」和「彼得後書」是門徒彼得所寫。主旨在於勸勉信徒過聖潔的生活並且謙卑地服事神。他也糾正一些錯誤的言論。這個彼得後來被尼祿王判處釘死十字架，但他要求不可與耶穌相同，只願以釘死倒十字架來殉道。

接下來的「約翰一書」警告不可聽信破壞困惑的謬論。「約翰二書」勸勉教徒彼此相愛。「約翰三書」稱讚一位熱心幫助其他信徒的「該猶」，譴責作惡的「丟特腓」，同時推崇「低米丟」。三封信的作者是誰，有多種説法。寫信時間約在主後第一世紀末。

「猶大書」警告那些自稱為信徒的假教師。

新約全書最後一卷「啟示錄」説是約翰福音同一作者，就是使徒約翰。寫作時間在主後第一世紀最後十年，也就是基督徒受迫害最慘烈的時候。約翰寫作「啟示錄」的目的就是要勸勉信徒在遭受苦難時仍要堅守信仰，並告訴大眾，神最後將徹底擊敗一切仇敵，賜他們新天新地。

四、

筆者一介凡夫，而且也非基督教徒或天主教，可是閱讀聖經時仍抱持謙敬的態度。讀完之後，有兩個綜合印象：

一是聖經中包括很多先知、預言、靈異和神話。

二是聖經中充滿對公義、慈悲、寬恕、博愛言行的推崇。

人的智力各不相同，有人先知先覺，有人後知後覺，有人不知不覺。因此對聖經

中的諸多先知和預言，筆者可以接受。至於靈異，在任何宗教都有很多事例；對筆者來說，這是一個未知的範疇，所以不敢妄斷。倒是神話部份，以舊約首篇「創世紀」來說，在過去幾百年間，已被不斷出現的各種科學發現所挑戰；在科學和宗教之間，如果事涉宇宙物理、物競天擇、人類起始，筆者採信科學。不過筆者也注意到，各類別科學家窮畢生之力探索新知，如果諸多疑惑不解，晚年時候，很多人回歸上帝。

至於聖經中對公義、慈悲、寬恕、博愛等言行的推崇，筆者認為最是聖經價值之所在。以筆者在社會上行走數十年的經驗，篤信基督教和天主教的男女，似乎比較謙卑、比較和善、比較正派做人做事。至於在歷史長河中出現的宗教爭端，筆者認為應該另行論評。

那麼，如果筆者扼要說：聖經的教誨有利於世道，應是正論。

至於基於聖經而衍生出的不可計數的節要、詮釋之類的著作，對淨化人心撫慰生靈必然產生不可計量的效用，殆無疑義。

「阿門」。

03.

古蘭經

一、

古蘭經是伊斯蘭教的聖經。

伊斯蘭教舊稱回教，也稱清真教、回回教、天方教。教徒稱為穆斯林。伊斯蘭、古蘭經都是從阿拉伯語音譯，意為「順從」（造物主）。

伊斯蘭教崇拜真主安拉。

伊斯蘭教是世界三大宗教之一。全球信徒近十七億，主要分布在中東、中亞、東南亞及非洲。

穆罕默德是真主安拉揀選的最後先知。穆斯林奉為穆聖。

穆聖生於西元五七一年，望族後代。二十五歲時受僱於麥加四十歲的富孀赫蒂徹，為她經商，不久兩人結婚，是為穆聖的第一個太太。穆聖死於西元六三三年，一生娶了十三個太太，最小的九歲。

穆聖被穆斯林稱讚為政治家、軍事家和改革家。事情起頭於他四十歲某日沉思時，耳邊傳來大天使加百列的聲音，帶來真主的啟示。不識字的穆聖就在加百列的帶領下，將古蘭經讀誦出來。其後開始他傳道、帶領族人逃避迫害、重返麥加、統一阿拉伯部落的一連串事蹟。

穆聖死後，根據他的遺囑葬於麥地那的先知清真寺。

這個麥地那，離麥加三百二十公里，是穆聖被迫害時的避居地。

麥加（Mecca）是穆聖的出生地，後來成為伊斯蘭教的聖城，離紅海海岸八十公里。每年都有幾百萬人前往朝覲。在政治上，麥加是阿拉伯麥加省的省會，人口將近兩百萬。

二、

我讀古蘭經，讀的是常子萱的手抄本。原抄本總共三十冊。於民國四十七年滙編為厚達一千三百九十七頁的國語譯解本。

根據本書前頭的序文以及常子萱的自序，此經為時子周先生自英文譯本翻譯為中文，諸多英文本當然翻譯自阿拉伯文。

古蘭經總共一百十四章，每一章開始前，都有「奉大仁大悲安拉之名」一語，以明鄭重，兼有祈主援助之意。

三、

「奉大仁大悲安拉之名」。

如何介紹古蘭經，不是一件簡單的工作。

我決定先把古蘭經一百十四章的章名抄錄於下。大抵上，上頭一個名詞是音譯，括號內文字是意譯。

第一章法諦哈（開端）。然後依次伯格賴（黃牛）。爾姆蘭的家屬。尼薩（婦女）。瑪懿代（筵席）。哀諾安（牲畜）。哀爾拉甫（高處）。安法喇（戰利品）。台啦台（免除）。郁奴司（一位聖人名）。扈代（列聖之一）。尤素福（一位聖人）。啦爾德（雷）。

易卜拉欣（一位使者）。黑秩爾（地名）。耐哈里（蜜蜂）。白尼以斯拉衣來（即以斯拉衣來的子孫）。克賀福（洞）。馬爾焉（爾撒之母）。塔哈。安壁雅（諸聖）。漢志（巡遊）。穆民農（眾信者）。奴雷（光）。福爾剛（區別）。熱阿拉（詩人）。奈木哩（族名或螞蟻）。格賽素（敍述）。安克布特（蜘蛛）。魯密（羅馬人）。魯格曼（一位哲學家）。賽直代（叩頭）。阿漢雜部（聯軍）。塞白（城名）。法多爾（首創者）。押歆。刷法提（排列者）。刷德。祝本雷（群眾）。穆民（信者）。哈密目。輸拉（議會）。祖賀祿甫（金飾）。獨哈尼（旱象）。札席業（跪下）。哀哈格夫（沙丘）。穆罕默德。斐特哈（勝利）。候秩拉提（內室）。戞爾。

第五十一章札雷雅提（散佈者）。然後再依次為土爾（山）。奈執木（星）。蓋麥雷（月）。咊哈曼（仁主）。瓦格柯（大事）。哈底大（鐵）。模札代賴（辯論的婦人）。哈世勒（放逐）。模母台黑奈（受考驗者）。算甫（排班）。主麻（聚禮）。模拿斐給（偽信者）。太阿貴（缺點表現）。推拉格（離異）。特哈勒模（禁止）。穆洛庫（權閣蘭（筆）。哈蓋（真實的）。邁休勒郅（上升之路）。努海（一位聖人）。鎮尼。模贊密洛（裹大衣者）。模淡希爾（著大衣者）。隔休麥特（復生）。音撒尼（人）。墨洛賽拉提（眾被遣者）。迺柏（宣告）。那吉阿提（渴望者）。爾白塞（皺額）。

太克威爾（摺起）。陰斐搭雷（分裂）。太杜飛甫（欺騙）。陰石格蓋（破裂）。布魯智（星）。土阿雷（夜來者）。哀爾拉（至高者）。阿任業（遮蓋之事）。法秩雷（破曉）。柏賴得（城）。赦模司（太陽）。來里（夜）。祖哈（早晨）。沙啦哈（展開）。提尼（無花果）。阿來格（血塊）。蓋德雷（貴夜）。半貽奈（明證）。濟格札洛（震動）。阿抵押提（疾馳者）。嘎雷阿（大災難）。台卡穌雷（財富）。阿素雷（時間）。呼埋在（毀謗者）。斐喇（象）。古來氏（族名）。瑪歐（周急品）。考塞雷（豐富）。卡非龍（眾不信者）。乃束爾（相助）。麥賽得（火焰）。伊賀倆素（獨一）。法洛格（黎明）。最後第一百十四章那期（眾人）。一百十四章總共六千二百三十三節。

四、

筆者抄錄古蘭經章節的時候，先把古蘭經大略翻閱一遍，發現猶太人信仰的耶穌和穆斯林信仰的穆罕默德之間出現很多連結，而古蘭經與聖經之間也有一些連結。對宗教學家而言，這些連結可能只是常識，對筆者而言卻是先前完全不知的領域。因此筆者認為假如不把其中關聯先弄清楚，必不足以介紹古蘭經以及伊斯蘭教義。

以下是探究之後的發現：

—穆罕默德出生地是麥加。古蘭經引聖經舊約全書申命記第十八章第十八節「有聖人將出」的預言，指斥猶太人非但不信，而且密不使信仰回教的人知道穆聖將出。

—古蘭經說猶太人自第七世紀後流離失所無人援助，是應驗了古蘭經經文。

—古蘭經說穆斯林從未認定宇宙間只有我們一個世界，而是說「眾世界」。耶穌教主張亞當（阿丹）為人祖，古蘭經只說阿丹是受領真主智慧的第一個人，並引聖徒之言「傳說在阿丹之前，安拉曾造化了三十個阿丹。」另一聖徒說，阿丹之前，已有萬萬阿丹。

—古蘭經指斥猶太人對伊斯蘭仇視甚深，明知伊斯蘭信仰唯一真主，與他們信仰相同，但他們竭力與伊斯蘭的敵人聯合，迫害穆斯林。雖然如此，古蘭經說，安拉仍教穆斯林寬宥與容讓。

—古蘭經聲稱，穆斯林作戰皆為反壓害，也就是為了自衛而戰，一旦敵人停止壓害，穆斯林即停止戰爭。

—古蘭經認為人與人之間無強迫信仰的必要，也無強迫不信仰的可能；真心愛安拉者必無「三位一體」的說法，只承認安拉是唯一的真主。

五、

可是，僅如此瞭解，顯然遠遠不足。

筆者是在閱讀聖經之後再閱讀古蘭經，筆者對「上帝」、「耶和華」、「安拉」之間的關聯產生了疑惑。查維基百科，得到以下資訊：

在華夏信仰系統，「上帝」指信仰系統中的至高神。

「耶和華」是 Yehowah 的中譯。猶太教、基督教、伊斯蘭教源自同一個原始宗教—古猶太教。這些都是一神教。也就是崇拜同一個最高神，名叫 YHWH。拉丁音讀為 Yehowah。「安拉」是 Allah 的華語音譯。英文直譯為 MeGod。

在馬來西亞，天主教傳統上也以「安拉」來指基督教的神。

中國明朝末年，利瑪竇前來中國傳教，把 YHWH 譯為「天主」或「上帝」，曾引起中國一些儒士的反對；反對的理由是，他們認為儒家的「天」、「上帝」與天主教的「天主」有著本質上的差別。

維基百科最後說：可以確定，伊斯蘭教的「安拉」與猶太教基督教的「耶和華」，其實都是同一個神。

筆者基於以上解說，認定：「上帝」、「耶和華」、「安拉」、「真主」，乃至於中國道教所稱的「道」和「道德天尊」，都指向同一個無形的「本體」，是造物者，是「神」，不是人。

六、

扼要而言，古蘭經的教義，主要如下：

—真主安拉創造了宇宙萬物，凡屬人類都是安拉的奴僕，人類不可作惡，要信真主。如果犯錯了，主會慈悲的允許悔罪。

—真主要人們謙敬，是真主把信徒從黑暗帶到光明。眾不信的人的保護者是魔鬼，魔鬼使他們由光明到黑暗；這般人是永居火獄的。

—真主定人生死，希望人們行善，不喜歡不義的人，真主將賞賜感念的人，讓他們進入天園。

—真主反對邪淫，反奢侈，反造偽。

—真主提示有今生、有後世、有果報。

—真主提示，穆聖是他的使徒，人們要遵行穆聖的指引和教導。
—真主是唯一的真理，他譴責多神教的墮落，要穆斯林勇於抵抗壓迫，以牙還牙，以命償命。且如為維護真理，雖死猶生。
—真主並預言：伊斯蘭在世界上必得到最後勝利。
有關伊斯蘭教的教規，主要包括：
—准許多妻至四個。不過不是無條件的，也不是命人要多妻，而是准許在某種環境下，可以多妻以解決當時的社會問題。
—人類一族，男女同等。不過男子可以侍奉聖殿，女子不可。
—齋戒與祈禱一樣重要。齋戒時要禁食、禁慾，其目的在於改進道德。
—禁食有爪的動物。但在迫不得已時，食之無罪。
—每天要向麥加方向多次跪拜，以示禮敬和謙誠。

七、

讀古蘭經，連帶發現伊斯蘭教發展史上，戰爭衝突不斷。其中最悲慘的是長達兩百年（一〇九六—一二九一）的十次「十字軍東征」。「十字軍東征」是天主教徒的用語，穆斯林稱為「法蘭克人入侵」。戰爭始於羅馬天主教教皇對付「異教徒」，止於伊斯蘭教徒得到最後勝利。近兩百年戰爭死傷無數。以宗教信仰為名的戰爭，後來滲入了政治、佔領和貪慾，對西方經濟、社會造成深遠影響。

被古蘭經指稱在第七世紀遭到天譴的以色列人，後來流散各方，二戰期間曾遭受希特勒迫害死了七百萬人。二戰後以色列建國，但一度以阿之間戰爭不斷。九一一紐約雙子星大樓被毀，洩恨事件演變成後來的洩恨獵殺賓拉登。二〇一七年上台的美國川普總統限制穆斯林國家人民入境，並宣稱「極端伊斯蘭恐怖主義」是美國的主要敵人。

在中東的敍利亞，自二〇一〇年起內戰迄今。反抗軍組成的伊斯蘭國（IS）基於理念和信仰，近年來不斷在世界各地發動恐怖攻擊，美、俄、中各有立場，聯合國東手無策。二〇一七年四月美國以導彈轟炸敍利亞，結局未卜。

在世界的另一個角落緬甸，西部的若開州有百萬羅興亞人信奉伊斯蘭教，最近也與政府發生複雜糾葛。在菲律賓南方，穆斯林也與軍方纏鬥中。

筆者愚笨，雖然讀了聖經和古蘭經，但仍不明其中奧妙。只知道在歷經一千五百年後的今天，由於不同宗教信仰和不同政治利害所造成的愛恨情仇，使本當友愛一家的人類仍然衝突爭執不休；不知道天上的真主安拉和穆聖有無新聖諭？不知道地面上人類中的智慧者有無化解良方？

「奉大仁大悲安拉之名」。

04.
六祖壇經

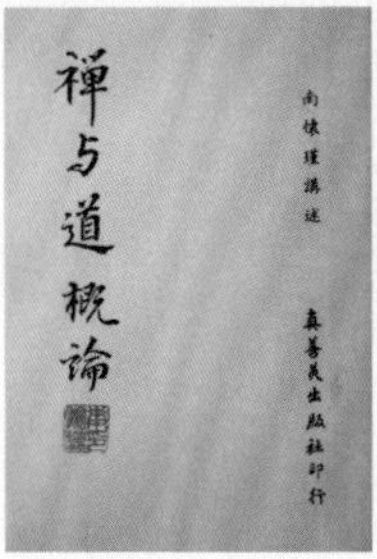

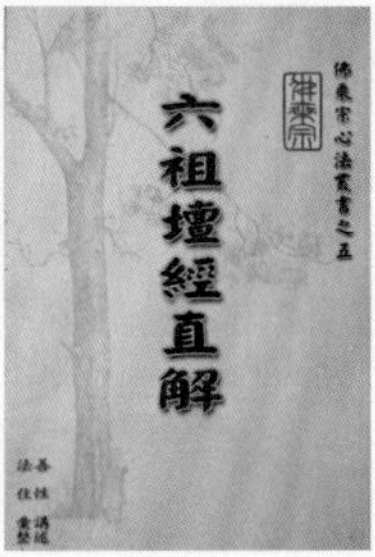

一、

佛教由印度傳入中國後益加發揚光大，不過萬千部佛經皆來自印度，只有「六祖壇經」是中國人所作，而且講述人惠能大師不識字，是他的弟子法海所記述。

精研「六祖壇經」的學人說：「六祖壇經」把釋迦牟尼佛弘法四十九年所傳授的宇宙觀、生命觀和方法論的重點，幾乎全部濃縮在其中。

禪宗已成為佛教最顯赫的宗派之一。禪宗的傳世法系，雖然有多種說法，但顯然與六祖惠能一系聯結一起。

筆者參閱善性師父講述的「六祖壇經直解」（社團法人中華佛乘宗法界弘法協會印行，二〇〇五年）及陳文新先生所著「禪宗的人生哲學—頓悟人生」（揚智文化事業公司出版，一九九九年）二書，對六祖壇經的要義和禪宗做一丁點微不足道的介紹。

二、

南天竺（南印度）僧人達摩於中國南宋末年抵達中國。他從廣州上岸，渡江北上，入嵩山少林寺面壁九年後，以「楞伽經」為本，開始與中國佛教徒接觸，被尊稱為「東土初祖」。後傳衣缽給二祖慧可，慧可傳三祖僧璨，僧燦傳四祖道信，道信傳五祖弘忍。五祖弘忍門下弟子眾多，其中神秀是首席助教，理當承受衣缽，但弘忍想找出第一高手接位，決定由諸多寺眾各作一偈，比較高下。

神秀作的偈如下：

身是菩提樹，
心如明鏡台，

時時勤拂拭，
勿使惹塵埃。

惠能是僧門勞工，不識字，但慧器不凡，他認為神秀並無頓悟，便請識字的一童子代為在五祖弘忍指定的牆壁上寫了一偈：

菩提本無樹，
明鏡亦非台，
本來無一物，
何處惹塵埃。

「六祖壇經」第一節叫「自序品第一」，惠能向弟子詳細解說他受傳衣缽的經過，說五祖見眾僧驚訝嘆服，恐怕有人加害惠能，為了保護他，立刻拿起鞋子把偈擦掉，並故意告訴眾僧，惠能的偈「亦未見性」。隔天，五祖到惠能工作的碓坊看了一下，然後「以杖擊碓三下而去」。

惠能會意，當夜三更去見五祖，五祖給他說了「金剛經」的「應無所住而生其心」，惠能大悟「一切萬法、不離自性」。然後五祖說，您現在是第六代祖，要好好護法、傳法。又說，達摩祖師逐代移交下來的衣缽，會造成事端，我傳給您以後，您就不再傳下去了。不然會有危險，且要惠能趕快離開此地，以免有人加害。

於是惠能辭別五祖，一路往南，果然沿途有幾百人追殺，想得衣缽。惠能就這樣逃了十五年。某日逃到廣州法性寺，恰遇住持印宗法師講「涅槃經」，有二僧爭論風旛的道理，一僧說風動，一僧說旛動，惠能開口「不是風動，不是旛動，仁者心動。」大家駭然。這個印宗法師乃迎請惠能上座，並請教佛法真諦。幾語之後，群僧翕服，惠能「遂於菩提樹下，開東山法門。」

三、

「六祖壇經」共十品，依序為自序品第一、般若品第二、疑問品第三、定慧品第四、妙行禪定品第五、懺悔品第六、機緣品第七、頓漸品第八、護法品第九、付囑品第十。

筆者慧根有限，我只有以下體會：

—明心見性，本心不離自性，自性即是佛性、法性。

—如果說我們有八萬四千的世間智，就同樣會有八萬四千煩惱。所以世間智越多，塵勞就越多，塵勞越多煩惱自然越多。學佛樂不思善不思惡，不起意識作用，隨時保持在無念之中，般若智慧就會湧現。

—「世人妙性本空」，佛法的境界是無修、無學、無証的。每個眾生都有自性，即是菩提。

—建寺、布施僅是福德而非功德；要明心見性，証真心、本心，出般若，顯法身，始有功德。

—西方淨土雖然距離十萬八千里，但只要去除十惡，行十善，去八邪，行八正道，淨土就在眼前。

—所有外在的相都不著，即是「禪」；心念完全不亂，即是「定」。（原典：外離相即禪，內不亂即定；外禪內定，是為禪定。）

—佛教是入世的，佛法應眾生分享。「廣學多聞」、「和光接物」、「去除貢高我慢」、「無相懺悔」是自我修行的要領。

—「佛者，覺也；法者，正也；僧者，淨也。」

—不知「經」義，徒然誦唸，是沒有用的。惟有放下意識心才能開悟，不著外法相，自然可觀照自心，而呈現真心、本心。

四、

「六祖壇經」最後「付囑品第十」主要是記述六祖「入滅」經過。說，唐睿宗太極元年七月，惠能命門人至新州國恩寺趕工，務必於翌年夏末完工。並預告八月將離開人世，眾僧悲傷哭泣。此時六祖給大家講最後一堂課，並交代要抄錄他的講經筆記，合為「法寶壇經」，一一相傳。又再三叮嚀眾僧要做到「一相三昧」（若於一切現象之中，能不起意識作用，能不生憎愛，取捨，利益、成壞等心，而能安閒恬靜，虛融澹泊，完全不著相，不受任何現象的影響。）同時要「一行三昧」（若於一切現象之中，行、住、坐、臥都能不動念頭，保持無念、空的狀態，如此淨心，便能隨其心淨而成就清淨佛土。）最後留下「自性真佛偈」贈與眾僧。

六祖把「偈」解說後，端坐至三更，忽然對門人說「吾行矣！」便「奄然遷化」。享壽七十又六。時為西元七一三年。

五、

陳文新先生在「禪宗的人生哲學」一書中說，惠能以後，禪宗蔚為顯學，影響所及湖南、江西一帶，再遍及全中國，後來還遠播海外。

事實上，在惠能傳道的時候，未獲得衣缽的神秀也開始前往荊南玉泉寺傳道，並自成一系，所以有「南能北秀」之說。

此外，禪宗成為顯學，淺見以為應該與「禪宗公案」有很大關係。

「公案」本指官府判決案例。禪宗借「公案」二字，羅列前輩祖師的言行範例，供參學的人從中領會禪的意旨。「禪宗公案」包括禪師逸事、問答、語錄等，總共達一千七百則。

這些「公案」的記述文字，只有活句，沒有死句。陳文新引韓國禪師在一五七九年寫的「禪學寶鑑」說，參公案「要像母雞孵小雞、貓兒抓老鼠一樣，要像飢餓者找食物、渴者尋水喝一樣」地執著，遲早會悟得「公案」真義。我讀「禪宗公案」，發覺處處機鋒的「公案」多以人生為主題，亦即對人間生活展現出強烈關懷和興趣；是不是因此對上了工業化和都市化之後的廣大人群的口味，所以禪宗也就連同坐禪、禪

三、禪七等短暫修行成為流行？如今連外國人都以「Zen」為名，趨之若鶩？且舉二「公案」，以結束本文。

「公案」一：

空手把鋤頭，步行騎水牛，

人從橋上過，橋流水不流。

從常識觀點：既然手拿鋤頭，為何又說空手？既然騎著水牛，為何又說步行？明明是水在流動，為何偏說橋在流動？

陳文新解說：禪的自相矛盾的反話，目的之一即是撕下林林總總的標籤，希望人不再受既定標籤的困惑，回歸心裡的體驗。

為了讓大家更明白禪思，陳文新引中國明代趙南星「笑贊」中的一則笑話，說「有士人入寺中，眾僧皆起，一僧獨坐。士人曰『何以不起？』僧曰『起是不起，不起是起。』士人乃以杖擊其頭，僧曰『何以打我？』士人曰『不打是打，打是不打。』」

「公案」二：

有人問投子和尚：「如何是佛？」

他答到：「佛。」

「如何是道？」
「道。」
「如何是法？」
「法。」
陳文新解說：投子和尚不是第一個這樣回答問題的人。有人問文益和尚：「如何是曹溪一滴水？」文益也答：「是曹溪一滴水。」

為什麼對話問答重複？原來，禪宗強調「一切現成」，認為思量與議論無助於悟道。佛是佛本身，道是道本身，法就是法本身；惟有如此了悟，才可體驗平凡永恆的「實在」和「真諦」。

六、

一九六七年和一九六八年，國學大師南懷瑾先生曾應劉真之約，在政治大學教育研究所講述「道佛兩家學術思想與中國文化」。其後，「真善美出版社」將其講稿整理，以「禪與道概論」為題印行專書。

其中有關禪學部分，南懷瑾從釋迦牟尼「拈花微笑」講到迦葉尊者為印度禪宗第一代祖師，講到第二十八代菩提達摩大師前往中國，講到禪宗如何在中國開枝散葉，最後講到禪宗與中國文學，而止於禪宗叢林制度。

南懷瑾不愧為一代宗師，他上下古今，融會貫通，深入淺出，讀來收穫良多。

筆者手上的版本為「楊管北先生贈送本」。時日久遠市面上應已難覓。不過，大型圖書館應該會有藏書。

05.
道德經

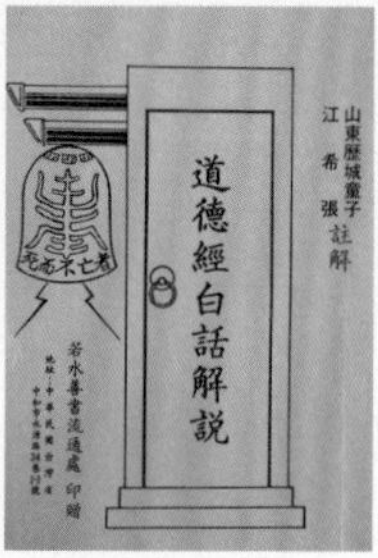

一、

筆者決定要寫「壯遊書海」一書之初，就把「道德經」放在必介紹之列。

把「道德經」放在必介紹之列，是因為筆者深知老子在國際哲學界享有極崇高的地位。不過這個工作也給筆者帶來最大的負擔。

為什麼介紹「道德經」會給筆者帶來最大的負擔？因為「道德經」用字很簡短，說理很深奧。

二、

老子姓李名耳，生年不可考，

但絕對是中國春秋戰國時代的楚國人。別號老聃，道家尊稱太上老君。老子與莊子常併稱老莊。

我寫這篇文字之前，讀過幾次「道德經」。今天拿來做為最終讀本的是王邦雄教授的「老子道德經的現代解讀」。

王邦雄教授，一九四一年生，雲林縣人，文化大學文學博士。在中央大學、文化大學、師範大學、淡江大學任教數十年。本書是他講授老莊哲學數十年後即將退休時的大作。二〇一六年遠流出版公司初版，初版後兩個月即印到第九刷。

「道德經」全文僅五千多字，王邦雄教授把它拆解成八十一章，一字一字的解釋，一句一句的解讀。雖然如此，筆者不敏，還是要一看再看，一讀再讀，一想再想，才很勉強抓到老子思想精華的幾分之一。

然後最傷腦筋的是，我要如何介紹「道德經」？王邦雄用十五萬字去解讀五千多字；我要怎麼用三兩千字去摘取其精要，讓各方朋友看了還能夠覺得有點收穫？

最後想出來的辦法：取我個人主觀價值認定的精華，並直接引用王邦雄大作的解析。

三、

「道德經」第一節：

道可道，非常道；名可名，非常名。無，名天地之始；有，名萬物之母。故常無，欲以觀其妙；常有，欲以觀其徼。此兩者，同出而異名，同謂之玄。玄之又玄，眾妙之門。

這一節不照抄全文不可，因為這是「道德經」的總則。

道德二字在「道德經」上是「道之以德」的意思，此時「道」當引導解。單獨一個「道」字是講「道體」，而「道體」是恆常的「無」，又是恆常的「有」。「道體」是天地之始與萬物之母。「道體」之玄妙，在於它是始，也是終…它是有，也是無。

筆者在解讀古蘭經一文中提及：基督教的上帝耶和華、伊斯蘭教的真主安拉、佛教的玉皇上帝，與老子講的「道」，都指向同一個無形的本體，也就是俗稱「神」。

以下，筆者大部份引述王邦雄教授的原文。如果是我的淺見，會在句子前加上「淺見以為」四個字。

—聖人處無為之事，行不言之教，萬物作焉而不辭，生而不有，為而不恃，功成

而弗居。

天下紛擾與人間疾苦，可能來自在位者的「有為」與「多言」。故聖人處天下事，首要在「無為」。行教人間，根本在「不言」。不要亂加干預，不要亂作主宰，不要亂居功，才符合天道。

—**天地不仁，以萬物為芻狗；聖人不仁，以百姓為芻狗。**

天地不執著仁心，聖人也不執著仁心，它們放開萬物，讓萬物自生自長，讓百姓自在自得。

淺見以為：老子以其道做善解，應是正解。一般人，包括筆者，在為文時常作反解，也是一解。

—**天長地久。天地所以能長且久者，以其不自生，故能長生。**

天長地久生成萬物，是因為天地沒有自己。也就是說天地不自生，故能長生。援引到人際關係，可以瞭解聖人之所以為聖人是因為他們把自己放在最後面，把百姓放在最前面。

—**上善若水，水善利萬物而不爭。**

水一定往低處流，低處通常卑微。水無心，不知自己往低處流，所以也不會有委屈感，卻生成萬物，做了最高貴的事業，援引到人際關係，不執著就不怨尤。

—**三十輻共一轂，當其無，有車之用。埏埴以為器，當其無，有器之用。鑿戶牖以為室，當其無，有室之用。故有之以為利，無之以為用。**

「輻」是輪子的轑，「轂」是輪子的心。「埏」是揉捻，「埴」是泥土。「戶」是門戶，「牖」是窗子。

也就是說車輪、陶器、居室之成為其物，皆以無為共同法則。所以得到「有之以為利，無之以為用」的結論。更簡要地說，「有」的實利是從「無」的虛用而來。

—**五色令人目盲，五音令人耳聾，五味令人口爽。馳騁畋獵，令人心發狂，難得之貨，令人行妨。是以，聖人為腹不為目，故去彼取此。**

「五色」、「五音」、「五味」是加工的，非自然的，擾亂人心的色音味。「難得之貨」指名利權勢。「令人行妨」是妨害人生的日常行止。「聖人為腹不為目」的「為腹」是回歸自我的天真質樸，「為目」是追逐外在聲名貨利。

整句意指癡迷熱狂的奔競爭逐，無不以冷酷獵殺收場。

—**致虛極，守靜篤，萬物並作，吾以觀復。夫物芸芸，各復歸其根。歸根曰靜，**

是曰復命。復命曰常，知常曰明。不知常，妄作凶。知常容，容乃公，公乃全，全乃天，天乃道，道乃久，沒身不殆。

修身的功夫，全在修心。瞭解自然天真的真價值，不被騙人的意識型態宰制，就可以回到自我生命的根本。不是如此修為，妄言妄行，終必兇害自我。反之必能有容乃大，大公無私，符合天道，一輩子受用無盡。

—太上，不知有之；其次，親而譽之。其次，畏之；其次，侮之。信不足焉，有不信焉。悠兮其貴言。功成事遂，百姓皆謂我自然。

第一等的政府是讓人民自然運轉。第二流的政府是要天下人民親近政府又歌頌政府。第三流政府是用嚴刑峻法讓人民畏懼。第四流的政府是行暴政。第三流和第四流政府，人民根本不信，而且會走上侮慢反抗之路。所以說為政之道是無為不言，百姓自然安居樂業，天下太平。

—大道廢，有仁義；慧智出，有大僞；六親不和，有孝慈；國家昏亂，有忠臣。

讀起來好像很奇怪？其實是老子慣用的「正言若反」。

太上自然之道廢而不行，推出仁義只是造作。不珍惜自然天真的可貴，還有什麼真智慧？六親和何必講孝慈？國家治平，何須有忠臣？

——有物混成，先天地生。寂兮寥兮，獨立而不改，周行而不殆，可以為天下母。吾不知其名，字之曰道，強為之名曰大。大曰逝，逝曰遠，遠曰反，故道大、天大、地大、人亦大。域中有四大，而人居其一焉。人法地，地法天，天法道，道法自然。

這一節與第一節其實講的是同一道理。大約照字面上的意思體會。最後四句的意思是：人離不開大地的承載，地離不開上天的覆蓋，天離不開道體的生成作用，而道體也離不開它自身永遠不變的理則。

——大方無隅，大器晚成，大音希聲，大象無形。道隱無名。夫唯道，善貸且成。

這是一節長句的最後幾句。大器晚成的「晚」字，正解為「無」。「無」是老子哲學的精髓。無心無為是修養工夫，是老子「無」了才「有」的生命大智慧。

最後「善貸且成」解為：道體以內在於萬物的方式來生成萬物，如同銀行貸款給大廠商，在廠商的經營成就中成就銀行自己。

——道生一，一生二，二生三，三生萬物。萬物負陰而抱陽，沖氣以為和。人之所惡，唯孤、寡、不穀，而王公以為稱。故物或損之而益，或益之而損。人之所教，我亦教之。強梁者不得其死，吾將以為教父。

王邦雄教授引大哲學家牟宗三的解讀，說，道本身是「無」，「道生一」的一是「有」，「一生二」的二是天地，「二生三」的三是萬物。

整句其實只在強調一句話，心知減損則生命開闊，心知增益則生命萎縮。

—名與身孰親？身與貨孰多？得與亡孰病？是故甚愛必大費；多藏必厚亡。知足不辱，知止不殆，可以長久。

在外的聲名與生命，何者比較親切？在外的財貨與生命，何者比較重要？得了外在的聲名貨利卻失去了生命本身的自在美好，那一個比較傷？

要知道追逐名利，機關算盡是執迷不悟。要知道知足可以遠離屈辱，知止可以避開毀壞，唯有如此才能長久保存人生的自在美好。

—道生之，德畜之，物形之，勢成之。是以萬物莫不尊道而貴德。道之尊，德之貴，夫莫之命而常自然。故道生之，德畜之，長之育之，亭之毒之，養之覆之。生而不有，為而不恃，長而不宰，是謂玄德。

道生萬物，德養萬物，物形萬物，勢成萬物。也就是說，天道生萬物，是以內在於萬物的「德」來存養萬物。這個道尊德貴是自然的，恆久的，不是他然的，短暫的。「亭之毒之，養之覆之」的亭是凝結，「毒」是安或厚，「養」是養成，「覆」是遮覆。

最後一句的意思是，一般百姓總是生養萬物歸為己有，恃為己恩，任意宰制；天道恰好相反，這才是天上的道德。

——其政悶悶，其民淳淳；其政察察，其民缺缺。禍兮福之所倚，福兮禍之所伏。孰知其極？其無正也。正復為奇，善復為妖。人之迷，其日固久。是以聖人方而不割，廉而不劌，直而不肆，光而不耀。

「悶悶」是無心無為。「淳淳」是無所競逐。「察察」是有心有為。「缺缺」是民懷爭競。看來是禍事，其實福已靠在門邊；看來是福事，其實禍已藏在後門。正道會轉為奇變，善德會轉為妖惡，人們卻執迷不悟。所以聖人知道方正但不衝突，廉潔但不傷害，正直而不放肆，光明而不耀眼。

——治大國，若烹小鮮。以道蒞天下，其鬼不神；非其鬼不神，其神不傷人；非其神不傷人，聖人亦不傷人。夫兩不相傷，故德交歸焉。

治理大國要像蒸小魚一樣，要清淨無為，不要熱火炒作。在位者以道君臨天下，邪惡就沒有展現神威的空間。人民不求神蹟靈驗，就不會受制於神道靈界的制約。也可以說，不是牛鬼蛇神不能傷人，而是聖人之道不會傷害人。大家都不相互傷害，就回到本德天真了。

—善為士者不武，善戰者不怒，善勝敵者不與，善用人者為之下。是謂不爭之德，是謂用人之力，是謂配天古之極。

一流將帥知道要深藏不露，要冷靜從容，要不隨對方起舞；而且要放下身段，以發揮團隊力量。他們真正瞭解萬物存在的根源，知道文化傳承的根源，所以行事才合乎天道終極的原理。

—知不知、上。不知知、病。夫惟病病、是以不病。聖人不病。以其病病、是以不病。

很拗口是嗎？王邦雄先提孔夫子說過「知之為知之，不知為不知，是知也。」然後再提蘇格拉底也說過「我所知道的唯一一件事，那就是我什麼都不知道。」

整句話的意思可解為：知道自己知道的有限，那就對了；不知道自己知道的有限，那就糟糕了。換句話說，知道自己所知有限，才能防患於未然。聖人就是因為能以病為病，所以才有了免疫力。

—信言不美，美言不信；善者不辯，辯者不善；知者不博，博者不知。聖人不積，既以為人己愈有，既以與人己愈多。天之道，利而不害；聖人之道，為而不爭。

這是「道德經」的完結篇。翻成白話文：

真實的語言不美化修飾，美化修飾的語言少有真實；有善德的人不為自己辯解，老是為自己辯解的人少有善德；明白道理的人不用博學多聞，自以為博學多聞的人其實不一定那麼精明。聖人願意施予天下人，天道生成萬物，聖人生成百姓，愈有愈多。天道利萬物不害萬物，聖人生百姓不與百姓爭；天道與聖人之道皆是「生而不有，為而不恃，長而不宰」的玄德。

淺見以為：「道德經」五千餘言，一氣呵成，前後一貫。老子以無為有，敬天畏人，暢論治術，兼及人生；詳細拜讀，仔細推敲，令人獲益無窮。

四、

老莊哲學因為強調無為而治，後來有研究政治學的學者把它與「無政府主義」連結。淺見以為這是一種誤解。老莊強調無為而治，在於反對政治頭目由於無知或貪名、急功、好利，所以胡亂制定政策或政令，違反了大自然法則，搞得人民未蒙其利，反受其害。筆者拿老莊哲學比對現實政治，認為老莊正確。不過，農業社會與現代社會有很大不同，所以無為而治如果強調過頭了，也可能變成無能政治。這叫「與時俱進」，「與時俱進」應該也是大自然法則。此為筆者閱讀道德經心得之一。

比諸天地宇宙，人是極為渺小的存在。即使把所有人群集合在一起稱為人類，人類也只是地球表面上蠕動的生物而已。假如不能找到支配大自然的法則，就無法理解宇宙運轉和人間萬象。好在，人是萬物之靈，人有智慧；人群之中的頂尖智慧者自古以來提供很多他們智慧的結晶，幫助人類找尋出路；老子就是其中之一。

老子講「禍兮福之所倚，福兮禍之所伏」對照「否極泰來」、「樂極生悲」，確為人間鐵律，因此人群知道要「持盈保泰」，知道不可「為富不仁」，以免自貽伊戚；他的哲學事實上也對社會和諧產生了積極導引效用。此為筆者閱讀「道德經」的心得之二。

中國春秋戰國時代，百家爭鳴，百花齊放，各種學說甚至於南轅北轍，大異其趣。由此也可見世間學問不可也不必定於一尊。人們選取他們各自尊崇的學問信仰奉行，自由開放。奥妙的是那個時代，中國多元政權併存。秦始皇一統天下後焚書坑儒，到了漢朝更獨尊孔子，研究中國發展史的人認為這使中國停止進步，才演變到後來西方船堅砲厲造成近代中國百年痛楚。這種見解也許可以更深入討論，不過，百家爭鳴、百花齊放絕對有極大價值；事實上美國之所以強大正由於自由開放帶來不斷地創新研發。現在聲稱追求「大國夢」卻採一黨專政嚴格限制出版自由的中共當局卻昧於歷史潮流。這是筆者閱讀「道德經」的心得之三。

返觀台灣，雖然民主自由開放，可是新生代政客，不喜歡讀書，大多以一招半式橫衝直撞，所以政局紊亂，社會不安。如果有心有力的人願意開設如日本松下幸之助的「政經塾」，訓練一批高水準政治人物，台灣或可望百尺竿頭。此為筆者閱讀「道德經」的心得之四。

06.
易經

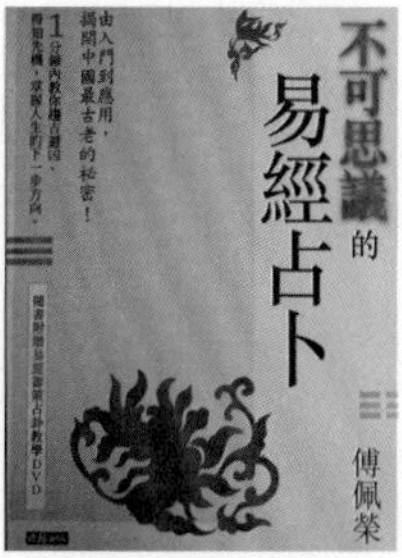

一、

一定要介紹「易經」是筆者給自己找來的最大的麻煩！

為什麼「一定要」？因為筆者知道「易經」是歷史上的偉大經典之一；不介紹「易經」的話，我介紹宗教哲學經典的工作便缺一大角。

為什麼是「筆者給自己找來的最大麻煩」？因為「易經」原文用字極其古拗，而且其中學問艱深到了頂點。

很久很久以前，有人送我一本未加任何註解的「易經」。我打開一看，「繫辭上傳」第一句「天尊地卑，乾坤定矣。卑高以陳，貴賤位矣。動靜有常，剛柔斷矣。方以類聚，物以群分，吉凶生矣。在天成象，在地成形，變化見矣。」它說什麼？我一句也看不懂。

在翻下去，「繫辭下傳」，第一句「八卦成列，象在其中矣；因而重之，爻在其中矣。」我更看不懂。

然後「說卦傳」第一句「昔者聖人之作易也，幽贊神明而生蓍」，什麼叫「生蓍」，我也看不懂。

再下去「序卦傳」第一句「有天地，然後萬物生焉，盈天地之間者唯萬物，故受之以屯，屯者，盈也。」為什麼「屯者，盈也。」我也看不懂。「雜卦傳」第一句「乾剛坤柔，比樂師憂」我同樣不解。

然後「易上經」第一句「乾，元亨利貞」，「易下經」第一句「咸亨，利貞，取女吉」，每一字我都莫名其妙。

莫名其妙看不懂，當然就放到書房一角。我當時的日常工作承擔，根本不可能挪出時間去研究這種有字天書。

二、

二〇一六年某日，我從二手書店買到好幾本易經解讀文本，其中包括謝大荒先生的「易經語解」。

謝大荒先生何許人也？

他是中國的易經學人，曾在中國武漢「易學大講堂」講授易經。後來來台。一九五四年到一九五六年曾任台北士林國中校長。一九五七年出版「易經語解」，一九五七年再版。一九七六年移居美國。我買到的版本是一九八〇年台灣大中國圖書公司總經銷的精裝本。

謝大荒在自序中說他寫作前花了十多年業餘時間精研易經，不過他謙稱只是完成白話註解，「不是精研學理的專著。」

三、

話雖如此，謝大荒其實已經進入很深境地。

他指出「易經」是東方哲學最古的經典。其中提出了一切關於宇宙、人生、精神、物質的問題，探求原理，演繹法則，可以繩之以古，可以準之於今；小至一事一物的措置之方，大至天下國家的治理之道，無不可從易理中找到指導原則。

謝大荒說，易經推演的程序，首先假定「太極」—宇宙之本。其次假定「陰陽」—宇宙活力的正反兩向，經文稱為「兩儀」。然後由兩儀化為「四象」—老陰、老陽、少陰、少陽。「四象」再化為「乾」、「坤」、「艮」、「兌」、「震」、「巽」、「坎」、「離」、「天」、「地」、「山」、「澤」、「雷」、「風」、「水」、「火」。八八交互配合成六十四卦。六十四卦再交互為三百八十四爻，用以演繹宇宙萬物動靜變化的理則之符號。

謝大荒的註解不止於三百八十四爻。他指出「易經」的「易」字有「變易」與「簡易」雙重意涵。宇宙的核心為生命，歷史的背景為生存。宇宙之為宇宙是永恆不變的，即所稱「太極」或稱「無極」，人類的智慧絕不可能超越宇宙的規範，也就是說不能超越易理的原則。但宇宙為動的集體，且變化可至無窮，所以三百八十四爻再乘即成四千九百十六卦，再乘即成十四萬七千四百五十六爻，無窮無盡。

四、

「易經」被認為是中國自古以來思想、學術、政治、宗教的淵源。

那麼「易經」是誰的大作？

謝大荒先生說，「易經」先有卦象而後有文字。那麼誰先作卦象？相傳是上古帝王伏羲氏。到了商朝末年，西方一諸侯（也就是後來的周文王），被暴君紂王下獄，在獄中推演易理做了繫辭。不過也有一說，說繫辭是周公所作。後來孔子整理易理，作了繫辭上下兩篇，所以繫辭上下兩篇中，才會有不少「子曰」。然後秦始皇焚書坑儒，易經散失，所幸「說卦傳」、「序卦傳」、「雜卦傳」三篇為一民間女子所得。

「易經」作者之解，是謝大荒解的，不過他也寫明，他不做考據；所以他也只是照說前人的說法。

謝書把「易上經」的三十卦和「易下經」的三十四卦，逐卦作了解說，而且極其詳實。如第一卦「乾卦」，他先解讀卦體，再解讀繫辭，然後彖辭，然後象傳，然後文言，然後再綜述。其中表現謙虛，知之為知之，不知為不知。

五、

我介紹「易經」到此為止。

為什麼只能到此為止？

我可以理解是有一個叫做「太極」，或叫做「道」，或稱「上帝耶和華」或稱「真主安拉」或稱「玉皇上帝」的什麼創造了宇宙；而宇宙之間一定有一個至高無上的法則主宰宇宙萬物，所以我介紹有此一書；可是其中奧妙，除了「平衡」原理外，其餘我未參透，六十四卦我看了也似懂似不懂。

既然未參透，既然似懂似不懂，當然到此為止。各方讀友如果不滿足，而又興緻盎然，那麼我告訴您：

台灣大學傅佩榮教授所著「不可思議的易經占卜」可以買來一讀。該書由時報出版公司於二〇一〇年初版，傅教授長於深入淺出。

比如說，他指出「易經」有兩大系統：一為「義理」，由觀察自然現象的變化，體驗出做人的道理，強調的是德行、能力與智慧。另一為「象數」，由卦象與數字的搭配，經由特定的運算程序，得出某一疑難之事的解答。換言之，象數即指占卦而言，確實可以預測某一抉擇的後果。但是，「占卦容易解卦難」一語正好提醒我們：理性思維依然是人生的光明大道，學會「易經」不能靠神秘直覺，而是需要長時間認真鑽研。

傅佩榮教授長時間鑽研「易經」，對「易經」以及六十四卦有大興趣的讀友，跟隨他的腳步不會有錯。

07.
四書道貫

一、

大學、論語、孟子、中庸合稱四書。四書是儒教的聖經。

儒教的至聖先師孔子自謙述而不作。據考証，孔子的弟子顏回和曾子是大學一書的作者。曾子的學生、孔子的孫子子思是中庸一書的作者。子思的學生孟子為孟子的作者。至於論語，「為孔子與門生相與問答而接語於夫子之語也」，說當時弟子各有所記，孔子過世後，諸多弟子相與輯纂而成。

中國自漢代獨尊孔教後，四書成為士人讀誦之經典，也是科舉之教材。五四運動後，情況稍變。中共建政後批孔揚秦，孔子四書不再吃香。但中共「改革開放」後又把孔子請出來，到世界各地廣設「孔子學院」做為宣揚中華文化和進行文化統戰的基地。

二、

陳立夫撰寫的「四書道貫」在民國五十五年由正大印刷廠刊印，由世界書局總經銷。

陳立夫何許人也？他為什麼寫「四書道貫」？這就說來話長。

陳立夫的叔父陳英士（陳其美）是辛亥革命推翻滿清的志士。辛亥革命後，陳立夫受叔父之召赴上海就讀南洋路礦學校，後轉北洋大學採礦科，然後赴美，就讀畢次堡大學，讀礦冶系。稍後在舊金山加入國民黨。民國十三年蔣介石創立黃埔軍校，陳立夫奉召去廣州當秘書，越兩年以廿九歲之齡出任國民黨中央秘書長。北伐中期轉任黨職，後來又轉任政職。此期間國民黨與共產黨開始鬥爭，陳立夫到處演講，以儒教的仁愛、中道思想對付共產黨。抗日開始，改任教育部長。不過他與乃兄陳果夫仍負責重要黨務，被稱為CC派，CC派可解為兩陳，也可解為死硬派、頑固份子。

國共內戰，國民黨敗了。陳立夫因此黯然赴美，養雞孵蛋維生。某年森林起火，雞舍被燬，於是有了餘暇，乃檢出抗戰期間著手的「四書道貫」初稿，重新整理，埋首經年，大功告成。

民國五十五年台灣政局底定，陳立夫束裝來台，把此書出版。他的老長官—正擔任第四屆總統的蔣中正顯然很高興，特別用毛筆寫了「立夫同志著四書一貫之道蔣中正簽」十四個大字，讓陳立夫印在本書扉頁上。

三、

「四書道貫」的初稿，陳立夫係於民國二十九年完成。學礦冶的陳氏，說「于二十九年春（開始）挖掘，採之、選之、冶之、製之，經三年而成此『四書道貫』之初稿，蓋欲証孔子『吾道一以貫之』之義也。」

陳氏如何採之、選之、冶之、製之？

他依據大學規模，以格物、致知、誠意、正心、修身、齊家、治國、平天下為八條目，然後將大學、論語、孟子、中庸的章節重加次序，重新集納，說他發現竟然四書中「無一語越出八目而無用者，可見弘道明道，無微不至矣！」

幫陳著寫推薦序的大儒梁敬錞更說陳氏「視大學為建築之圖案，視中庸為基礎工程之說明書，視語孟如五金、如器材」最終証明孔學乃「本於大公，發於至誠，歸於求仁，成於力行一貫系統之絕學。」又說，「陳氏治自然科學與人文科學之治學方法於一爐」，實在難能可貴。

二千五百年來，孔教與四書被普遍認為博大精深，實為人類生存之原理與應用，且其道易知易行。也正因此，歷代注釋四書的著作不計其數，如元朝胡炳文「四書通」、張存中「四書通証」、朱公遷「四書通旨」。更早有朱子「四書集注」等等。

四、

孔孟顯學為什麼到了民國初年五四運動時被批為封建的象徵，被批為反民主、反科學，必非「打倒孔家店」不可？又為什麼在中共建政初期大舉「批孔揚秦」以至於孔教一度式微？

筆者把四書道貫讀過一遍，生出以下見解：

漢朝開始獨尊孔教，以至於原本百花齊放的各家學說失色，應該與掌權者意欲維繫萬世一系有關。孔教強調「君君、臣臣、父父、子子」當然有利於鞏固既定政治社會秩序。不過強調「君君」，其實並沒有否定諫官的價值；強調「臣臣」也沒有把「說大人則藐之」刪掉啊！

孔子反民主、反科學嗎？我看如果拿維持四書科舉制度來排拒設立現代學堂，那麼確實會阻塞知識爆發。可是科舉是政府制度，孔孟沒有反科學啊！不止未反，而且強調格物、致知啊！至於反民主，孔孟之道也強調「天視自我民視，天聽自我民聽」何反民主之有？

五四運動的要角有些人信仰共產主義和唯物論，是不是因為孔孟強調誠意、正心，覺得味道不對，所以藉言封建落伍，才高舉反孔大纛？

中共建政後清算「臭老九」，仇視沒有加入共產黨的異議知識份子，孔孟是否因此才連帶遭殃？如果當年批孔揚秦是對的，那麼進入廿一世紀後撥出鉅款在世界各地廣設「孔子學院」，豈不就是昨非今是？

本人的綜合結論是：儒教是正道之教，儒學是高明之學，放諸古今而皆準，行之四海皆暢通。

五、

民國六、七十年代，在故嚴家淦總統官邸的晚宴上和故企業家應昌期先生邸宅的晚宴上，筆者與陳立夫先生曾有數面之緣。記得當年在宴席上，他總是跟他那班老頭朋友大談他的獨門搓揉養生術，而且比手劃腳，不厭其詳。民國九十年，陳立夫謝世，高壽一〇二歲。

08.
黃帝內經

一、

「易經」、「道德經」、「黃帝內經」被稱為中國三大奇書。其中，「易經」代表易家，「道德經」代表道家，「黃帝內經」代表醫家。也有人把代表儒家的「論語」和代表佛家的「六祖壇經」併合為中國五大經典。

筆者在二〇一六年研讀「黃帝內經」，看的是中國首位「黃帝內經」博士後研究、北京中醫藥大學管理學院院長張其成所著「黃帝內經養生全解」一書。

由商周出版公司於二〇一〇年

刊行的這本大作，得到很多名家推介。其中中國中醫藥報社總編輯毛嘉陵說：張其成在中國傳統文化蘊涵的修養和擁有的悟性非同尋常，完全具備了寫作中醫藥養生乃至中國傳統文化論著的硬裡子真功夫。

筆者讀後，深感如果不是張其成的詮釋和解析，拿「黃帝內經」原文，筆者是參不透的，因此才願意寫這篇介紹文字；一方面把好書介紹給大家，另方面也對張其成大師表達一份敬意。

二、

「黃帝內經」作者為誰？

黃帝是中國第一個帝王，距今五千年，中華文明從黃帝起步，但那時候還沒有文字。張其成說「黃帝內經」是後人把從黃帝開始一代一代流傳下來有關生命的思想彙集起來，大約在二千年前的戰國時期形成的，最後彙編成書在中國西漢一代。

甚至於相傳，「黃帝內經」被唐代高僧鑒真和尚帶去日本，之後失傳，一直到十九世紀才在日本皇家仁和寺再發現。十九世紀中葉，一個叫郭守敬的中國人，赴日本花了重金才把影本買回中國。

那麼，「黃帝內經」的「內」字又是什麼意思？

張其成說「黃帝內經」是養生寶典，而養生重在內求，生命在你自己的內求當中，光靠外求是不能健康快樂的。

這個「內求」，以本書「恬淡虛無，真氣從之，精神內守，病無從來？」一語最傳神。或者更白話：本書不僅教我們如何治病，更重要的教我們怎麼不得病！

好了，現在就讓我們一起進入堂奧。

三、

本書被公認為中醫學的奠基之作，它第一次系統講述了人的生理、病理、疾病以及治療的原則和方法。

中醫不同於西醫，是眾所周知的事，但不同在那裡？

作為中醫奠基之作的本書，以生命為中心，裡面講了醫學、天文學、地理學、社會學、還有哲學、歷史等。張其成說它是一部圍繞生命問題的百科全書。

本書分為「素問」八十一篇，「靈樞」八十一篇。素問是黃帝和他的醫臣岐伯一問一答，「靈樞」主要講經絡、針灸、講生命的樞紐，神氣的關鍵。

「素問」第一問「上古天真論」。我照抄如下：

黃帝問：「余聞上古之人，春秋皆度百歲，而動作不衰；今時之人，年半百而動作皆衰者，時世異耶？人將失之耶？」

岐伯回說：「上古之人，其知道者，法於陰陽，和於術數，食飲有節，起居有常，不妄作勞，故能形與神俱，而盡終其天年，度百歲乃去。今時之人不然也，以酒為漿，以妄為常，醉以入房，以欲竭其精，以耗散其真，不知持滿，不時禦神，務快其心，逆於生樂，起居無節，故半百而衰也。」

今人讀起來，字面上大約能懂，然則，何謂「法於陰陽，和於術數」？何謂「不知持滿，不時禦神」？

張其成解說「法於陰陽，和於術數」這八個字就是養生的總原則，瞭解並掌握天道、地道、人道，就是長壽之道，就是養生之道。

至於「不知持滿，不時禦神」，張其成的解說是：貪欲不知滿足或不知順應不同季節與時辰，就不足以調節心神。

陰陽是易經提出的理念。外在的陰陽講宇宙自然的陰陽，內在的陰陽講人體內的陰陽；兩者相互感應，相互影響。本書強調我們日常生活要依循宇宙自然的陰陽規律。據解說，伏羲氏「仰者觀象於天、俯者觀於地」，於是對天上的太陽月亮與地上的山和水，頗有啟發，復觀人的軀體，辨出男女陰陽虛實。

張其成特別指出「陰陽不是矛盾，陰陽強調的是和諧關聯，並不是絕對的，而是相對的。陰和陽不僅可以相互轉化，還可以各自無限分析下去。」

張其成進一步解說「法於陰陽，和於術數」可以歸結為一個「和」字；人只要「和」了就能健康，就能長壽。

這個「和」字，分成四個層面：人跟自然、人跟社會、人跟人，以及人的心與身、形與神也要和，張其成說「中醫」的字義不是中國醫學，而是中和醫學。中醫是把陰陽調成平衡、中和狀態的醫術。

進一步談論中和醫學，張其成指出「黃帝內經」講究養生三法寶：養精、養氣、養神，也就是「治未病」：未病防病，病中防發，病癒之後防復發。

這個精、氣、神可謂貫穿「黃帝內經」全書之精華。

張其成說，人最重要的是根本，「生之本，本於陰陽」，而且「治病必求於本」。

生命的根本在於陰陽，實際上就是氣，而氣又來源於精，表現於神，所以生命的根本就是精氣神，且三者密不可分。

中醫的「八綱辯証」根據陰、陽、表、裡、虛、實、寒、熱，以「四診」望、聞、問、切為手段，找出毛病，運用整體調理方法再下藥方。

本書接下去的篇章，對如何養精、如何養氣、如何養神，做了深入的探討。不過讀者很快就可發覺，其中精要兩千年來早已大量被介紹引用，甚至已經變成社會一般大眾的常識。

比如養精有三個要領：節欲保精、經絡按摩、合理飲食。

比如養氣，有保元氣、養後天之氣。

比如養神，其實就是養心，要心態平和、心情快樂、心地善良、心胸開闊、心靈純淨。

我說「黃帝內經」有關如何養精、養氣、養神，已被大量引用，當然指的不是原文，歷代大家對本書衍發了很多註解或心得，張其成博學多聞，詳作介紹，但歸結起來，就是上面所講的要點。

四、

凡生而為人，大概就不免喜怒哀樂、七情六欲。何謂七情六欲？「黃帝內經」著墨甚多。

七情指喜、怒、憂、思、悲、恐、驚。

六欲指嘴要吃、舌要嚐、眼要觀、耳要聽、鼻要聞。還有，色欲。七情六欲是人類基本心理情緒與生理需求，是人間生活的基本色調。「黃帝內經」指出：七情六欲激動過度，就可能導致陰陽失調、氣血不和而引發各種疾病。「黃帝內經」還把七情六欲歸併為五志：怒、喜、思、憂、恐，並且對應五行，指出分別影響五臟：肝、心、脾、肺、腎。指怒傷肝、喜傷心、思傷脾、憂傷肺、恐傷腎。

其後篇章，對情志養生、階段養生、順時養生、體質養生、臟腑養生、經絡養生，分別做了深入的剖析。

不過，筆者存一質疑，那就是本書寫成於農業時代，對於進用大量化學填加食品的現代人，是否能夠周延涵蓋醫療養生的全部道理，似乎值得探討。

五、

筆者寫這篇推介短文，如果能使您也想自己一窺「黃帝內經」奧妙，那就達到了寫作目的；如果您認為讀此短文就已瞭解這本奇書說了什麼，那就是天大誤會。

例如本書後頭對人體經絡與針灸有很深入的探討，筆者即使讀張其成的解說，也似懂非懂，所以不敢妄置一詞。

倒是我要特別告訴您，「黃帝內經」一再強調上天造人都可百壽以上，是人群不知身體結構奧妙，不知天人合一奧妙，所以才難享長壽；因此，如果意願健康長壽，卻竟忽略此書，豈不萬分可惜？

六、

恰在我剛寫完本稿的時候，好友黃武次委員拿了一本「人體的語言─從中西文化看身體之謎」（The Expressiveness of the Body and the Divergence of Greek and Chinese Medicine，二〇〇一，究竟出版公司，陳信宏譯）借我閱讀。

本書作者日本栗山茂久，是哈佛大學科學史博士，他的大作比較古希臘和古中國對身體研究的歧異和類同。

據栗山茂久解說，古希臘與古中國的醫生都以手腕為診斷部位，但感受的訊息不同，而這個不同在於古中國講究經脈，古希臘專研肌肉。後來西醫演變出解剖學，中醫演變出針灸術。

本書也提到，一九七三年於中國長沙出土的「馬王堆」遺跡中，有二份文獻「足臂十一脈灸經」、「陰陽十一脈灸經」皆早於「黃帝內經」的編纂年代。筆者在本文前段提到「黃帝內經」係多人彙編而成，那麼合理的解釋應是「黃帝內經」的彙編已包括了當時存在、後來淹沒，然後再加考古學家找到的「馬王堆」出土醫學文獻。至於「身體的語言」一書的其他內容，不在本稿論述之列。

（按：本文原以「黃帝內經　博大精深」為題刊於本人所著「山川無聲」一書。該書二〇一七印製，非賣品，只贈送師長親友。今經反覆推敲，決定仍列入「宇宙生靈」篇，以求本書完整。）

09.
反經

一、

真是孤陋寡聞！直到二〇一七年四月某日，在台北羅斯福路三段某家二手書店看到「反經」之前，筆者完全不知有此一經的存在。

由新竹理藝出版社在一九九九年初版的上下兩大冊「反經」，在封面上說「中國歷史上有成就的政治家、思想家、軍事家甚至懂生意的商人，有兩本書必讀的：一本是從正面講謀略的『資治通鑑』，一本是從反面講謀略的『反經』。對於前一本書，統治者不但學習應用而且不斷地宣傳出版；對於後一本書，統治者往往只用不說，避而不談，實際上，就從事領導工作的人來說，『反經』在某種意義上比『資治通鑑』更具實用價值。」

不知有影無影？基於好奇，便就買了下來。回家批閱後，知道「反經」編入「四庫全書」。知道作者是中國唐朝的趙蕤，字大賓，四川人。說趙某「站在萬物正反相生這一哲理大原則上，從另一角度考量歷史上的人和事，看到歷代統治者依據興衰成敗的史實而總結製定的治國安邦之法規，無論其多麼完善嚴密，終究不能避免實施過程中的負作用。作者用心良苦，以精闢獨到的立論，寓意深刻的歷史事例，提醒當政者在製定、實施任何一項法規時，不要忘記歷史的反彈。」

那麼，如此看來，「反經」不反，不知是否著述人自有不安，所以本書也名「長短兩術」。

著述人既是唐朝人氏，所以他檢視的是唐朝以前的歷史人物和事情。這篇前言還提到「反經」付印後，清朝乾隆皇帝親自題詩、加註，可見極為重視。

二、

趙蕤自己寫了一篇序文，說他擔心一般儒生被自己的學識侷限，不懂得王道和霸道的區別，所以才專書闡述長短兩術，用心分析通變的道理。（原文：恐儒者溺於所聞，不知王霸殊略，故敍以長短術，以經論通變者。）

全書文言。分卷一：大體第一、任長第二、品目第三、量才第四、知人第五、察相第六、論士第七、政體第八。卷二：君德第九、臣行第十、德表十一、理亂十二。卷三：反經十三、是非十四、適變十五、正論十六。卷四：霸圖十七。

拜讀過一遍後，覺得作者雖然語重心長，諄諄善誘，但除卷三「反經十三」、「是非十四」二章言他人所未言外，其餘好像只是一般常識，比如：

—為政者要識大體，棄細務。也就是說為政要提綱挈領，抓大放小。

—用人要用其長。德有高下，性有賢愚，所以要因才器使；同時知人要知其心。

—人重要，體制也同等重要。

—統治者希望百姓都是良民、順民，但百姓也在看著皇帝是賢君還是昏君。

—治國要與時俱進，社會情境變了，治理方略也要適時改變。

四、那麼「反經十三」講什麼？

講「陰陽反正」。

作者指出是非、善惡在特定的時空內，有其標準。然而時空越大，其標準就越模糊。大到整個宇宙，長到幾萬年就無是非、無善惡了；這就是：所謂「陰陽反正」。

作者進一步論述：

「義者，所以立節行，亦所以成華偽」翻成白話：節義這種品操，本是要建立一個德行的標準，結果可能反成了某些人嘩眾取寵、背棄大節的藉口，走向了節義的反面。

「禮者，所以行謹敬，亦所以生惰慢。」翻成白話：禮儀規範的建立，是為了讓人們的言行恭敬嚴謹，但是懶惰和散漫也會同時產生，結果走向了禮的反面。

「樂者，所以和情志，亦所以生淫放。」翻成白話：音樂本來是陶冶性情、柔和心靈的好東西，但也會叫人淫佚放浪，走向了樂的反面。

「名者，所以正尊卑，亦所以生矜篡。」翻成白話：名位等級的設立，目的是為了對身分的高低有個明確劃分，但是驕慢、篡奪的野心也就因而產生了。「法者，所以齊眾異，亦所以乖名分。」翻成白話：建立法規法制，是為了使人們的行為有準則，人人安分守己，但就是會有人找法律漏洞，做出大奸大惡的事來。「刑者，所以威不服，亦所以生凌暴。」翻成白話：刑罰的運用，本來是要威懾、懲罰犯法的人，但是執法的人會因為其他目的生出濫用刑法或者用來欺負犯人，製造冤獄錯案。

著述人接著列舉了很多事例，最後做出他的結論：同樣一個東西，人的聰明才智不同，用法不同，效果就有天壤之別。所以任何思想、任何制度，不是有沒有，而是在於用與不用以及會用不會用。會用，就能求名得名，求利得利；不會用，就只有世代倒霉了。

那麼「是非十四」？

著述人列舉歷史上五十三個正反命題。命題水火不容，但公說公有理，婆說婆有理，雙方唇槍舌戰，雄辯滔滔。趙蕤像說故事一般詳細記述。

然後引班固之言和易經做出他的結論：

班固之言是：王道衰微的時候，諸侯為了競相鞏固政權，又好惡不同，所以諸子百家爭鳴、學說蜂起。這些學說雖然各不相同，勢如水火，可是其中相滅又相生，卻可相輔相成。

「易經」之言是：天底下的人們目標是一致的，而達成目標的途徑卻有各種各樣；天底下的真理是同一的，而人民推究真理的思維方法和表述方式卻是千差萬別的。「易經」的原文是「天下同歸而殊途，一致而百慮。」

筆者決定把「反經」列入宇宙生靈篇，是認定趙蕤有心，而且天下萬象確實正邪併存、陰陽反正；也就是說，他確實講出了「真理」。

10.
三字經

一、

台灣在還沒有新式教育制度以前，有很長一段時間，學童要識字就要進入私塾。私塾老師大概也不一定有很多學問，不過他們確實能夠教小童開始讀書識字。

讀那一本書？據瞭解，第一本一定是「三字經」。

「經」者，不變之道理也。私塾老師拿「三字經」來教孩童，任何家長都不會反對。

那麼「三字經」誰著作或編寫的？

有人說是中國宋朝的區適子先

生，有人說是宋朝的王應麟先生。筆者手上的「三字經」（輔新書局出版、陽明書局經銷、一九八三年版。）絕對不是以上二人著作編寫；因為後來已經講到宋朝以後的中國歷史，甚至於講到「廢帝制、立憲法、建民國」了。

所以，我們可以合理推斷，「三字經」已存在很久了，但不斷有人改編改寫。

二、

筆者之所以決定把「三字經」選入宇宙生靈篇，是因為前三節用最簡短的文字，闡述了人間不變的道理。

我手上這本「三字經」全文一千四百十六字。不過全書厚達四百頁；因為出版公司把「二十四孝」也編入本書，最後一百頁又編入了五十首「白話唐詩欣賞」以及「千字文」、「千金譜」、「弟子規」、「朱子治家格言」、「人生必讀」、「增廣晉時賢文」。

筆者寫作本文，只限於談論「三字經」。

三、

筆者沒有讀私塾，但不知何故，「三字經」前頭幾段，我一直會背誦。

人之初，性本善；性相近，習相遠。苟不教，性乃遷；教之道，貴以專。昔孟母，擇鄰處；子不學，斷機杼。竇燕山，有義方；教五子，名俱揚。養不教，父之過；教不嚴，師之惰。子不學，非所宜；幼不學，老何為？玉不琢，不成器；人不學，不知義。為人子，方少時；親師友，習禮儀。

以上算是「三字經」的第一節。

它講人性本善，講如果為父者能讓孩童受教育，老師也能認真教導，周圍又沒有不良環境，日久必能教出知書達禮的好人才。

接下去第二節：

香九齡，能溫席；孝於親，所當執。融四歲，能讓梨；弟於長，宜先知。首孝弟，次見聞；知某數，識某文。一而十，十而百，百而千，千而萬。

講黃香九歲就知道幫父母先把睡鋪睡暖，孔融小小年紀就知道長幼有序。可見孝順的孩子人人疼愛。然後要知加減乘除，要開始學習閱讀古聖先賢的文章。

第三節：

三才者，天地人。三光者，日月星。三綱者，君臣義，父子親，夫婦順。曰春夏，曰秋冬；此四時，運不窮。曰南北，曰西東；此四方，應乎中。曰水火，木金土；此五行，本乎數。十干者，甲至癸。十二支，子至亥。曰黃道，日所躔。曰赤道，當中權。赤道下，溫暖極。

這就進入古中國初級哲學的領域了。小孩子被要求死記背誦，大概不會被要求透徹瞭解。不過背久了，有一天會忽然靈光乍現。

第四節開始以「我中華，在東北。⋯⋯曰江河，曰淮濟⋯⋯」講中華民國的地理山河物產豐隆。然後講仁義禮信，講人際五倫，講書法藝術，講中庸論語，講周易周禮。

第五節就進入中國歷代輪替和國祚興亡，最後講到中華民國成立。

末尾一節，以一般通俗名利導引學童讀書，因為讀書可以「揚名聲，顯父母」，可以「上致君，下澤民」，可以「人遺子，金滿贏」，結論是「惟一經，勤有功，戲無益；戒之哉，宜勉力。」

四、

筆者讀宇宙生靈篇各經典，都讀得很辛苦，惟獨這本「三字經」讀起來像唱歌一樣輕鬆。

因此，淺見以為：假如同是人間真理，不用讀幾十萬字，不用讀艱深語辭，就能心領神會，而且活學活用，豈非善莫大焉？

很有趣的是，對文字很有研究的故立法委員吳延環曾著「四字經」，於民國七十四年由國立編譯館出版，由中視文化公司發行。全文一千一百十句、四千六百四十字。分前言、一般守則、食、衣、住、行、育、樂八節。可能因為用字較艱澀，今日知道有「四字經」的人少之又少，如「前言」前八句：人生在世，與天地參，頂天立地，並不等閒。書經稱人，萬物之靈。易繫辭說，大德日生。

比起「三字經」，吳延環的「四字經」對小童而言，難太多了。

另據吳延環在「四字經」序文中提及：法國戴文浩先生因深入研究「三字經」榮獲巴黎第七大學博士學位。

筆者因此忽發奇想：如果同胞之中有人願意寫「五字經」，應該是不錯的事功。

比如說，如此開頭：
我是台灣人，台灣真可愛；座落太平洋，四周是大海。
島上有高山，高山有神木；山下是平原，平原多稻米。
不只多稻米，還有大工廠；產品尚精良，暢銷五大洲。
總統是元首，立委是民代；民代愛打架，名聲揚全球。
政壇分藍綠，藍綠死對頭；私利擺第一，人民算老幾？
忽然有一天，天打又雷劈；壞人死翹翹，百姓苦流離。
……
讀友笑得眼淚流出來了嗎？筆者講的可是事實呀！

Chapter 2

一代人傑篇

11.
李白

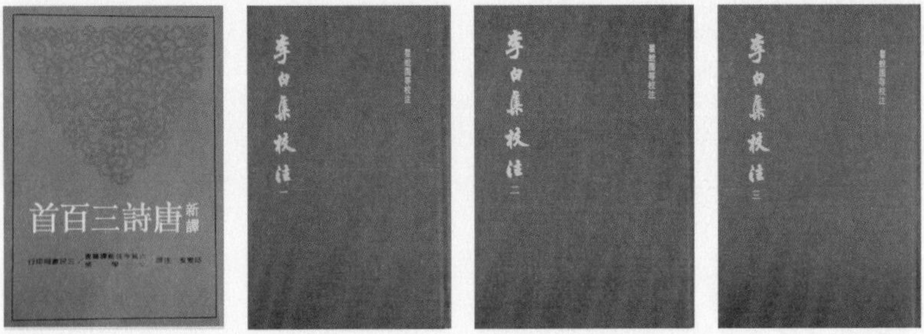

一、

文學表現形式大分可為小說、散文、議論、詩詞、歌賦。其中詩與小說的產量之豐及受歡迎程度，不相上下。詩人與小說家在文學上的地位，亦見等量齊觀。

如以葉慶炳所著「中國文學史」（台灣學生書局發行，一九八七年。）為本，則中國文學依時間先後可細分為詩經、春秋戰國時之散文、楚辭，先秦神話與寓言、漢代的賦、散文、詩歌。然後魏代詩文、兩晉詩歌、南朝詩賦、駢文、歌曲及北朝樂府民歌。然後魏晉南北朝的小說。然後唐詩和散文、傳奇。然後是晚唐北宋、南宋的詞。到了宋代，詩、散文、話本皆見其盛。接著元代散曲、雜劇亦多佳作。明代除散曲、傳奇外，小說異軍突起。到了清代，詩文、詞曲、小說皆大有可觀。

另據邱燮友注譯「新譯唐詩三百首」一書（三民書局印行・一九七三年初版。）所言，唐代文學鼎盛，無論詩賦、古文、曲詞都有非常出色和照耀千古的作品。清朝康熙年間敕編「全唐詩」便收有兩千餘家，約四萬八千餘首。

李白是中國的詩聖，兩千年來，他的諸多詩作，在華語世界，男女老幼琅琅上口。筆者手上有「李白集校注」上中下精裝三巨冊（里仁書局出版，一九八一年）。裡頭集刊了李白全部作品，以及他人撰寫的年譜、碑傳、序跋、詩文、叢說、外記，洋洋灑灑一千九百六十五頁。

我先根據他人寫的李白年譜，碑傳、序跋，把李白其人其事稍加介紹。

二、

李白，字太白，自號酒仙翁、青蓮居士。隴西漢將軍李廣後代，是涼武昭王九世孫。

這個「九世」包括了先祖犯罪、避居西域、隱姓埋名，後來到了李白父親一代才遷回蜀地棉州。蜀就是今之四川。一項考証說李白於唐長安元年出生於四川彰明縣青蓮鄉。是武則天坐天的第一年。

李白十歲能「通詩書，觀百象」是個天才兒童。十五歲「好劍術」「觀奇書」。二十歲「性倜儻，喜縱橫術」「輕財重施，不事產業」，這就表示青年李白文武兼備，但好高鶩遠，放蕩不拘，英氣溢發。就在這段時間，喜歡遊山玩水的李白，與另一文青杜甫相識，成為一輩子惺惺相惜的好友。

二十五歲的時候，李白「出遊襄、漢，南泛洞庭，東至金陵、揚州，更客汝海，還憩雲夢」，途中「故相許圉師家以孫女妻之，遂留安陸者十年」。十年期間，雲遊天下，吟詩作賦，文名遠播。

天寶元年，李白四十一歲。遊會稽，遇道士吳筠。這個吳筠有事赴京，便薦李白於朝，「唐玄宗乃下詔徵之」。李白上京後吃酒為樂，皇上傳見之日，李白酒態畢露，但只洗了一把臉，便在皇帝面前「論當世務，草答蕃書，辯若懸河，筆不停輟」。「又上宣唐鴻猷一篇。帝嘉之，以七寶牀賜食，御手調羹以飯之」而且認定李白乃是天降奇才，便「命供瀚林，專掌密命」。

把一長段文言文簡單說：唐玄宗賞識李白，馬上給他一個翰林學士大官位，專門幫皇帝寫王言，並且陪皇帝聊天或出遊。

可是李白嗜酒，且多過量，有時皇上召令撰述，李白卻在醉中。皇帝旁邊不是只有一個寵臣，自然會有人進讒言，讒言多了之後「公自知不為親近所容，懇求還山，帝乃賜金放還。」李白在長安前後不過三年，然後又恢復「浮遊四方」，但寫詩作賦不斷。

天寶十五年，五十六歲的李白浮遊至廬山，永王璘任江陵府都督，「重其才名，辟為府僚佐」。可是不到一年，「二月，永王璘兵敗，太白亡走彭澤，坐繫潯陽獄」。後來的宣撫使重其才，不止釋放，還向新皇帝薦才，但朝廷沒有下文。李白於是「遂泛洞庭，上三峽，至巫山」，「遊金陵」「渡牛渚磯，至姑熟，悅謝家、青山，有終焉之志，盤桓利居，竟卒於此。」

詩人之死，頗有詩情。「李白著宮錦袍，游採石江中，傲然自得，旁若無人，因醉入水中捉月而死。」現在其地有「捉月亭」。死年六十又二。

三、

「李白集校注」把李白的作品分編為三十卷。依序包括古賦八首、古詩五十九首、古風五十九首、樂府一二九首、古近體詩七六九首、表書九首、序二十首、記頌讚二十首、銘碑祭文九首、詩文補遺七十一首。

歷年來解讀考據註解李白作品的專書和論文，加起來恐怕比李白的全部作品還多。筆者只能集中專注李白的詩賦。一個原因是李白以詩賦聞名天下；一個原因是假如要關注李白的全部作品，這篇文章可能至少要寫到兩萬字。

即使只專注李白的詩賦，筆者也只能點到為止，畢竟您不能只讀本文就以為您已完全瞭解了李白。

「古風」其九：莊周

莊周夢胡蝶，胡蝶為莊周。一體更變易，萬事良悠悠。乃知蓬萊水，復作清淺流。青門種瓜人，舊日東陵侯。富貴故如此，營營何所求？

諸家解讀說：李白嘆世之難保，人貴達理以自守，何苦營營求求？

「古風」其四十九：美人

美人出南國，灼灼芙蓉姿。皓齒終不發，芳心空自持。由來紫宮女，共妒青蛾眉。歸去瀟湘沚，沉吟何足悲？

諸家解說：李白遭讒擯逐之後作此詩。美人是李白自恃其才，仕途不順遂自有其悲。

「樂府」：將進酒

君不見，黃河之水天上來，奔流到海不復回！君不見，高堂明鏡悲白髮，朝如青絲暮成雪！人生得意須盡歡，莫使金樽空對月。天生我才必有用，千金散盡還復來。烹羊宰牛且為樂，會須一飲三百杯。岑夫子，丹丘生，將進酒，君莫停。與君歌一曲，請君為我傾耳聽。鐘鼓饌玉不足貴，但願長醉不用醒。古來聖賢皆寂寞，惟有飲者留其名。陳王昔時宴平樂，斗酒十千恣歡謔。主人何為言少錢？徑須沽取對君酌。五花馬，千金裘，呼兒將出換美酒，與爾同銷萬古愁。

諸家解說：別人作詩用筆想，李白用胸口一噴便成。此詩雖任達放浪，其實懷才不遇之嘆亦溢於言表。

「古近體詩」：懷仙歌

一鶴東飛過滄海，放心散漫知何在？仙人浩歌望我來，應攀玉樹長相待。堯舜之事不足驚，自餘囂囂直可輕。巨鼇莫戴三山去，我欲蓬萊頂上行。

諸家解說：李白心繫宗國君王，冀後晉用。雖然生性曠達，但也難免心思混亂。又「一鶴」比自己，「玉樹」比爵位，是典型的人在江湖，心存魏闕。

「古近體詩」：山中問答

問余何意棲碧山，笑而不答心自閒。桃花流水窅然去，別有天地非人間。

諸家解說：詩貴意，意貴遠不貴近，貴淡不貴濃。濃而近者易識，淡而遠者難知。說此詩絕妙。

「古近體詩」：望廬山瀑布其二

日照香爐生紫烟，遥看瀑布挂前川。飛流直下三千尺，疑是銀河落九天。

諸家解說：李白在洞庭湖遊覽的時日很久，觀景之作能短短四句就磊落清壯，語簡意盡，可稱絕美。

「古近體詩」：友人會宿

滌蕩千古愁，留連百壺飲。良宵宜清談，皓月未能寢。醉來臥空山，天地即衾枕。

諸家解說：李白一生豪飲，所以飲酒詩特多。豪邁是豪邁，詩作也壯闊，但酒仙之名好像好壞各半。

五、

中國大唐曾一時盛世，讀書人中了科舉便見加官晉祿，生活無虞。那個時代，如果未遇天災人禍，政事極其簡單，所以官場中人詩酒自娛，勿寧是太平盛世景況。李白做官極不順利，卻也縱情詩酒，倒是例外。不過，是不是因為才氣橫溢，又是無業遊民，所以反造就作品特多的創作佳績？

李白與杜甫合稱李杜，二人相交甚篤。杜甫有很多想念李白的詩作，如「冬日有懷李白」、「春日憶李白」、有時「夢李白」，李白死後還「天末懷李白」：涼風起天末，君子意如何。鴻雁幾時到，江湖秋水多。文章憎命達，魑魅喜人過。應共冤魂語，投詩贈汨羅。

李白和杜甫的詩作大多用字淺白易懂。這與二人詩作能夠流傳千古有關，也許真正的偉大在簡單，真正的智慧在於深入淺出吧！

照理，筆者應另文介紹杜甫，限於比重考量，只好在東方世界只推舉李白一人，以與莎士比亞東西輝映。不過李白比莎士比亞更早了七八百年；可見中國是後來自己閉塞了落伍了。

12.
莎士比亞

一、

莎士比亞（William Shakespeare）生於一五六四年，死於一六一六。筆者於二〇一七年寫這篇介紹文的時候，莎士比亞已過世四百零一年。可是，四百多年來莎士比亞活靈活現，他留下兩首長篇敘事詩、一百五十四首十四行詩和少數雜詩，以及三十七部戲劇。其中，戲劇不斷在世界各地傳頌、上演；他的喜怒哀樂至今仍然不斷感動人群，而且有理由相信，會繼續感動下去！

莎士比亞被通稱為莎翁，莎翁是四百年前的英國人，不過世界文壇已有共識，他不屬於哪一時代，不屬於哪一國家，他屬於所有世紀，屬於全世界。

二、

我閱讀的「莎士比亞全集」是「華文網公司」第三出版事業部崇文館在二〇〇一年的版本。裡頭收集了十三部戲劇：維洛那二紳士、錯誤的喜劇、馴悍記、仲夏夜之夢、羅密歐與茱麗葉、威尼斯商人、哈姆雷特、皆大歡喜、李爾王、馬克白、辛白林、暴風雨、冬天的故事。

莎翁的戲劇已被拍成幾百部電影，像馴悍記、茱麗葉、威尼斯商人、哈姆雷特，台灣都曾上映過，所以國人對莎翁其實並不那麼陌生。不過以下進一步記述，可以讓大家更進一步瞭解這位世界文壇巨人。

三、

莎翁雖然屬於全世界，但畢竟英國人最可驕傲。驕傲到什麼程度？

英國有句諺語「寧可不要一百個印度（殖民地），也不能沒有莎士比亞。」

莎翁故鄉上空飄揚著一百多個國家的國旗，一方面表達對這位偉大作家的崇敬，一方面也炫耀世界文壇第一把交椅在英國。

「莎學」早已成為一門世界性學問，研究機構遍及世界各地，學術專著汗牛充棟。莎翁文學被譯成數十種文字，發行量僅次於「聖經」，對世界文化生活產生極為廣泛的影響。

四、

英國人對擁有這位文壇巨人如此驕傲，是有道理的。

道理之一是，莎翁是原創者。文學藝術的最高難度在於原創。他的情節設計首創多層次、多線索，活潑生動，不落俗套。而且每劇皆用開端、發展、轉折、高潮、收場作為正規佈局，成為其後劇作的典範。

道理之二是，劇中言之有物，處處迸出智慧的火光，時時閃耀藝術的光芒。其實劇中人物的思想、感情、行為、生活、道德觀並非隔世，但莎翁有能力把它表現得讓人眼花繚亂。

道理之三是，莎翁是位不世出的語言大師，他的戲劇語言在追求口語化的同時，也融入了詩歌的優美，創造出生動的意象和美妙的韻律，開一代風氣之先。研究文字學的專家說：當代許多詞彙、短語、諺語、格言，都是從莎翁的作品中傳承下來。

我隨手舉三段印証不虛：

—羅密歐聽到她說話，就犯喜了起來。他輕聲地說，輕到茱麗葉聽不見：「啊！光明的天使再說點什麼吧！因為你在我的上方出現，正像有個從天上降臨人間的使者，凡人只能仰起頭來瞻望。」

—這時的凱薩琳娜已經不再是「潑婦凱薩琳娜」，而是一個恭順的妻子了，她說：「我們既然已經走了這麼遠的路，我請求您還是繼續往前走吧！隨便您說它是太陽，它就是太陽，您說它是月亮，它就是月亮，您說它是什麼，它就是什麼。您要是高興說它是蠟燭，我也會把它當成蠟燭的。」

—（在李爾王一劇中，孤獨無助的李爾王只剩下一個侍從　肯特伯爵）肯特說：「國王您在這兒嗎？即使是夜行動物也不會喜歡這樣的黑夜。風雨已經把野獸都嚇得躲到山洞裡去了。人類的心靈可經不起這樣的折磨啊！」

五、

本書有一「導讀」沒有註明是誰寫的。

「導讀」中說，在一九八四年的一次世界十大偉大作家選評中，莎翁名列第一。但莎翁生平資料極少，以致莎翁其人引來不少猜測。有人推測其實所謂莎翁劇作是「培根」所寫，說「培根」不讓自己的大名「扯進戲劇這種低級職業，就花錢借用了一個名為莎士比亞的鄉巴佬的名字」，而且指出馬克吐溫和佛洛伊德二人支持這種說法。

還有一說，真正作者是「馬洛」。「馬洛」是莎翁同時代才子，卻在一次決鬥中身故，說文學界也有人認為這個「馬洛」以死成全了莎士比亞。

筆者淺見：不管莎士比亞是誰，既然作品俱在，就讓莎士比亞等於莎士比亞吧！

我閱讀的這本「莎士比亞全集」只編列三分之一劇作，而且沒有詩作，它顯然不是「全集」。大家如果有興趣欣賞莎翁全部作品，去一趟圖書館，唾手可得。

13.
貝多芬

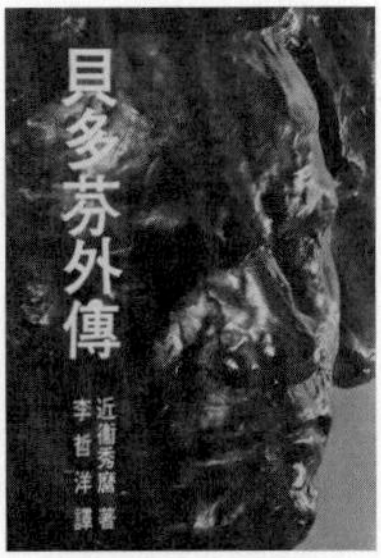

一、

不分種族，不分時代，音樂在人類生活中佔有很大份量。

如果把音樂包括歌唱，那麼作曲者、作詞者、演奏者、演唱者，便是音樂的貢獻人。

如果再把音樂的散播列入考量，那麼唱片（含後來的錄音帶、磁碟片⋯）、擴聲機、傳播媒體、樂器製造人，便都進入音樂工作的範疇。

其中原創作曲家是一切的龍頭，而貝多芬便是龍頭中的龍頭，是音樂世界的代表人，是交響樂的最頂尖人物。

二、

貝多芬（Ludwig van Beethoven）生於一七七〇年，去世於一八二七年。五十七年的人生，創作等身。兩百年來，他的音樂在世界各地演奏，他的音樂經由科技進入每個愛好音樂的家庭，撫慰無數人間男女的心靈。

筆者認為這樣一位偉大人物理當選入本書「一代人傑」之列。

寫作本文參考了兩本書。一本是「全音樂譜出版社」在一九八二年印行的「貝多芬外傳」，作者是日本音樂家近衛秀磨，譯者李哲洋，原書名叫「貝多芬的人間像」。譯者解說日語「人間像」，意即「作為一個俗人的形象」。不過貝多芬不是俗人，所以原書作者的意思是「把貝多芬當作俗人來敍述他不同於俗人之處」。這本書字數不多，但另有一半篇幅附有八篇其他研究貝多芬的人寫的專文，例如「貝多芬與舞曲」、「貝多芬的鋼琴奏鳴曲」、「貝多芬交響曲的新境界」等。

另一本是同一出版社在一九九六年出版的「音樂史欣賞」，作者是日本人上田昭、譯者張淑懿。這本音樂史貫穿古今上下三千年。

三、

貝多芬出生於德國萊茵河邊的一個小鎮。父親是男高音歌手，任職於宮廷教會，但酗酒無度被開除。貝多芬是父親後妻的第二個兒子。貝多芬小時候曾罹天花及腸炎，一身病痛纏身，幾無寧日。二十六歲開始耳聾，五十七年間搬了十七處住所。

貝多芬的年代沒有攝影術，現代到處可見他的畫像和銅像。但近衛秀磨説，這些畫像和銅像與貝多芬相去甚遠。

「附錄」由林道生署名譯者的「貝多芬秘傳」更那個：「貝多芬個子矮小，臉色紅潤，滿臉天花的痕跡，全無男性的魅力。唇厚而廣，頸短而粗，矮粗胖的體格，前額突出，鼻圓，根部深凹。粗而濃厚的眉毛下有個小眼睛，隱藏著不可思議的才智，射出神秘的光輝，就像貝多芬本人那麼勤勞地在轉動，炯炯發光。近視眼的貝多芬，自一八〇四年到一八〇五年戴著一副鏡框難看的眼鏡。」

如果以上描述屬實，那就真是「人不可貌相」。

四、

貝多芬先由父親教授音樂，二十二歲轉赴維也納另行拜師，並開始創作。一七九五年貝多芬第一次以作曲家及鋼琴家的身分在維也納登場，相當成功。一年後，他因罹患感冒，轉為聽力障礙。其後幾十年不斷治療耳疾，但始終沒有治好，晚年還變成全聾。貝多芬的病痛不止耳疾，不知道是不是上帝惡作劇，總之，貝多芬其後就一直在百病纏身的情況下工作。

一八〇二年完成D大調第二交響曲及D大調鋼琴奏鳴曲一〇之三號的「慢版小步舞曲」以及著名的奏鳴曲「悲愴」。

一八〇四年，他的第三交響曲「英雄」公演。同年又完成了「第二十一號C大調鋼琴奏鳴曲」、歌劇「雷奥諾蕾」。

一八〇五年完成「第四號鋼琴協奏曲」、「小提琴協奏曲」、「第四號交響曲」。

一八〇八年完成第五及第六號交響曲。這一年他應聘為第一宮廷樂長以及可觀年薪使生活大大改善。

一八〇九年完成鋼琴小曲「給愛麗絲」、「降E大調第五號鋼琴協奏曲」、奉獻給歌德的「艾格檠」序曲，及「e小調弦樂四重曲」。
一八一三年完成第七號交響曲。
一八一七年，貝多芬開始第一〇六號鋼琴奏鳴曲的創作。
一八一八年，開始「莊嚴彌撒曲」的創作，五年後才完工。
一八二〇年到一八二三年，貝多芬完成三首鋼琴奏鳴曲（作品一〇九至一一一號）。其間於一八二二年曾再度執棒指揮管弦樂，之後不止耳聾，還患了疼痛性眼疾，又之後出現嚴重胃病和腸炎。雖然如此，「第九號交響曲」仍於一八二四年五月在維也納公演。
評論者說，貝多芬把積累了三十年的功夫全部投入「第九號交響曲」，說「它是精神克服了肉體的一種勝利，內心的聽力克服了外表沉默的苦惱的一種凱歌。」
現在「第九號交響曲」被當作貝多芬的代表作，可是當年處女公演，皇帝包廂空無一人，雖然貝多芬依原先誓言，把此曲獻給普魯斯國王，但國王反應冷淡。
一八二五年，貝多芬身上又多了一個毛病—食道出血。又其後痢疾纏身，腹部積水，肺炎併發，終於在一八二七年三月二十六日，一代大師氣絕升天。

五、一個曠世奇才的出現，常有特殊的時代背景。

貝多芬出生後第十九年，法國大革命發生，歐洲最後王朝被推翻了，歐洲進入全新的時代。在這樣一個新時代的青年貝多芬被認為他最關心的是人的精神。他尊重人類精神的高貴、深刻、溫暖、柔和、美麗和偉大。他意圖把這些透過作曲表現出來，後世稱他是理想主義的人文主義者。

評論者也指出貝多芬對大自然的無比崇尚，認為他從大自然獲得不可計量的靈感；大自然的高貴調和秩序、美麗的對象和統一、星空雲彩的時刻變化、日出日落的神秘和生命感，凡此都是他靈感的泉源；也因此，他觸達了人與自然綜合的宇宙性直覺。

這樣的一個曠世奇才，在世時幾無愛情的滋潤，生活也顛沛流離，唯二給他公道的是出殯之日，維也納萬人空巷；以及兩百年來連同無限的未來歲月，世人在欣賞天籟時發自內心深處的無限感念。

14.
史懷哲

一、

被舉世推崇為一代聖哲的史懷哲醫生雖然過世已逾半世紀，可是他的事功、人格，世人至今傳頌。

我們先看看他的年譜：

一八七五年，出生於德國亞爾薩斯。全名阿爾伯特・史懷哲（A・Schwe er）。父親是牧師，母親也是牧師之女。

十歲，入米爾森學校，寄居小學校長的叔父家中。

十八歲，進入斯特拉斯堡大學就讀。

廿三歲，通過神學考試，轉往

巴黎，不署名出版「尤金．孟許」一書，以紀念他的第一位音樂老師孟許。

廿四歲，出版「康德的宗教哲學」一書，並任副牧師職。

廿五歲，獲神學碩士學位。

廿七歲，任大學神學系講師。

卅一歲，出版「從賴馬瑞斯到沃雷德」、「德法兩國製造風琴與演奏風琴的技巧」二書。

卅三歲，出版德文版「巴哈」。

卅六歲，解剖學、生理學、自然科學考試及格。

卅七歲，與海倫．布列斯芬結婚。

卅八歲，獲博士學位。論文：「對於耶穌的精神醫學性考察」。然後於四月，與夫人到達非洲加彭的蘭芭蕾（Lambarent）在該地設立簡陋醫院開始診治病患。

卅九歲，一次世界大戰爆發，被囚於家中。隔三年被遣送法國，關入集中營。又隔一年被遷往另一集中營。稍後因換囚得以返德。治癒病體後任副牧師、兼市立醫院醫師。

四十六歲，出版「在原始森林的邊緣」。

四十九歲，獨自重返非洲，重建在蘭芭蕾的醫院，並開始對老弱傷殘施行義診。
五十二歲，新醫院落成。
五十五歲，用歌德基金會獎金建立的「史懷哲之家」在他故鄉落成。出版「使徒聖保羅的神秘」。
五十六歲，新建精神病院落成。出版「我的生活及思想」。
六十三歲，出版「非洲手記」。
六十六歲，夫人在二戰戰火下逃亡到蘭芭蕾與史懷哲會合。
七十六歲，出版「倍利肯的生活與感想」。
七十九歲，榮獲諾貝爾和平獎。在受獎典禮上演講「今日世界的和平問題」。
八十二歲，夫人過世。
九十歲，一月，世界各地盛大慶祝其生日。九月逝世，葬於非洲他夫人墓旁。醫院由女兒艾克特夫人繼續經營。

二、筆者決定先讓大家概略知道史懷哲的一生經歷，是要讓大家瞭解為什麼「人性的天才」、「和平的使徒」、「基督的重生」、「叢林的聖者」、「人性的佈道者」、「人類之友」、「活的巴哈」、「廿世紀最偉大的人」這類至高的美譽集於史懷哲一身。同時，也想讓大家思考一個問題：一個人為什麼以九十寒暑可以抵達這般境地？

三、有關史懷哲的著作不可計數。我閱讀的「史懷哲傳—愛與思索的一生」是志文出版社新潮文庫一九七七年的版本。

本書係根據四本相關著作編譯而成：一是德裔美國傳記作家赫曼．哈格頓的「史懷哲傳」，二是日本女子大學山室靜教授的「史懷哲」，三是日本東京大學小牧治、泉谷周三郎合著的「史懷哲，其人及其思想」，四是日本白十字會林山療養院院長野村實著的「史懷哲其人」。

掛名編譯的鍾肇政先生在譯序一文中說：世人之所以崇仰史懷哲，主要不是因為它有許多了不起的著作，不是他在音樂界有不凡身手，不是因為他得了諾貝爾獎，不是因為他救活了很多非洲黑人；而是崇敬他的生活信念，崇敬他用他的身體、他的行動、他的犧牲，來傳播了愛。或者簡要地說，史懷哲的偉大，在於博愛的實踐。

四、

史懷哲認為人類生存的根本倫理在於敬畏生命。一切有生之物，都值得尊崇，因而守護它、促進它，便是善；反之，便是惡。他認為唯有遵守敬畏生命的倫理，人類文化才能生生不息，才能免於淪喪，才能長保無限生機。

大家可以從本人在第一段所記年譜中看出，史懷哲原本學當牧師，後來為了前往非洲行醫，才開始學醫。這是一種人性中最難能可貴的基於信念的行動力。

史懷哲是一九一三年前往非洲。那個時候的非洲是一片蠻荒大地，歐洲的殖民帝國只把屬地當作掠奪的對象，在那裡沒有「文明」這兩個字。

他從繁華的巴黎出發，輪船經西班牙，越過赤道，一路南下，大概花了兩個月才上溯歐格威河抵達內陸的傳教辦事處─加彭的蘭芭蕾。

那裡，天氣燥熱，冬季可以熱到三十度，夏季可以熱到三十五度。麵粉、米、牛奶、馬鈴薯都需仰賴歐洲進口。歐洲人多半住了一年就會鬧貧血或疲勞過度，失去工作能力，至少得返回歐洲休養半年才能恢復健康。

史懷哲抵達之前，那裡一個醫生也沒有，可是各種疾病通通有。一旦發生傳染病，只能眼巴巴地看著病患一個一個死去。

史懷哲曾預先寫信請傳教辦事處幫他先蓋好一個鐵皮屋，因為沒有工人，鐵皮屋還未蓋好。不過，打從第一天起，他便被一大群病患團團包圍住。史懷哲只好露天開始他的非洲醫生生涯；儘管他郵寄的大件行李還未抵達。

每天都是忙碌的一天，太太是他的助手兼護士，這真所謂嫁雞隨雞，太太了無抱怨。

唯一讓史懷哲夫婦感到快樂的是非洲美麗原始的山川大地。也許吧，還有那份「歡喜做、甘願受」的情操。

五、

一個歐洲醫生每天要面對一大群近於原始狀態的非洲黑人，而且醫療要用藥，黑人卻沒有錢，這怎麼辦？

史懷哲打從一開始就沒想到向黑人要醫藥費，偏偏除醫藥外，還要幫遠處而來的病患和陪伴人準備糧食。

史懷哲只好耐心教導黑人：您們被救了，答謝是應該的，不能只靠來自歐洲的捐助。如果要使醫院能繼續辦下去，每人一定要盡力來幫助醫院。

於是有人付了幾個銅板，有人送了幾顆雞蛋、幾根香蕉。這當然杯水車薪，可是史懷哲的目的在教育和開化，他發願要改掉非洲黑人懶惰、偷竊、說謊諸般惡習。

這樣子的史懷哲與殖民者只顧巧取豪奪的行徑完全背道而馳。

畢竟社會上巧取豪奪的人少，博愛慈善的人多；史懷哲的行善事業於是逐漸引起媒體的興趣，於是開始有了可觀的捐助，有了其他醫生的到來。終於他才能抽空彈奏巴哈自娛，才能利用空檔繼續著書寫作。

六、

第一次世界大戰期間的苦難可能是上帝的另一種考驗。一戰結束後，史懷哲的大名已舉世皆知。他回歐洲演奏、演講也能籌到很多錢，讓他可以擴大在歐洲的慈善事業。甚至於有人過世，遺言「所收奠儀全數捐給史懷哲的蘭芭蕾醫院」。凡此，把史懷哲的事功一步步推向最高峰。

筆者將會找尋他大作中的「文明與哲學」（Civilization And Ethics）、「非洲手記」（From My African notebook）、「我的生活及思想」（Out My Life and Thought）來拜讀；因為我想徹底了解這顆偉大的心靈。

15.
坂本龍馬

一、日本國土面積不大，又沒有太多天然資源，按道理說，不可能成為世界強國。可是經由明治維新，日本一躍而成軍事強國，不但打贏了日俄戰爭、中日甲午戰爭，二戰前期更所向披靡，侵略了幾乎整個太平洋東岸。二戰戰敗後又迅速從斷垣殘壁中崛起，成為經濟大國；這其中的故事，當然值得認真探究。

二、西鄉隆盛、大久保利通、木戶

孝允，被稱為「明治維新三傑」。我詳細閱讀了三人一生經歷。

西鄉隆盛是鹿兒島人，後來成為武將。他主張「尊皇攘夷」（尊崇天皇、驅除西洋勢力、反對幕府威權），半生南征北伐，對促成「大政奉還」確有大功。四十九歲時因某一戰役失敗而切腹自殺。

大久保利通也是鹿兒島人，是世家子弟。因參加使節團出訪歐美，見識歐美文明，主張放棄愚昧的對外征戰，全力革新內政，外交應優於軍事。對當時國策的變轉，確實有功。四十八歲時被刺身亡。

木戶孝允是山口縣人，醫生之子。留學英國，原在幕府做官。他的功勳在於維新政府成立後擔任的職位上的革新作為。包括廢藩設縣以及參議制、內閣制的確立。四十三歲時病亡。

三、

筆者也看了現在日本萬元鈔票上人頭像福澤諭吉的資料，得知他在「脫亞論」、經濟思想和教育事業上有功。

可是筆者最後把明治維新的第一功歸給坂本龍馬（Ryoma Sakamoto）。

要說明坂本龍馬的大功，必須先簡略說明那個時代的日本歷史。

日本有世襲「天皇」，在日本人眼中神聖不可侵犯。可是天皇下面是諸藩，各有武力，原是為天皇戍守各方。但德川家康不曉得是不是效法中國的曹操，總之他後來征服群藩，「挾天皇以令諸藩」，幕府成為統治機關，幕府的頭人叫將軍，天皇成為空頭天皇。

德川家康的幕府政權傳到第十五代，前後長達二百六十四年，史稱江戶時代。這中間，征戰是家常便飯，人民的生活如何，不問可知。武士成為一個階級，多數為各藩服務，少數立志為皇權效命。

四、

坂本龍馬生於一八三六年，原是土佐藩鄉士（低層級武士）後來成為維新志士，他合縱連橫，而且身先士卒。一八六六年，幕府展開第二次長征，長征軍總指揮—幕府第十四代將軍德川家茂以二十一歲之齡累死，幾經輾轉後第十五代將軍由一橋慶喜接位。

此時坂本龍馬提出「船中八策」作為新日本政策綱領。八策如下：

1、將政權歸還給朝廷，政令由朝廷統一發出。（就是所謂「大政奉還」）

2、設立上下議政局，配置議員以參詳重大政事，政事應由公議決定。（帝國議會）

3、延攬有能力的公卿諸侯各地人才以為顧問並賜予官爵，並將向來有名無實的官位剔除。（內閣制度）

4、與外國之交往應廣泛採納公議，並致力成立適當合宜的條約。（廢除治外法權）

5、參考折衷自古以來的律令制度，撰寫新的法典。（大日本帝國憲法）

6、設法擴張海軍。（陸海軍省設置）

7、設置御親兵以守衛帝都的安全。（近衛師團的設立）

8、應就金銀物價與外國訂立平準之法則。（回復關稅自主權）

「船中八策」後來真成為維新政府綱領的藍本。

五、

打戰不易，謀國更難；謀國而能總覽全局，議論又能付之完現，難上加難；

德川幕府垮台是一回事，新政府成立後能不能耳目一新是一回事。証之歷史，坂本龍馬的藍圖確實使日本改頭換面，從而弱國崛起。

中國滿清末年有康（有為）梁（啟超）維新，但失敗了。兩相對照，坂本龍馬功業彪炳，合當被本書列為一代人傑。

只可嘆，這樣一位不世出的人物，在他理想的新日本即將實現前夕，被偽裝前來拜訪的多名刺客以三十四刀殺死。得年只三十晉三。

關於坂本龍馬，我參閱的文本是楓樹林出版公司在二〇一三年出版的「坂本龍馬」一書。著作人是「兩洋歷史研究會」，譯者劉格安。

書上記述刺殺坂本的是一群訓練有素的刺客，其中一人在持刀時大喊「你這個王八羔子」。與坂本同時被刺的還有他的政治伙伴中岡慎太郎，以及隨從山田藤吉。

（按：讀友如對德川家康有興趣，遠流出版公司曾於一九八八年，將日本人山岡莊八所著千萬言德川家康幕府史，由何梨莉、丁小艾翻譯，出版廿六大冊「德川家康全傳」。）

16.
愛因斯坦

一、

愛因斯坦（Albert Einstein）被公認為廿世紀科學界的代表人物。

筆者閱讀的「愛因斯坦傳」是志文出版社新潮文庫一九七六年版本。作者菲利浦・法蘭克（Philip Frank）也是一位理論物理學家，是愛因斯坦的好友。本傳於一九四七年寫成。譯者張聖輝畢業於新竹清華大學，一九七一年赴美。

本傳內容豐富，不止完整記載了愛因斯坦的科學旅程，而且對愛因斯坦的內心世界也有深入的探討。

由於筆者不是物理科學圈人，幾經推敲，我認為還是先跟大家披閱一下愛因斯坦年譜，才方便接續下去的記述。

二、

一八七九年　出生於德國烏耳姆市。隔年隨家人遷往慕尼黑。

一八八九年　入路易堡高中就讀。

一八九五年　舉家再遷往義大利的米蘭，並捨棄德國籍。同年進入瑞士阿芬州立大學就讀。隔年轉入瑞士聯邦工業大學，四年後畢業。

一九〇一年　發表第一篇科學論文「毛管現象的二、三結論」，開始任教員。

一九〇三年　與米莉娃・瑪莉克結婚。

一九〇五年　完成光量子論、布朗運動理論、特殊相對性理論。並因「分子大小的新決定」獲得蘇黎世大學學位。

一九〇七年　發表比熱的量子理論。

一九〇九年　任蘇黎世大學理論物理學家客座教授。

一九一一年　發表有關重力對光線進路之影響的論文，並任布拉格大學理論物理學教授。隔年任聯邦工科大學正教授。

一九一三年　發表重力理論的基礎，並任柏林的普魯士科學院院士、威廉皇帝研究所教授。

一九一四年　移民柏林，獲德國名譽公民權。第一次世界大戰爆發。

一九一五年　發表安培分子電流的實驗証明。

一九一六年　確立萬有引力場的基礎方程式。發表光的收放量子論。

一九一八年　一戰結束。隔年與米莉娃離婚，回柏林與愛兒莎結婚。

一九二一年　獲諾貝爾物理獎。

一九二四年　發表波斯．愛因斯坦統計理論。

一九三三年　希特勒掌政。納粹政權剝奪其名譽公民權，沒收其財產。稍後他赴美，在普林斯頓任高級研究所終身研究員。兩年後提出量子力學完整性的反對論。

一九三六年　愛兒莎去世。

一九三八年　發表廣義相對論的運動方程式。

一九三九年　寫信給羅斯福總統討論原子彈問題。九月，二戰爆發。隔年取得美國公民權。

一九四五年　美國在日本廣島、長崎投下原子彈，二戰結束。

一九四八年　發表新的統一場理論。

一九五〇年　嚴正表明反氫彈的態度。

一九五五年　因心臟病去世，享年七十六歲。

過世後，「運用非對稱韻律學的統一場理論」才被發表。

三、

年譜中詳細記述了愛因斯坦前往世界各國的科學旅行，筆者沒有照抄，是因為愛因斯坦從一開始就不是什麼德國人、法國人、或美國人，他是世界人、宇宙人。

愛因斯坦被稱為不世出的天才，從年譜上看，好像比天才更重要的是他對科學研究鍥而不捨、孜孜矻矻的精神。或者拿他自己的話說：「天才是百分之一的天份，加上百分之九十九的努力。」

四、

愛因斯坦的科學研究成就登峰造極，固不待筆者多置一詞。更何況艱深無比，您、我很難理解。本文因此想特別著墨他的世界觀和反戰觀。

愛因斯坦一生曾有多種國籍，但基本上他生而為猶太人。

猶太人在西元第七世紀亡國，其後一千多年間，流離失所，浪跡天涯。雖然如此，「猶太民族主義」一直存在猶太人的血液中。

愛因斯坦的「狹義相對論」發表於一九〇五年，那一年他二十六歲。「廣義相對論」發表於一九一六年，那年他三十七歲。相對論是理論沒有實証。一九一九年美國觀測隊的天文學家觀測那年五月二十九日的日全蝕，才第一次証實了由「廣義相對論」所預測的萬有引力場導致的光之屈曲；到這個時候才奠定了愛因斯坦不可挑戰的物理科學家地位。前一年第一次世戰才剛結束。

一戰結束，德國敗戰了。猶太人的地位本來屈辱，一部分德國人要找尋代罪羔羊，開始散佈一個說法，說德國敗戰導因於境內猶太人領導的內部反抗，於是一種極端的反猶太的情緒不斷擴大蔓延。

一戰期中，英國政府宣稱願意支持猶太人在巴勒斯坦建國，讓全世界的猶太人能夠擁有一個建立在歷史鄉土上的民族和文化中心。

本書作者菲利浦・法蘭克說：「一開始，愛因斯坦對猶太民族主義者的目的感到懷疑，他不同情強烈的國家主義。他看不出以猶太國家主義代替德國國家主義有什麼好處。」「他也認為預計中的這個國家土地面積太小了，可能無法容納那麼多想落葉歸根的猶太人。他也預見了猶太民族主義與阿拉伯民族主義之間將會產生的衝突。」

可是，他的民族心靈還是讓他在一九二一年決定公開地以猶太民族主義運動支持者的姿態出現。

從傳記上看，愛因斯坦對自己決定以一個名揚國際的猶太人大科學家的角色挺身而出，在其後可能遭受的一連串毀謗、羞辱、打擊，事前預知，但並不在意。事實上愛因斯坦從未參加政黨，本身完全沒有絲毫政治權力慾望；連他參加猶太民族主義運動的目的，都自己定位於教育—在耶路撒冷建立一所猶太希伯來大學。

那個時間點，愛因斯坦還住在德國，偏偏在德國境內的猶太人自我分化，相互敵視。

愛因斯坦挺身而出後，他與魏茲曼（Chaim Weizmann）這位公認的猶太民族運動領袖結合。愛因斯坦在單獨從事前往荷蘭、捷克、奧地利的旅行演講後，於一九二一年與魏茲曼連袂訪美，希望旅居美國的猶太富豪慷慨解囊，完成民族運動的目標。美國的猶太人對愛因斯坦這位了不起的科學家公開承認猶太血統，充滿驕傲與狂喜。一陣訪美旋風後，他接續訪問英國、法國、中國、日本、巴勒斯坦、西班牙。其中，巴勒斯坦是英國殖民地，愛因斯坦特意去看了國都預定地台拉維夫，並且去體察日益加深的猶太人與阿拉伯人的衝突。

在歷經二戰期間希特勒對猶太人慘絕人寰的暴行後，猶太人的建國運動在二戰結束後實現了。以色列建國後，以阿之間果然戰爭不斷。

本書作者由於長期與愛因斯坦為友，近身觀察出愛因斯坦參與民族主義運動的痛苦和折磨，不過筆者認為最重要的是當猶太民族主義運動期間，他的良知使他站在歷史正確的一邊。

五、

一九四五年美國在日本廣島和長崎投下兩顆原子彈，隨後日本無條件投降，結束了二戰。

原子彈的事情必須以一九〇五年愛因斯坦發表「特殊相對論」（即狹義相對論）為起始點。

愛因斯坦這個質能互變的理論，激出了其後三十幾年間國際科學界的一連串發現，最後才演變到原子彈的發明。

一九三三年愛因斯坦永別希特勒掌權的德國，進入美國普林斯頓高等研究所，那裡有一群頂尖科學家。到了一九三九年，原子彈的理論和實踐已接近成熟，這是人類歷史發展的一個關鍵點，美國要不要製造原子彈成為科學家們最大的心靈折磨。最後他們決定一：不可讓德國先擁有這種毀滅性武器；二：由愛因斯坦代表大家寫信給羅斯福總統。愛因斯坦寫信了，羅斯福總統接受建議了，「曼哈坦計劃」（Manhattan Project）於是啟動，美國先製造成功原子彈，並且用以結束二戰。

本段要記述的真正重點是：

建議羅斯福總統製造原子彈，用以結束戰爭的愛因斯坦，於戰後第五年也就是一九五〇年，公開表明反對研究氫彈。

一九五五年更與英國哲學家羅素等九人共同發表「羅素、愛因斯坦聲明」主張人類永久和平。

在這本傳記上，有兩句話，筆者感觸最為深刻：

一句話是：愛因斯坦自己說：我沒有獨特的天份，只有強烈的好奇心。

另一句是：愛因斯坦常常引用美國開國先賢班傑明・富蘭克林（Benjamin Franklin）的名言「從來沒有好的戰爭，也從來沒有不好的和平。」

六、

已經寫完本文，才又發現書房裡另有一本「愛因斯坦─他的人生、他的宇宙」。作著華特・艾薩克森（Walter Isaacson）是美國通識教育機構亞斯本的執行長，是知名傳記作家。譯者郭兆林、周念縈。時報文化公司於二〇〇九年出版。

這本傳記一如書名，有一半篇幅記述愛因斯坦複雜的愛情生活。另一半才談科學。有幾段文句值得引述，以增益本稿內容。

─愛因斯坦和羅素等九位人士簽署的宣言認定「在未來的世界大戰中，核子武器無疑會派上用場，這種武器將會威脅人類的永續生存。鑑以此點，我們呼籲世界各國政府正視並承認世界大戰無法達成目的，期盼各國政府尋求和平方法解決所有爭議」。

—愛因斯坦死於動脈瘤。過世時床邊還有十三頁寫的滿滿的方程式，上面夾雜著修改的痕跡，也就是說直到最後一刻，他還在努力探索難以捉摸的「統一場論」，留下符號與數字，希望可以帶領眾人更進一步看清楚宇宙法則的真諦。

—對愛因斯坦仙逝，艾森豪發表褒揚：「貢獻二十世紀知識躍進，無人望其項背。掌握知識力量，無人謙遜若此。反愚智毀滅浩劫，無人知之更詳。」

—紐約時報在愛因斯坦過世次日，發表社論並刊出九篇報導。社論指愛因斯坦是「三百年來最明睿洞悉的智者」。

—愛因斯坦堅持火化，並把骨灰撒掉，以便安息之地不會成為人們病態致敬的對象。但事實上他的大腦被普林斯頓醫院的病理學家哈維（Thomas Harvey）保留下來做為研究之用。

這個哈維把愛因斯坦的大腦做成顯微切片保存，但他自己因為婚姻多變，東遷西搬，這些顯微切片一直到四十三年後才交還給醫院。其後有三篇論文證明這顆大腦果然與眾不同。不過也有人批駁，認為「應該關心的是愛因斯坦的心智如何運用，而不是他的腦部結構異常。」

17.
甘地

一、

印度是人類文明發源地之一，境內王國林立。一六〇〇年被採殖民主義的大英帝國佔領，統治了兩百五十八年。後頭的三十年，印度獨立運動興起，靠著甘地這位留學英國的律師，以「不抵抗主義」和「不合作主義」領導子民，本身九次入獄，十八次絕食，終於在一九四七年達成獨立建國的目標。

甘地被舉世稱為聖雄。他的繼承者尼赫骨頌讚「他就是印度！」

二、

筆者閱讀的甘地傳記，書名叫做「他就是印度甘地」，這是甘地的口述自傳「我體驗真理的故事」。北辰文化公司一九八七年初版的世紀人物傳記系列。未註明譯者何人。

世人對甘地的崇敬，主要原因有二：一是他對真理的專一和執著；二是他發明了「不合作主義」和「不抵抗主義」而且獲得成功。

筆者在閱讀過程中發現，他的大業其實同時面對三群強勁對手：一是掌握武力和監獄的英國殖民當局，二是眾多無知的印度人民，三是鬩牆鬥爭的同儕。

令筆者掩卷太息、百思不得其解的是，這樣一位一代人傑最後竟然死於同胞暗殺！

三、

甘地（Mahatma Gandhi）於一八六九年出生於印度西岸波達班。父親是小國首相。十三歲時與同齡嘉雪脫比小姐結婚。十九歲赴英國攻讀法律，二十二歲取得律師資格後返回印度。二十四歲轉往南非，被迫領導在當地受白人壓迫的印度同胞從事「靈力運動」。

因為這是甘地反抗運動的起始，有必要詳加解說。

甘地前往南非，原是因為要脫離在印度執業律師的惡劣環境，另謀生活。可是南非是個採種族隔離政策的英國殖民地，在統治者以及英國商人眼中，所有有色人種與南非黑人沒有兩樣，所以甘地雖是律師，卻因不是白人仍備受不公平對待。此外，基督徒教徒和印度教徒也生信仰衝突。甘地自述，雖然「印度教的短處是我所深切感受的」，「但我不能認基督教為最完全或偉大的宗教」，「叫我相信只有做了基督徒才能進天堂或得救，這是不可能的。」

這段時間，甘地與各國宗教界人士通信頻繁，希望解惑。他也與名揚國際的俄羅斯文豪托爾斯泰通信，與托翁幾番接觸後，甘地：「我逐漸覺悟到博愛的無限可能性。」

一八九六年，甘地短暫返回印度，乘機讓印度同胞了解在南非印度人的可憐處境。同時他也獲知在南非，一個仇印運動已在醞釀，所以他兼程返回南非。可是經由英國通訊社的傳播，在南非的白人對甘地回印度說他們的壞話氣憤不已，便以印度發生黑死病為由，拒絕甘地及同船幾百名印度人上岸。在被禁足船上二十三天後上岸的甘地又遭遇毆打。他的律師身分使他常能得到較好待遇，但他的有色人種身分總是使他吃盡苦頭。

在這節骨眼，他的朋友波樂送給他一本詩人羅斯金（Ruskin）的「到這最後的一個」（Unto This Last）。甘地從約翰尼斯堡搭火車返回居地奈托爾的二十四小時旅途中看完這本書，得到以後人生行事的最大啟示：

——「個人的好處包含在全體的好處裡面。」

——「一個律師的工作與一個理髮師的工作有同等價值，因為用工作來謀生是一切人同享的權利。」

——「勞動的生活，即耕田和手工的生活，是有價值的生活。」

甘地即知即行，他把先前辦的「印度輿論」雜誌搬移新址以減少虧損，並給十個工人每人一律日薪三鎊。同一時間，他又體會節慾與完成偉大事功的必要關連。

白人殖民當局對付黑人及其他有色人種，有苛稅暴政，甘地認定祖國人被侮辱，是不能忍受的事，他鼓吹印度僑民對統治當局常出爾反爾不可緘口不言，並發起堅強的「靈力運動」；也就是靠意志和不惜入獄來改變暴政。甘地因此被捕入獄。最後英國良心人士哈定治公爵（Lord Hardinge）仗義執言提出「抗法運動」（Civil disobedience，就是台灣說的「公民不服從」）。

原採鐵血政策的殖民當局，後來進退兩難，只好草草收場，甘地終被釋放。經過這一番波折，甘地顯然已蛻變成一個完全不同的靈魂。

四、

一九一五年　四十六歲的甘地結束在南非二十二年的居留，返回印度，經理「真理學院」。

一九一七年　指導杉伯蘭地區的佃農抗議運動。

一九一九年　為抵制英國產品，鼓勵印度農民自己紡紗織布。一九二〇年發表「不合作宣言」。退回英國所頒贈的勳章。

一九二一年　英國王子訪問印度，甘地發動全面罷工、罷市作為無言的抗議。

一九二二年　判刑六年，入獄。

一九二四年　因病獲釋，參加國民會議派大會。

一九二八年　在國民會議派大會上決議「以一年時間，逐步要求印度完全獨立。」

一九三〇年　發動第二次反英運動，呼籲拒買官鹽，帶領群眾長途跋涉到海邊製鹽，再度被捕入獄。
一九三一年　被請去出席倫敦圓桌會議。
一九三四年　獨立運動內鬨，退出國民會議派。
一九四〇年　被國民會議派開除。
一九四二年　因主張以各種手段保衛印度，再度被捕入獄。
一九四三年　為要求無條件釋放，第N次絕食。
一九四六年　為調停印度教與回教之間糾紛到各地進行遊說。
一九四七年　印度獨立。
一九四八年一月三十日，遭受暗殺當場死亡。得年七十又九。

五、

甘地的形象流傳最廣的是光著上身，蓆坐在紡織機旁，邊閱讀文件的那張照片。

在反抗運動如火如荼時，驕傲的英國人形容甘地是「如果在街上遇到絕不會看他第二眼」的鄙夫。

但「正是這外表的平庸，反應了甘地內心的卓越。他用言行證明他是投身政治而能保有高貴情操的聖徒。」本書扉頁如是說。

台灣相關史料指出：霧峰林獻堂在日據時期反日，梁啟超建議他學習甘地的「不合作主義」。一般認為，林獻堂後來領導「台灣議會設置請願」活動，以及與蔣渭水一起創立「台灣文化協會」等，就是師法甘地。

不過被批為台奸的辜顯榮也自稱學習甘地。已故立法委員、少棒之父謝國城家的先人當年寫打油詩一首嘲諷他：

甘薯簽比魚翅，
爛香蕉比雞腿，
破尿壺比玉器，
辜顯榮比顏智。

（按：日據時期，甘地的大名，中文譯為顏智。）

18.
德蕾莎修女

一、

德蕾莎修女是一個常年帶領一大群慈愛工作者進出貧民區照料貧困眾生的矮小婦人。

一九七九年，她獲得諾貝爾和平獎。領獎後，她把獎金全部投入窮人工作，未曾替自己留下一分一毫，連獎章也全部變賣投入她的拯救事業。

德蕾莎修女行善數十年後，一九九七年以八十七之齡離開人世。二〇〇三年，她被教廷列為「真福」，二〇一六年被天主教教宗冊封為「聖徒」。

她是名實相符的一代偉人。

二、

這位一代偉人於一九一〇年出生於歐洲馬其頓共和國首都斯科普里，被命名為愛格尼斯（Agnes Gonxha Bojaxhiu）隔天受洗。

十二歲時，她第一次感受到上帝的呼召，要她今生以佈道宣教為職。十八歲前往愛爾蘭學習英語，兩個月後首途印度加爾各答，然後轉往大吉嶺開始宣教見習，二十七歲成為終身職神職人員。

一九四八年，三十八歲的德蕾莎修女離開修道院，脫下制服，到街上做了一件白底藍邊平民紗麗，進入貧民窟，開始上帝交付的使命。四年後第一個「垂死之家」在加爾各答成立啟用。

一九六五年，她創立的仁愛修會獲得許可，可在全世界成立分會，此時有三百名神職人員和她一起工作。

其後三十二年，「德蕾莎修女」成為世界慈善工作的代名詞，分會遍佈各國，她

獲獎無數，受獎後他立即恢復苦行。她從不募款，但她的愛心和苦行感動了非常多的善男信女，她是全世界窮人的仰望。

出殯之日，成千上萬印度人民以及她的家人—就是那些窮人、乞丐、孤兒寡母、痲瘋病人、殘障者、無家可歸的遊民，一起走在送葬隊伍裡頭。此外還有印度總理，以及來自世界各地的四百多位政要，包括三位女王、三位總統、教廷代表團，一起陪她走完最後一程。

之前，她的靈柩移往教堂，接受公眾瞻仰告別。一連七天，總計上百萬各國人士，不分種族、信仰、社經地位，大排長龍。世界各國媒體製作專題，藉表追思。

她一貧如洗，但最後得到高於帝王帝后的尊榮。

三、

筆者閱讀主流出版公司二〇一七年初版、王樵一編著的「以愛領導的德蕾莎修女」一書。閱後用心思考德蕾莎修女的尊榮所自何來？得到兩個答案：一是他的艱苦事功；二是他的深邃思想。

先談深邃思想。

一九七九年，她在領受諾貝爾和平獎的典禮上，講了一些話。

—這項榮耀，我個人不配領受。我以天主的榮耀接受此獎，同時代表世界上所有飢寒交迫、流落街頭和傷殘疾病的人們，以及那些被忽略、未被關懷的人們。我以他們的名義來領獎。

—今天，我在這裡強調關愛窮人，因為窮人也同樣是上帝親手所造，因此我們如果背棄窮人，就等於背棄上帝；如果我們傷害窮人，就等於我們傷害基督。請記住上帝賜給我們的禮物，就是要我們彼此相愛。

一九四八年，德蕾莎選擇印度做為她開始慈愛工作的起點，因為她發現印度窮人太多了。

—你是偶然地出生就是印度人，我則是後天自願選擇要當印度人。

—上帝不曾創造貧窮，貧窮是世人所造。在上帝面前，我們都是窮人。我們不應該可憐他們，而應該以同理心對待他們。

—聖潔就是除去我身上一切不屬於上帝的東西。聖潔就是微笑地遵行上帝的旨意。

—對於靈魂孤單的孩子或窮人以及所有正遭遇患難逼迫的人，或許我們給不出太多物質幫助，但如果我們有顆充滿愛的心，就可以湧現喜樂，把喜樂分贈給人。

一九六九年，德蕾莎修女的「仁愛修會」組織正式成立，然後分會快速增加，到後來連許多禁止傳教的國家，像衣索比亞、古巴、尼加拉瓜等，都主動邀請她前去設立據點。

—世界上的資源，特別是食物的資源，是非常有限的。它屬於所有人，不管你是誰，都沒有權利揮霍和浪費。每個人都有義務讓這些有限資源得到最好的利用。

—當今世界最嚴重的疾病不是肺結核或痲瘋病，而是被討厭、被忽視、被遺棄的感覺。當代最大的罪惡不是別的，而是缺少慈愛和慈善，是對街角正在遭受痛苦、貧乏、疾病、傷害的人們所表現出來的可怕冷漠。

四、再談她的艱苦事功。

李家同教授在高度推崇德蕾莎修女的文字中說：我們多數人都能夠同情窮人，但只有極少數人能夠近距離關懷那些骨瘦如柴的乞丐，更少人敢深入世界最骯髒、最悲慘的貧民區，親手去觸摸那些貧病交加、垂死之人的手。德蕾莎修女之所以如此勇敢地投身這個悲慘世界，完全因為她對窮人有一種發自內心的尊敬；之所以要過非常簡樸的生活，也是由於她對窮人的尊敬。

德蕾莎把自己的生活降低到最低需求，同時要求所有手下也照樣節儉自持，然後把每一分錢都用以施捨。

百年諾貝爾獎依例會為得獎人辦一場隆重無比的晚宴。德蕾莎修女知道請一百三十五位賓客的這場晚宴要花七千美元後，要求主辦單位取消晚宴，把七千美元捐給仁愛修會；因為那七千美元可以讓一萬五千位窮人飽餐一天。

德蕾莎的善行善念感動了世界各地有心男女，善款從各地湧入，但終其一生，簡樸依舊，清修依舊，未有一絲一毫改變。

筆者是見証人之一。大約在民國七十一年左右，筆者代表吳尊賢基金會前往汐止仁愛修會，試圖連繫德蕾莎修女來台訪問。在簡陋無比的修會裡，接見我的修女衣著簡樸，慈眉善目，我連坐下來的椅子都沒有。

天主教教宗在為她舉行的追思彌撒上說：「這位舉世公認的窮人之母，為所有人樹立了一個榜樣，同我們見証了上主的愛。她接納了這份愛，然後把她的一生，轉化成一份禮物，奉獻給人類。她使我們知道，就算在艱難險阻的時刻，只要有愛，人生仍然是有價值的。」

筆者不是天主教徒，不瞭解被教宗「冊封為聖徒」的完整意思。查維基百科，說「聖徒是指一些已經過世，如今卻與基督一同在天上的人。」

一日為善很容易，一年為善也不難，終生為善誠屬難能可貴；選擇貧民窟、痲瘋病院終生行善，而自己和萬千同僚清修自持，始終不改其志，這是不折不扣的「聖徒」。

19.
李遠哲

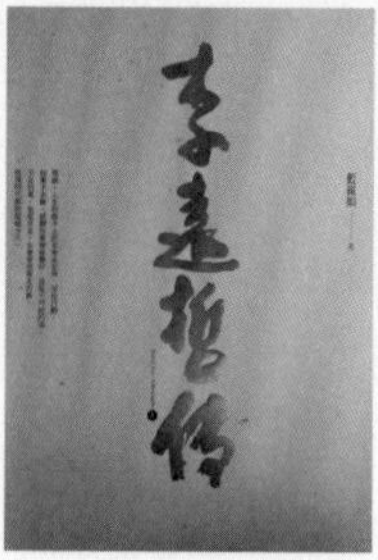

一、

李遠哲博士是迄二〇一七年止，唯一得到諾貝爾獎的台灣人。二〇一六年李遠哲八十歲，藍麗娟女士用了三年時間撰寫的上下兩巨冊「李遠哲傳」，由圓神出版社初版。

二、

李遠哲新竹人，一九三六年出生。

李家先祖世居中國福建泉州府。於清朝打敗鄭成功後移民台灣。

一八九五年甲午戰敗，滿清政府把台灣割讓日本，日本殖民當局讓台灣人自己選擇歸順日本或離開台灣。李遠哲的祖父李樹勛決定返回唐山，卻半途遇到海盜，只好折返新竹開雜貨店。李遠哲的父親李澤藩是李樹勛的第三個兒子。

李澤藩是美術老師。李母蔡配任幼稚園園長，是梧棲富裕人家的千金。

一九四三年李遠哲進入新竹國小，旋即為了躲避美國軍機轟炸，避居雙溪親戚家裡，終戰後才返回新竹老家，轉入新興國小就讀三年級。

在小學、初中、高中階段，李遠哲對體育、音樂、文學都有興趣，頭角崢嶸，卻在高一時勞累過度，不得不遵醫囑休學一個月。這一個月休養期間，他反覆思考，自我詰問，大澈大悟，決定「不可再像無頭蒼蠅般忙著打球、比賽、管樂隊等數不盡的活動」「要過有意義的人生，要成為有用的人，才能對國家社會有貢獻。」

一九四九年，國民黨在國共內戰中失掉中國大陸江山，蔣介石帶著軍隊和國民政府遷轉台灣，台灣的天空驟變，李家也遭遇一些驚恐。

一九五五年，李遠哲從新竹高中保送台灣大學，他知道父母希望他讀醫科，可是李遠哲一心想當科學家，所以選擇了台大化工系。這一年李遠哲十八歲，隔年轉進化學系二年級。

大學四年，李遠哲從室友張隆鼎認識了他的六哥張昭鼎，張昭鼎早李遠哲兩年進入台大化學系，後來成了與李遠哲一生事業攸關的至交。

李遠哲在台大期間對「物理化學」特別用心鑽研，亦即用物理學的角度分析物質的化學原理、規律和方法，而且做了很多實驗。大學四年期間也有不少際遇，對他的人生觀產生很大衝擊。

一九五九年，李遠哲就讀清華大學原子科學研究所。兩年後取得碩士學位，然後到成功嶺服義務兵役。

一九六二年與端莊秀麗的小學同窗吳錦麗訂婚。那年九月，二人赴美，李遠哲進入柏克萊加州大學攻讀博士學位，吳錦麗進入天主教舊金山大學讀教育碩士學位。兩學校在市區巴士車程內，每個週末這對未婚青年可以歡聚。某個週末，他們攜手到奧克蘭市政廳辦了登記結婚，租了一間小套房，成立了小家庭。不久吳錦麗懷孕了，過幾個月，吳錦麗生下第一個兒子李以群，然後才打電話給在實驗室的李遠哲。

只花了十六個月時間，李遠哲就取得博士學位口試資格。李遠哲的博士學問，筆者完全不懂。抄藍麗娟女士的文字，說「簡而言之，李遠哲的研究發現，當能位介於量子數八P到十一P時，離子的速度是一致的，但能位從量子數十一P到量子數無限大（也就是鉋直接被光子電離），相位差卻逐漸增加兩倍。這表示，離子花了兩倍的時間抵達電極另一端。」還說，李遠哲的結論驚人地「修正了保林大師的化學鍵理論。」

李遠哲買了一輛二手車，原來騎用的機車送給了剛來的台灣留學生。學校提供這位青年科學家位於大學村的新住家，博士論文堂堂列刊「化學物理期刊」。一九六五年博士論文交卷，經審查委員會簽字。李遠哲以非常少見的兩年九個月取得博士學位。

三、

一九六五年六月，李遠哲留在柏克萊馬漢教授的實驗室擔任博士後研究員，開始探索科學的新旅程，專攻離子與分子碰撞後的反應動態。

一九六七年一月，李遠哲轉往東岸麻塞諸塞州，進入哈佛大學開始另一個階段的科學鑽研。

一九六八年，李遠哲轉往芝加哥大學擔任助理教授，繼續他的科學探索。

一九七二年春季，李遠哲應台灣新竹清華大學化學系之邀，返台擔任了一個學期的客座教授。

一九七二年夏天返回芝加哥大學，隔年一月升任正教授。
一九七四年，李遠哲重返柏克萊。
一九七八年，李遠哲獲美國國家科學院提選為院士。同年中國科學院聘請李遠哲為名譽研究教授。兩年後曾赴北京講學三個星期。
一九八〇年，台灣中央研究院選為院士，此期間李遠哲奔波美台之間，參與推動設立台灣中研院的分析和同步輻射研究中心。
一九八三年任行政院「同步輻射研究中心指導委員會」委員。
一九八六年，獲雷根總統親頒美國國家科學獎章，並獲得美國物理化學界最重要獎項—彼得．迪拜獎。
一九八六年十月，諾貝爾獎基金會宣佈：李遠哲與達得利．赫許巴赫，及約翰．彼拉尼三人共同獲得諾貝爾化學獎。得獎理由是「因為他們對化學基本過程的動態學的貢獻」「將交叉分子束儀器帶到新的境界」。十二月十一日，諾貝爾逝世紀念日，五十歲的李遠哲從瑞典國王手中接受了國際科學界的終極桂冠。

四、

受獎後，李遠哲於年底回台十二天，接受表揚，與台灣同胞分享榮耀，然後頂著光環，開始忙碌的國際科學家生涯。

一九九四年李遠哲接受李登輝總統聘請，舉家搬回故國，榮任中央研究院院長。返台後的李遠哲備受朝野各方尊重。李遠哲院長除了勠力擴充中研院，提升國內科學發展，也願意應邀承擔許多相關改革、救災之類的額外任務。

可是二〇〇〇年成了一個分水嶺，他以民主政治政黨輪替有益於國家進步的信念，發表「向上提升或向下沉淪」演講，支持民進黨總統候選人陳水扁。陳水扁當選後，李遠哲被另一方指為失掉政權的禍首，開始面對各種惡意的攻訐。

二〇〇六年，李遠哲兩任中央研究院院長任期屆滿。二〇一一年至二〇一四年出任總部位於巴黎的「國際科學理事會」會長，領導世界一百二十二個國家會員推動攸關人類社會永續發展的相關工程。二〇一五年底完全退休。

五、

承李院長不棄，筆者自一九九八年相與交往迄今，每隔一段時間就會見面談話。李遠哲總是鼓勵筆者多服務國家。遇到棘手的政治問題時，李遠哲也常會不恥下問，每次我都竭誠回答。

二〇一六年，有人又以錯誤的資訊大肆批評李遠哲，筆者無法苟同，乃以「唾沫殺人」為題，公開為他辯白，其中有幾句話，筆者特意在此引述，以正是非，兼全公道：

—受政府之託，費心費力主持教改研究，按時程提出研究結論和建議（廣設高中並增加公立大學錄取名額），這是應該發獎狀的事，怎麼會變成打屁股？

—得到諾貝爾獎的人在行有餘力的時候，走出象牙塔，對國家社會付出關懷，這是各國諾貝爾獎得主共同信仰的寶貴情操。李遠哲博士當年希望台灣向上提升，所以個人選擇了支持對象，一如他以七十五高齡仍願賁老命出任國際科學家協會理事長，在台北和巴黎之間辛苦飛行，是一種付出情懷；這又有什麼錯？

—李遠哲支持民進黨，導致兩千年台灣首次政黨輪替是事實。可是當陳水扁出醜之後，李遠哲一本良知，立即公開發表聲明，義正詞嚴要陳水扁「知所進退」；這是典型的「光風霽月」；試問，有幾個人做得到？

六、

筆者的感慨之一是：在民主自由的台灣，每個人都可以喜歡張三，不喜歡李四，或討厭王五，可是怎麼可以濫用自由到任意捕風捉影、指鹿為馬、顛倒是非、人身詆毀的地步？

筆者的感慨之二是：台灣向來缺乏典範人物，李遠哲科學研究成就可觀，更難能可貴的是人格高潔、胸懷開闊；到底是什麼一種心態使得少數幾人認為非把他鬥臭不可？

該文文末，筆者也說了一件沒人知道的事：

李遠哲院長任上，有一次筆者與李院長同車，外面下大雨，車內竟下小雨。問李院長何以故？李院長說有一筆換車預算，他叫總務處拿去優先購買一輛比較急要的公務車。稍後不久，我跟陳水扁總統提及此事，隔天陳總統從總統府調了一輛車子供李使用。李用了兩天以示尊重，第三天原車奉還，繼續使用那輛會下小雨的老車子。

基於以上事功和人格典範，筆者幾經推敲，決定把李遠哲列入本書十大世界人傑之列，讓同胞共享榮耀。

二〇一五年迄今，李遠哲退而未休。他選擇長居台灣，繼續為這個國家貢獻心力。

20.
賈伯斯

一、

好讀出版公司在二〇〇二年出版了一本由郭景先生編著的「改變人類歷史的偉大發明」。

郭景先生介紹了二十世紀一百項最了不起的發明，這些發明確實改變了人類生活。

比如說，X射線、冷氣機、維生素、結核病疫苗、高速公路、核子反應爐、電腦、口服避孕藥、人造衛星、人工胰島素、網際網路、愛因斯坦相對論等等。

一百種發明，不管是一條方程式，或一項實體，都是一位或數位科學家嘔心瀝血的結晶；這些科學家，每一位都是人傑。

筆者選取賈伯斯，只是做為實物發明家的代表；就好像筆者選取愛因斯坦做為理論科學家的代表一樣。

二、

我手上有兩本賈伯斯的傳記，一本叫「i狂人賈伯斯」，臉譜公司二〇〇五年出版，著者Jeffrey S.Young。譯者陳筱黠、郭婷婥。一本叫「賈伯斯傳」，是天下遠見出版公司二〇一一年出版，並聲明獲得賈伯斯唯一授權。作著華特・艾隆克森（Walter Isaacson）譯者廖月娟、姜雪影、謝凱蒂。

前一書有一副題—從另類人生到超酷創新的蘋果風格趨動家。並且在封面上印有如下文字：他堆起麥金塔，他吹響了ipod，他號令玩具總動員，他是天真的狂人，只准最酷的東西來到真實世界！到底他憑什麼縱橫電影、音樂、資訊三大產業？究竟他靠什麼抓住蘋果字號產品的迷人元素？

後一書有二十四張賈伯斯居家和工作的照片。

筆者根據二書記述，撰寫這篇文章。

三、

前一書由施振榮、童子賢、詹偉雄分別寫了三篇導讀推薦序。他們三人都對賈伯斯的成就給予高度推崇。作者在序言中則特別推崇賈伯斯的領袖魅力。

後一書的作者寫了一篇序，說明賈伯斯邀請他寫傳的經過，裡頭有一段話應該讓本文讀者先讀為快：本書描述的是一個創造力旺盛的企業家，雲霄飛車般驚險刺激的一生。他那執著的個性、追求完美的熱情和狂猛的趨力，推動了六大產業的革命，包括個人電腦、動畫、音樂、手機、平板電腦和數位出版。或許還可以加上第七個，也就是零售店。

四、

賈伯斯（Steven Jobs）於一九五五年出生於美國舊金山。出生時的名字叫杜約翰

（Joó Doe），出生才幾週，他的母親就把他送給一對也是住在舊金山、胯下無子的夫婦保羅．賈伯斯（Paul Jobs）、克萊拉．賈伯斯（Clara Jobs）收養。

這位養父原來貧苦，後來加入領薪水的海岸防衛隊。二戰結束後回到故鄉印地安納州，一度受雇暴力討債。一九五二年搬到舊金山，三年後收養了杜約翰，把它改名為史蒂夫．保羅．賈伯斯。

小時候，賈伯斯調皮搗蛋，進入小學後因為不喜作業，被停學多次，卻幸運碰到一個好老師，鼓勵他跳級進入中學。但本性難改的賈伯斯愛讀就讀，不讀就翹課。一九六七年，賈伯斯遊說父母同意搬家到洛斯拉圖，那裡是一處科學發明的地域。賈伯斯在那裡讀高中。

我們必須提及在那個年代美國陷入越戰爭論和民權衝突，賈伯斯也就在這個年代和這個地方認識了幾位放浪不羈、才思敏捷的朋友。

不過賈伯斯在成名以前，青澀年華的面貌是多重色彩的，他還一度修了創意寫作課程，並且接受了反主流價值觀。

那時段，舊金山是嬉皮大本營，賈伯斯沒有加入嬉皮行列，但吸大麻、長髮披肩，而且還曾採半詐騙買賣賺錢。

一九七二年，賈伯斯依自己意願進入奧勒岡州波特蘭市的里德學院（Reed College），但旋即又請休學。過兩年輟學回到父母家裡，考入一家公司，但言行怪異，公司好像容忍性很高，還讓他去德國交涉一件商務時，路經印度，讓他找尋東方神秘主義。回到公司時，「賈伯斯穿著一件橙黃色長袍，炫耀著一顆剔過的頭。」不過，此時他的天份已逐漸展露。

一九七五年，第一台個人電腦在美國出現，賈伯斯開始和他早期認識的好友沃茲認真思考如何從這個全新的領域大顯身手。

五、

一九七六年，賈伯斯、沃茲、韋恩（Ronald Wayne）三人分別出資四百五十元、四百五十元、一百元，總共一千美元成立了蘋果公司。不久「蘋果一號」（Apple 1）問世，但銷路不好。一九七六年稍後，「蘋果二號」推出。一九七七年，馬克庫拉（Mike Markkula）投入巨資，蘋果公司擴大，賈伯斯成為全職員工。四年後公司上市。到了一九八〇年底，蘋果股票市值達到十七點九億美元。上市之前，老闆們好意把部分股份低價賣給一般員工，上市後每人頓成百萬富翁。

剛四年前，賈伯斯一貧如洗，現在也忽然變成了億萬富豪，不過賈伯斯篤信禪宗，他在蘋果公司上市三十年後，曾回憶人生，說他「絕不讓金錢破壞他的人生。」

一九八二年二月，賈伯斯上了時代雜誌封面，成為世界名人。

六、

兩本傳記都用了很多篇幅記述「麥金塔」。

一九八一年八月，推出個人電腦時，賈伯斯要研究團隊買一台來拆解審視，這批天才一致認為「很爛」。傳記中說，賈伯斯有一鮮明個性，「喜歡視自己為有智慧、為了正義反抗邪惡帝國的絕地武士。」ＩＢＭ就是他眼中的邪惡帝國。

一九八四年，麥金塔電腦以刻意百般營造的氣氛登場，他們自稱在宇宙留下刻痕，事實上這也是蘋果和ＩＢＭ競爭的分水嶺。

狂傲自大不可一世造就了大大成功的賈伯斯，卻也大大傷害了他和同僚的人和；不斷衝突的結果，導致賈伯斯終於在一九八五年被奪去在蘋果公司的實權。

從義大利、蘇俄旅行冥想回到舊金山的賈伯斯，決定成立一家名為ＮＥＸＴ的公司來向蘋果公司証明他的不可或缺。一位名叫洛斯的德州大亨同意投入兩千萬美元取得十六%股份。一九八九年推出電腦但銷路平平。此時段，ＩＢＭ、微軟（Microsoft）和日本佳能（Canon）為了市場廝殺激烈，迪士尼想搞電腦動畫，於是窮則變，變則通；賈伯斯與迪士尼合作的 Pixar 電腦動畫公司宣告成立。但這畢竟是另一個範疇，其中牽涉行規和作風，賈伯斯好像格格不入。

此一時段，蘋果的市佔率逐步下滑，幾經人事鬥爭周折，在離開蘋果公司十三年後，賈伯斯「終於帶著復仇的意味坐回執行長位置。」

其後十二年，賈伯斯領導研究團隊走上科技發明和公司經營的高峰。二〇〇四年得知自己罹患胰臟癌，二〇〇九年過世，驚動全球。得年五十又四。

本文末轉述賈伯斯複雜的感情生活，不過筆者同意「i狂人賈伯斯」一書最末一節最末一段最末一句：「**我們期待我們的英雄有缺陷，沒有缺陷的英雄不會成功。不過，最後我們必須記住的不是他的缺陷而是成就。**」

Chapter 3

文學精典篇

21.
三國演義

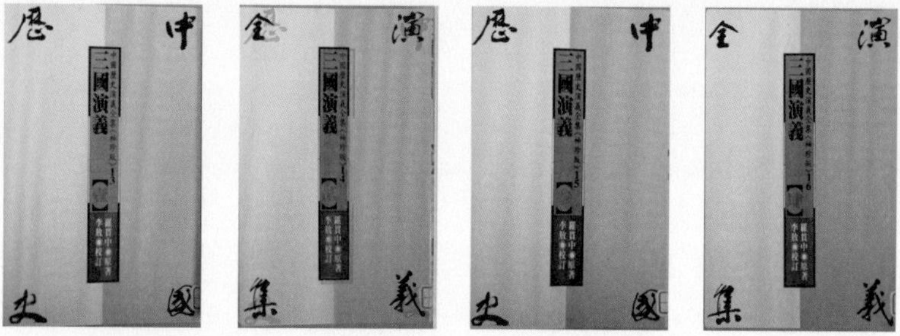

三國演義是膾炙人口的歷史章回小説；既是歷史，當然就有部份真實人物和真實故事；既是小説，當然就不免加油添醋。

據考據，三國演義説本首先出現在中國宋朝，一般認為明朝羅貫中總其成。可是首版出現後以迄清朝，有很多演義作家不斷增減或作情節修改，所以版本不少。作家常有個人強烈感情存乎文字之間，因此三國人物，忠貞的有沒有那麼忠貞？邪惡的有沒有那麼邪惡？愚笨的有沒有那麼愚笨？聰明的有沒有那麼聰明？恐怕都可以存疑。甚至於幾名被稱為一代猛將的角色，在演義文本中，無不神勇到了頂點，這與事實相距多少，其實都可以懷疑。

不過，由於三國演義膾炙人口，事實上它已深刻影響了萬千讀者對政治、軍事，乃至人情義理的認知。筆者知道，重商的日本人甚至於詮釋三國演義中的百般糾葛，寫成「商道」，同樣風靡東瀛工商界。

坊間有一大堆從不同角度解說三國演義的書冊。筆者看的是遠流出版社公司在一九八七年出版的六十冊「中國歷史演義全集」中的三國演義四冊，筆者不是考據家，不是小說評論家，自然不會去做考據或小說評論的事。至於筆者稍有瞭解的政治行為，因為基本上三國演義是小說，當然更認為沒有太正經看待的道理。只有諸侯軍閥爭奪地盤，文臣武將爭競功名，導致小兵小卒暴屍沙場，匹夫匹婦民不聊生，絕對真實。

三國演義的情節經由電影、電視連續劇，大家耳熟能詳，所以筆者另闢蹊徑，對文本中的精華文句，做高度推崇。

以下是筆者信手捻來：

—天下大勢，分久必合，合久必分。

這是三國演義第一回「宴桃園豪傑三結義，斬黃巾英雄立首功」的第一句話。作者說，「周末七國分爭，并入於秦。及秦滅之後，楚、漢分爭，又併入於漢。漢朝自高祖斬白蛇而起義，一統天下。後來光武中興，傳至獻帝，遂分為三國。」作者以這樣的敍述展開三十萬字的三國故事，而最後以第一二〇回「薦杜預老將獻新謀，降孫皓三分歸一統」為完結篇。

人類政治史的演進錯綜複雜，作者十二個字歸納為一原理，不能不說切合精要。

—**良禽擇木而棲，賢臣擇主而事**。

這句話首次出現在三國演義第三回「議溫明董卓斥丁原，餽金珠李肅說呂布。」為平黃巾之亂，朝廷詔告各路諸侯出力。西涼刺史董卓擁兵二十萬，對朝廷早有不臣之心，朝臣對董卓豺狼之性頗有戒心，但董卓已長驅直入，且欲廢帝另立陳留王，反對者之一是荊州刺史丁原，二軍興起衝突。

頂頂大名呂布就在這時候出場。

三國時代，呂布被推為猛將第一名，作者以這樣的文字記述呂布出場：「只見呂布頂束髮金冠，披百花戰袍，擐唐猊鎧甲，系獅蠻寶帶，縱馬挺戟。」然後「飛馬直殺過來」「董卓慌走」「卓兵大敗，退三十餘里。」

敗退後的董卓急找手下商量，說「吾觀呂布 非常人也。吾若得此人，何慮天下哉！」這時候虎賁中郎將李肅獻策：「主公勿憂，某與呂布同鄉，知其勇而無謀，見利忘義，某憑三寸不爛之舌，說呂布拱手來降，可乎？」

董卓聞言當然高興得不得了。可是給什麼「利」可以讓呂布忘「義」？

李肅腦筋動到董卓的坐騎「赤兔」。

董卓爽快答允，還加碼「黃金一千兩、明珠數十顆、玉帶一條。」

李肅便拿著這些厚禮，外加曉諭「良禽擇木而棲，賢臣擇主而事」，讓呂布殺了其義父丁原投奔新義父董卓。

三國演義好幾個地方提到「人中呂布、馬中赤兔」，呂布這匹「日行千里、渡水登山，如履平地」的赤兔馬就是這樣賺來的。

至於「良禽擇木而棲，賢臣擇主而事」這句佳言在呂布思維裡佔多少份量？我看應該沒有；因為呂布要叛逆之前，並不知道董卓是英主或爛主。

—流芳百世，遺臭萬年

三國演義第九回「除暴兇呂布助司徒，犯長安李傕聽賈詡」寫到呂布與董卓因爭奪美女貂蟬已生衝突，設計美女連環計的貂蟬義父—司徒王允見步步踏實，已到最後刺激呂布殺董卓階段。

呂布對董卓已怒氣沖天，拍案大叫。說「大丈夫生居天地間，豈能鬱鬱久居人下。」可是又三心兩意「吾欲殺此老賊，奈是父子之情，恐惹後人議論。」此時王允譏笑曰：「將軍自姓呂，太師自姓董。擲戟之時，豈有父子情耶？」於是呂布：「非司徒言，布幾自誤！」

這就到了最後遊說關頭，「將軍若扶漢室，乃忠臣也，青史傳名，流芳百世；將軍若助董卓，乃反臣也，載之史筆，遺臭萬年。」

一番安排後，董卓被呂布刺死了。可是兩千年下來，好像呂布並沒有流芳百世，也沒有遺臭萬年。不過這八個字後來被廣泛引用，遺臭萬年是臭之極致，百世是芳之最高境界。

—包藏宇宙之機，吞吐天地之志

三國人物忽敵忽友，第二十一回「曹操煮酒論英雄，關公賺城斬車冑」中，早已挾天子以令諸侯的曹操，飛揚跋扈，漢獻帝忍無可忍，命董承設法發動政變誅殺曹操。

此時劉備被曹操軟禁在許都，但極優遇。一日，曹操邀劉備喝酒，「酒至半酣，忽陰雲漠漠，驟雨將至。從人遙指天外龍掛」這時候曹操問劉備「使君知龍之變化否？」劉備「未知甚詳」。曹操得意飛揚地把龍之為物說了一遍，然後再問劉備，當今天下誰是英雄？劉備不得已只好把袁術、袁紹、劉表、孫策、劉璋、張繡、張魯、韓遂逐一推崇。曹操卻逐一鄙視，然後說：「夫英雄者，胸懷大志，腹有良謀，有包藏宇宙之機，吞吐天地之志者也。」劉備問：「誰能當之？」曹操以手指劉備，後自指曰：「今天下英雄，惟使君與操耳。」什麼叫「包藏宇宙之機，吞吐天地之志」？筆者想了很久，應該是指「洞曉天地人之奧妙，又能出生入死，一心一意登峰造極，不達目的絕不罷休」的意思。

那麼曹操是不是英雄？世人認為他是奸雄的較多，認為他是英雄的較少；至於奸雄與英雄之別，曹操肯定認為二者一同。

—淡泊以明志，寧靜而致遠

諸葛亮是三國演義的大角，是劉備爭天下的靈魂人物，但一直到第三十六回「玄德用計襲樊城，元直走馬荐諸葛」才看到名號。第三十七回寫到「司馬徽再荐名士，劉玄德三顧草廬」時，猶抱琵琶半遮面。一直到第三十八回「定三分隆中決策，戰長江孫氏報仇」，諸葛亮才終於答應出山。

劉備倚重的策士徐庶（元直）因為高堂被曹操所扣，徐庶不得已辭別劉備。劉備哭得死去活來，徐庶受感動乃推薦其密友諸葛亮，說諸葛亮之才「以某比之，譬猶駑馬并麒麟、寒鴉配鸞鳳耳」。後來司馬徽再力薦，於是劉備開始三顧茅廬之旅，歷經轉折，最後才到了諸葛亮家，「至中門，只見門上大書一聯云：淡泊以明志，寧靜而致遠。」

這是第二顧，沒有見到諸葛亮，因為出外閒遊去了，但這幅門聯已勾畫出諸葛亮的神貌。

—先生不出，如蒼生何？

第三顧的時候，劉備終於見到諸葛亮。但諸葛亮再三推辭，一下子說「亮乃一耕夫耳，安敢談天下事？」一下子「將軍奈何舍美玉而求頑石乎？」甚至於都已經幫劉備分析了天下大勢，劉備都已經「先生之言，頓開茅塞」，諸葛亮還「亮久樂耕鋤，懶于應世，不能奉命。」

就在這個時候，玄德泣曰：「先生不出，如蒼生何？」而且「淚沾袍袖，衣襟盡濕」，才使得諸葛亮吐出了「將軍既不相棄，願效犬馬之勞」這句話。

天下英才並非人人都想富貴榮華，有的人喜歡安貧樂道，有的人討厭巧取豪奪，有的人認為國無道應當乘桴浮於海，有的人認為應該苟全性命於亂世；當此之時，發出邀請的人就應當誠意百分百；此所以「先生不出，如蒼生何？」這八個字後來常在招納賢才時被引用。

——對酒當歌，人生幾何？譬如朝露，去日苦多。

赤壁之戰是三國演義的一齣大戲。曹操率百萬大軍，希望一舉消滅東吳。建安十二年冬十一月十五日是大戰前夕。曹操躊躇滿志，令「置酒設樂于大船之上，吾今夕欲會諸將。」

三國演義第四十八回「宴長江曹操賦詩，鎖戰船北軍用武」是這樣寫的「天色向晚，東山月上，皎皎如同白日。…操坐大船之上，左右侍御者數百人，皆衣繡襖，荷戈執戟…操見南屏山色如畫，東視柴桑之境，西觀夏口之江，南望樊山，北覷烏林，四顧空闊，心中歡喜，謂眾官曰：『吾自起義兵以來，與國家除凶去害，誓願掃清四海，削平天下；所未得者江南也。今吾有百萬雄師，更賴諸公用命，何患不成功耶？收服江南之后，天下無事，與諸公共享富貴，以樂太平。』」此時，「文武皆起謝曰：『願得早奏凱歌！我等終身皆賴丞相福蔭。』」這個酒宴，飲至半夜，曹操半醉了，把周瑜、魯肅、劉備、諸葛亮消遣一番後，謂諸將曰：「吾今年五十四歲矣，如得江南，竊有所喜。昔日喬公與吾至契，吾知其二女皆有國色。后不料為孫策、周瑜所娶。吾今新構銅雀台于漳水之上，如得江南，當娶二喬，置之台上，以娛暮年，吾願足矣！」

曹操固然百無禁忌，但此時不止得意，而是忘形了。

「時操已醉，乃取槊立于船頭上，以酒奠于江中，滿飲三爵，橫槊謂諸將曰：我持此槊，破黃巾、擒呂布、滅袁術、收袁紹，深入塞北，直抵遼東，縱橫天下，頗不負大丈夫之志也。今對此景，甚有慷慨。吾當作歌，汝等和之。

歌曰：

對酒當歌，人生幾何，譬如朝露，去日苦多。慨當以慷，憂思難忘；何以解憂，惟有杜康。青青子衿，悠悠我心；但為君故，沉吟至今。呦呦鹿鳴，食野之蘋；我有嘉賓，鼓瑟吹笙。皎皎如月，何時可輟？憂從中來，不可斷絕。越陌度阡，枉用相存。契闊談宴，心念舊恩。月明星稀，烏鵲南飛；繞樹三匝，無枝可依。山不厭高，水不厭深：周公吐哺，天下歸心。」

曹操在很多傳記文本中被認為頗有文采。

—既生瑜，何生亮！

三國時代，東吳的周瑜（公瑾）和西蜀的諸葛亮（孔明），都是才高八斗的風雲人物。兩人從赤壁之戰開始鬥智，精彩連台。演義作者大概為滿足讀友，第五十一回「曹仁大戰東吳兵，孔明一氣周公瑾」，第五十五回「玄德智激孫夫人，孔明二氣周公瑾」，第五十六回「曹操大宴銅雀台，孔明三氣周公瑾」，連篇累牘，不厭其詳，把二人鬥智寫得淋漓盡致。到了第五十七回「柴桑口臥龍吊喪，耒陽縣鳳雛理事」寫周瑜攻西川，被孔明巧謀兵敗，仰天長嘆曰：「既生瑜，何生亮」。所謂「瑜亮情結」好像有愛有恨又有妒，三者糾纏不清。

周瑜一死，東吳當然大辦國喪，此時孔明來弔，祭文的最後十六個字是「從此天下，更無知音！嗚呼痛哉！伏惟尚饗。」而且祭畢還「伏地大哭，淚如涌泉，哀慟不已。」真是「一時瑜亮」！

——竭股肱之力，盡忠貞之節

劉備為了報關羽被殺之仇，不聽群臣諫止，執意親率大軍攻伐東吳，被陸遜大敗，原已多病身體，承受不了打擊，在六十三歲的時候過世了。

劉備臨終之前，與孔明的對話留傳千古：劉備曰：「朕今死矣，有心腹之言相告！」孔明曰：「有何聖諭？」先主泣曰：「君才十倍曹丕，必能安邦定國，終定大事。若嗣子可輔，則輔之；如其不才，君可自為成都之主。」孔明聽畢，汗流遍體，手足失措，泣拜於地曰：「臣安敢不竭股肱之力，盡忠貞之節，繼之以死乎！」言訖，叩頭流血。

然後劉備駕崩了，棺木迎回成都，給劉禪的遺詔曰：

> 朕初得疾，但下痢耳；後轉生雜病，殆不自濟。朕聞「人年五十，不稱夭壽。」今朕年六十有餘，死復何恨？但以汝兄弟為念耳。勉之！勉之！勿以惡小而為之，勿以善小而不為。惟賢惟德，可以服人。卿父德薄，不足效也。汝與丞相從事，事之如父，勿怠！勿忘！卿兄弟更求聞達。至囑！至囑！

劉禪小名阿斗，從小智商就很低，孔明仍然「竭股肱之力」，輔佐卻無長進，所謂「扶不起的阿斗」，這句話就是這樣生出來的。不過孔明自始至終都「盡忠貞之節」並未取而代之。

——苟全性命於亂世，不求聞達於諸侯

劉備死後，諸葛亮勵精圖治，待兵強馬壯，糧草豐足，而曹魏又見內鬨，乃決意北伐中原，出發前，上「出師表」一道。開頭「臣亮言：先帝創業未半，而中道崩殂；今天下三分，益州疲敝，此誠危急存亡之秋也。」繼而向劉禪詳述

志業，推譽重臣，諫以親賢臣，遠小人，然後掏心剖肺：「臣本布衣，躬耕南陽，苟全性命於亂世，不求聞達於諸侯。先帝不以臣卑鄙，猥自枉屈，三顧臣於草廬之中，諮臣以當世之事，由是感激，遂許先帝以驅馳。後值傾覆，受任於敗軍之際，奉命於危難之間，爾來二十有一年矣。先帝知臣謹慎，故臨崩寄臣以大事也。」末一段詳列群己責任，最後「今當遠離，臨表涕泣，不知所云。」三國演義寫孔明北伐六次為「六出祁山」，也就是六次皆功敗垂成。「出師表」有二，這一道叫前出師表。

——漢賊不兩立，王業不偏安

第一次北伐不成後，孔明準備打第二次，但朝中質疑者眾，連劉後主多生疑慮，此時孔明再上「出師表」，此即為「後出師表」。

「後出師表」以如下文字開頭：「先帝慮漢賊不兩立，王業不偏安，故托臣以討賊也。以先帝之明，量臣之才，故知臣伐賊，才弱敵強也。然不伐賊，王業亦亡。惟坐而待亡，孰與伐之？是故托臣而弗疑也。」然後對反對北伐的人所提出的六項質疑，一一批駁，最後一句是「凡事如是，難可逆見。臣鞠躬盡瘁，死而後已；至於成敗利鈍，非臣之明所能逆睹也。」

演義文本上說「後主覽表甚喜，即敕令孔明出師。」這前後出師表應該不是演義作家的傑作，考據家早已考得孔明確有其人，且三國演義又是改寫自正史「三國志」。讀前後出師表，我們必須說孔明這個丞相真是文韜武略，忠肝義膽，合當名垂千古，留芳百世。

三國演義止於第一百二十回「薦杜預老將獻新謀，降孫皓三分歸一統」。一統於誰？一統於曹操生前百般忌憚的謀士司馬懿的孫子司馬炎，國號大晉。

筆者寫這篇長文只有一個目的，就是在突顯文字藝術的極致。三國演義的作者堆砌了這麼多雋永佳句，後人不斷引用傳誦；所謂「文章千古事」，淺見以為應該是三分之一察真相，三分之一論事理，三分之一賞詞藻！

造句是文字的排列組合，但其精采度却有無限可能；所以筆者不厭冗長歌之頌之，與君共賞。

（按：本文原以「三國演義中的精華造句」為題，先刊於本人所著「山川無聲」一書。該書二〇一七年印製，非賣品，僅贈送師長親友。今幾經推敲，酌改前言，列入「文學精典」篇，以求完整。）

22.
水滸傳

一、

西遊記、紅樓夢、三國演義、水滸傳被稱為中國四大奇異小說。前三大，筆者早已讀過，三國演義還看過不只一次，只水滸傳一直未曾欣賞。

二〇一七年，我讀世界書局一九五二年初版、二〇〇一年再版的足本上下兩巨冊水滸傳。

包括胡適博士在內的很多人先後考據水滸傳。綜合各方見解，水滸片段故事在南宋時代已以戲曲形式盛行於民間，各種故事同中有異。到了元末明初，施耐庵匯整為七十回版本，流傳至今。

施耐庵的詳細生卒年月未可考，只相傳他是浙江錢塘人，或江蘇興化人，在元朝曾考上進士，也曾在錢塘做過官，後來棄官回家，閉門著述。

二、

水滸傳的故事發生在北宋。宋朝曾經一度盛世，後來走向腐敗，北部江山被蒙古人侵占了，政府南遷，偏安江南，史稱南宋。南宋朝廷官比兵多，財政困窘，欲振乏力，最後蒙古人佔領了全中國，開創元朝。

水滸傳的故事即是腐敗後的宋朝，官逼民反，一百零八條好漢嘯聚梁山沼澤，替天行道的俠義傳說。

故事的幾個大角，如宋江、武松、李逵、魯智深、黑旋風等，經由各種不同的傳播方式，在華文世界，大家早已耳熟能詳。

三、

說水滸傳是奇異小說，可能因為它有太多鬼神內涵。比如故事一開頭「張天師祈禳瘟疫、洪太尉誤走妖魔」便鬼語神話連篇。

說是嘉祐年間，天下瘟疫盛行。參知政事范仲淹奏請皇上宣召嗣漢天師來京，修復三千六百分羅天大醮，以消災解厄。皇上准奏後，欽差殿前太尉洪信為天使，前往江西信州龍虎山宣召嗣漢天師張真人。

這個洪太尉到了信州龍虎山上清宮，卻見不到張真人，幾經折難，但張真人卻已逕自上京辦了法事。可是洪太尉多留了幾天以便暢遊上清宮。參訪中忽見一殿，簷前一面硃紅漆金牌額，上書「伏魔之殿」四個大字。

小說說「此乃前代老祖天師鎖鎮魔王之殿」、洪太尉耍官威，硬要開鎖，出家人拗不過，只好順從，頓時一道黑氣，直沖半天，空中散作百十道金光，望四面八方去了。洪太尉問走了什麼妖魔？答覆是「此殿內鎮鎖著三十六員天罡星，七十二座地煞星，共是一百單八個魔君在裡面。上立石碑，鑿著龍章鳳篆天符，鎮住在此；若還放他出世，必惱下方生靈。」

如果說一百單八個妖魔被老祖天師鎮鎖，以免天下生靈被害，那便表示出家人支持朝廷；這與水滸傳講一百零八條好漢替天行道，恰好是完全相反的評價。

四、

文學評論界對水滸傳的最高評價是作者把長相、個性各不相同的一百零八個角色連同書中其他人物刻畫得活靈活現，認為這是很大的文學工夫。

比如魯智深，如此出場：「只見一個大漢大踏步竟進入茶坊裡來。史進看他時，是個軍官模樣；頭裏芝麻羅萬字頂頭巾，腦後兩個太原府扭絲金環，上穿一領鸚哥綠紵絲戰袍，腰繫一條文武雙股鴉青絛，足穿一雙鷹爪皮四縫乾黃靴，生得面圓耳大，鼻直口方，腮邊一部貉鬍鬚，身長八尺，腰闊十圍。」

這個模樣出場的魯智深，原名魯達，是經略府提轄。提轄是軍官的職稱。然後魯智深路見不平，殺死了人，官府貼出榜文懸賞一千金緝凶，只好開始逃亡，先到五台山文殊院當和尚，文殊院長老賜名智深，卻改不了酗酒惡習，一路打殺鬧事，最後上了梁山泊。

比如林沖出場：「只見牆缺邊立著一個官人，頭戴一頂青紗抓角兒頭巾，腦後兩個白玉圈連珠鬢環，身穿一領單綠羅團花戰袍，腰繫一條雙搭尾龜背銀帶，穿一對磕瓜頭朝樣皁靴，手中執一把折疊紙西川扇子。生得豹頭環眼，燕頷虎鬚，八尺長短身材，三十四五年紀。」作者只一百字便造出一個鮮明英雄形象。

比如說宋江：「只見縣裡走出來一個押司來，那押司姓宋，名江，表字公明，排行第三，祖居鄆城縣宋家村人氏。為他面黑身矮，人都喚他做『黑宋江』；又且於家大孝，為人仗義疏財，人皆稱他做『孝義黑三郎』。…他刀筆精通，吏道純熟；更兼愛習鎗棒，學得武藝多般。平生只好結識江湖上好漢，但有人來投奔他的，若高若低，無有不納，…時常散施棺材藥餌，濟人貧苦，賙人之急，扶人之困，以此山東、河北聞名，都稱他做及時雨。」作者只百餘字就把宋江能文能武，悲天憫人，行俠仗義的出身和人品寫得十分透徹。

又比如描寫打虎的武松和他那個同母兄弟武大郎：「武松身長八尺，一貌堂堂；渾身上下有千百斤氣力…這武大郎身不滿五尺，面目醜陋，頭腦可笑。」寫武大郎的惡妻潘金蓮誘惑武松：「那婦人在樓上看了武松這表人物，自心裡尋思道：『武松與他是嫡親一母兄弟，他又生得這般長大。我嫁得這等一個，也不枉了為人一世！你看我那三寸丁穀樹皮，三分像人，七分似鬼，我直恁地晦氣！據著武松，大蟲也喫他打倒了，他必然好氣力。說他又未曾婚娶，何不叫他搬來我家裡住？……不想這段姻緣卻在這裡！……」作者幾語，英勇、猥瑣、淫蕩的不同形象和心思便極端鮮明；難怪評論家讚為白話小說的經典。

五、

梁山泊好漢「橫行齊魏、軍官數萬無敢抗者」官方認為必因其才過人。小說中給每一個好漢一個嚇人的外號，如智多星吳加亮、青面獸楊志、混江龍李海、霹靂火秦明、小旋風李逵、赤髮鬼劉唐、豹子頭林沖等，可知在小說家筆下，每個好漢一身武勇，大塊吃肉，大碗喝酒，而且行俠仗義。

看起來好像每個國家，每個亂世都會有這種奇特人物，西方不只一個「俠劍客蘇羅」，台灣也有家喻戶曉的廖添丁；廖添丁還被供奉在台北關渡的廖添丁廟裡，永享馨香。

六、

筆者對水滸傳如何收尾，興趣最大。

水滸傳雖是小說，根據考據，宋江這個首領確有其人。考據的人引史書記載，說武將張叔夜招誘宋江等三十六人歸順宋朝，「各受武功大夫誥敕，分注諸路巡檢使去也」「後遣宋江收方臘有功，封節度使。」但也另有考証人說，招安是朝廷一廂情願，並未成真。

作者施耐庵所寫的結尾不一樣。

結尾的第七十回「忠義堂石碣受天文，梁山泊英雄驚惡夢」說宋江有感於一百零八條好漢屢經刀鋒，卻能平安無事，所以他決定建一羅天大醮，「一則祈保眾弟兄身心安樂；二則惟願朝廷早降恩光，赦免逆天大罪，眾當竭力捐軀，盡忠報國，死而後已；三則上薦晁天王，早生天界，世世生生，再得相見。就行超度橫亡、惡死、火燒、水溺，一應無辜被害之人，俱得善道。」

宋江之見，眾人贊同，於是建醮。建醮中三更時分，忽然天上一聲鉅響，天門乍開，天上落下一塊火來，鑽入地下，宋江命人掘開泥土，只見一個石碣，正面兩側，各有天書。叫道士解說，說「此石都是義士大名，側一邊是『替天行道』，另一邊寫『忠義雙全』，同時一〇八好漢的大名分天罡星三十六人，地煞星七十二人，俱在其上。」

此時眾人咸認「天地之意，禮教所定」不可違拗，便決定建立忠義堂，然後宋江分官設職，頒布號令，於宣和二年四月二十三日昭告天地「準星辰為弟兄，指天地作父母。一百八人，人無同面，面面崢嶸；一百八人，人合一心，心心皎潔。樂必同樂，憂必同憂；生不同生，死必同死。既列名於天上，無貽笑於人間。一日之聲氣既孚，終身之肝膽無二。倘有存心不仁，削絕大義，外是內非，有始無終者，天昭其上，鬼闞其旁；刀劍斬其身，雷霆滅其跡；永遠沈於地獄，萬世不得人身！報應分明，神天共察。」

但這不是最後一段，最後一段是盧俊義當夜做得一夢，夢到有名叫稽康者，單身「收捕賊人」，除盧俊義外，另一〇七人皆被縛膝行。盧俊義夢中大驚，問段景住「這是什麼緣故？」段低聲回話，說宋江行苦肉計，假意歸順朝廷，以保員外生命。

可是段景住說言未了，便見稽康拍案大罵賊人，一聲令下，跑出來二百十六個劊子手，一〇八條好漢一齊處斬。此時盧俊義夢中嚇得魂不附體「微微閃開眼看堂上時，卻有一個牌額，大書『天下太平』四個青字。」

也許最後應該看看施耐庵的「水滸自序」怎麼說。他說水滸傳是他辭官鄉居時每日朋友前來喝酒，朋友散後，他便燈下戲墨。自序的最後一句：

「嗚呼哀哉！吾生有涯，吾嗚乎知後人之讀吾書者謂何？但取今日以示吾友，吾友讀之而樂，斯亦足耳。且未知吾之後身讀之謂何；亦未知吾之後身得讀此書者乎？吾又安所用其眷念哉？」

比對時間，施耐庵是罷官回鄉後，基於樂趣，根據遺留下來的民間戲曲，重寫兩百多年前的俠義故事。

淺見以為，讀小說時把情節變化和文字之美當作欣賞主軸，應為首要；曉得人群之中生命力特別強韌者會有武勇表現，則是其次；如果一定要拿小說去探究歷史真相，我看半信半疑可也。

23.
格列佛遊記

一、

文學分杜撰與非杜撰二類（fiction /non-fiction），其實還有半杜撰與半非杜撰的第三類，如俄國托爾斯泰的大作「戰爭與和平」；戰爭是真的，俄國的帝王貴冑是真的，只有公子佳人的恩怨情仇是杜撰的。

杜撰類小說是作者憑空想像，但話中有話；又由於那是另一種心思境界，所以常能引發遐想，或帶來很大娛樂效果。

「魯賓遜漂流記」（作者英國人狄福 Daniel Defoe 1660-1731）和「格列佛遊記」便是杜撰小說的兩

本代表作，被翻譯成多國文字，拍成多部電影，至今依然被評為世界偉大文學作品。

二、

「格」書作者喬納森・斯威夫特（Jonathan Swift），一六六七年生於愛爾蘭。父親在他未出生前就過世，靠伯父濟助完成大學學業。畢業後到母親的遠房親戚鄧波爾爵士家擔任秘書。後來也做過牧師、報刊編輯，一生寫作不斷。「格」書出版於一七二六年，作者時年六十。十八年後過世。

評論界咸認「格」書是以另一種形式，無情撻伐了英國社會的弊病以及教會的醜惡，被認為是啟蒙運動激進派的代表作，且其開創的諷刺文學對歐洲現實主義文學產生了重大影響。

三、

「格」書亦被譯為「小人國遊記」，不過其實全書分四部。主角格列佛是位船醫。

第一部寫他因船難，登上小人國。第二部又因船難登上巨人國。第三部再因船難登上飛島國。第四部寫的是他在「慧駰國」的奇遇。

作者顯然希望讀者把他的小說當作真人真事來閱讀，所以煞有介事地記明事情發生的年月日。

一六九九年五月四日，「羚羊號」從布里斯托出發，航向太平洋，十一月五日狂風把船甩到礁石上，船被劈成兩半，被沖上海岸的格列佛昏了，醒來的時候被五花大綁釘在海灘上，一大群身高大約十五公分的小人看守著他。

小說如此開頭。

格列佛對當作囚犯，然後小人國動用一千五百匹小馬，拖拉了四小時，到達距離八百公尺遠的首都。國王好意款待，每餐飯用二十輛小車裝肉、十輛小車裝酒，還令三百個裁縫師為他重製了一套新衣服。後來國王決定還他自由，這時候作者好像有真話要說了，所以便從格列佛的嘴巴道出「釋放合約」全部內容，這個合約的第一句話：人類幸福和威嚴的化身、利立浦特偉大的、至高無上的高爾伯斯托．莫馬倫．衣夫蘭姆．戈迪格．謝芬．木力．烏立．古力國王陛下舉世無雙，萬民景仰。他的領土廣被五千布魯斯特魯格（邊界大約二十公里）。他是王中之王。他腳踏地面，頭頂太陽；挑一下眉毛，全世界的君王都會害怕發抖。他像春天那樣可愛，似夏天一般溫柔，像秋天般慈愛，又如冬天般冷酷。神聖偉大的我王陛下，像巨人山提出下列條件，巨人山必須鄭重宣示嚴格遵守⋯

這小人國也有敵國，有一天敵國船隊來侵，格列佛下水裡東撥西撥就把它打敗了。立了大功的格列佛被國王當場封為「那爾達克」──小人國最高榮譽稱號。

但事久生變，國王手下大臣多人認為有朝一日巨人會成為小人國大患，國王開始心生疑慮，格列佛心知肚明，要求離去。恰與此時，發現有一艘船被暴風雨吹到小人國岸邊，格列佛法把船修好上路，到了第三天碰上一艘英國商船，終於在一七〇二年四月十三日返抵故國。

四、

第一部的小人國叫「利立浦特」。第二部的大人國叫「布羅卜丁奈格」。第三部的飛島叫「勒普塔」。第四部的慧駰國是個馬國。

在第二部，格列佛進入大人國，大小比例恰好相反。「貓有兩頭黃牛那麼大」，「麥子有十三公尺高」，「最小的酒杯，裡面也裝了約兩公升的酒」，他在那裡被當作奇怪動物表演雜耍。好運是王后寵愛格列佛，因此得能和國王談話。後來專門用來關他的箱子被大飛鳥叼走，幾經周折，降入大船，格列佛終能在一七〇六年六月三日回到英國。他跟大家述說遭遇，「有一段時間，鄰居都以為我瘋了……」

遊記第三部，格列佛誤上了一個人群長相怪異的國度，全國上下對天文學很熱衷，這個島國，可以飛行。格列佛發現「飛島是一個標準圓盤」，「中央是一個大窟窿，被稱『天文學家之洞』：裡面有各種天文儀器」他雖然在島上備受歡迎，仍決心一有機會就要離開。輾轉了很多個奇妙的地方，後來到了日本，還受天皇接見，然後從長崎搭船，在離家五年六個月之後的一七一〇年四月十日重新踏上英國土地。

最後一部記述他在一七一〇年九月七日又起錨出航，半途招募的新水手卻是海盜。他被趕下船，上了一個奇怪的島—住著一大批會說話的馬的島。島上有類人的野胡和有智慧的慧駰馬。格列佛在島上停留了兩年，他不瞭解這個國度的思想，這個國度的野胡和慧駰馬也不能瞭解英國的事情。「我真不明白，你們（英國人）為什麼要請律師讓他們把原本很簡單的問題弄得更複雜呢？」格列佛說他「在慧駰國生活得很幸福，在這裡，我不會受到邪惡的引誘，我彷彿獲得新生。」但他仍然認為應設法回英國。一七一五年二月十五日，他在友善送別下，開始返家航行，一度在葡萄牙被囚，一七一五年十二月五日終於回抵的英國，「人們原以為我已經死了，他們見到我活著回來又驚又喜，但我對他們充滿厭惡和蔑視。一想到我曾經和一隻母野胡交配過，還成了好幾個小野胡的爸爸，就感到無比的羞恥和驚恐。妻子一看到我就衝上前摟住我、親吻我，孩子們也都向我飛奔過來，這麼多年沒碰過這麼醜惡的動物，我一下子暈倒了，一個小時後才醒過來。」

五、

作者在末尾以「告別讀者」為題結束他的著作：

「親愛的讀者，我已經把我十六年又七個多月來的旅行經歷講完了，我沒有刻意追求文采，用的是最平白的話。我也許可以像別的遊記作家一樣，講一些荒誕離奇的故事來取悅你們，可是我更願意用最簡樸的方式敍述一些平凡的事實，因為我寫書的目的不是為了供人消遣娛樂。」

「我到過許多國家，有過不少曲折的經歷，也從中了解到許多異國的風土人情，我想透過描述這些事實，用異國正反兩方的事例來改變人們的思想，讓讀者從中學到知識和教訓，變得更聰明、更明理、更善良……」

評論界認為，格列佛是以這部奇異遊記對十八世紀前期的英國，進行全面性的諷刺和批判，攻擊「文明社會」人類的貪饜、偽善和當時政治的腐敗與黑暗，揭露英國統治者的殖民政策，歌頌勞工的反抗精神，具有鮮明的民主思想。

不過，各方讀友請莫見笑，我看的是向小孫子借來的「明天國際圖書公司」二〇〇八年為兒童編印的「讀名著看世界」十冊套書。

24.
懺悔錄

一、

凡是名人，大概都會主動或被動，在人間留下傳記。

傳記分三類。第一類是自己執筆，以自述或回憶錄為名。第二類是他人捉刀，以第一人稱回顧一生事蹟。第三類是他人執筆，以第三人稱記述某人功業。

「懺悔錄」（The Confessions）是法國文學家盧騷的自傳。天底下那麼多傳記文本，以懺悔為名的不多。**筆者之所以揀選盧騷的「懺悔錄」列入文學精典篇，有兩個原因：一是因為它對後世產生鉅大影響；**

二是因為它是人世間第一本赤裸裸地把自己的缺點和罪惡呈現在眾人面前的無偽之作。

二、

盧騷（Jean-Jacques Rousseau）法國人，一七一二年出生於日內瓦。父親是鐘錶匠，母親在他出生後幾天就過世。十歲時，父親因涉訟案逃離日內瓦，把兒子交給太太的兄弟收養。稍後，盧騷被送往雕刻店當學徒。不想當學徒的少年盧騷決心離開日內瓦，途中邂逅一位神父，神父勸他改信天主教，並介紹他給後來一直與他糾葛不清的貴婦華倫夫人。華倫夫人把他送進入修道院。對華倫夫人已生愛慕的小子離開修道院，再度流浪街頭，偶而到貴族之家當僕人，卻又因偷竊被逐，只好東走西遊。廿一歲時，他成為地籍調查所的書記。廿九歲發明了「新樂譜記號案」。卅七歲時以論文「論藝術與科學」聲明遠播，成為備受注目的思想家。

其後，盧騷著述不斷，「新哀緣綺思」、「民約論」、「愛彌爾」先後出版，並見暢銷。逐步奠定了他在文學界和思想界的地位。

三、

「懺悔錄」是盧騷五十八歲時完成的作品，他在一七七八年六十六歲時過世。由於作者希望「待書中所有牽連的人都死後才發表」，所以在他死後第四年才出版第一到第六卷，死後十一年才出版第七卷到第十二卷。

筆者閱讀的是志文出版社新潮文庫二〇〇五年的版本。譯者余鴻榮先生寫了一篇譯序，指出「盧騷對他早年經歷描寫得甚為詳細，其用心並非在宣揚自己的一生或成就，而只想說明雖然自己賦性善良、正直，但畢竟也是一個具有多缺點的凡人。為了強調這一點，他甚至於還刻意誇張自己許多卑劣的行為。」還說「他信任自己的感情甚於理性，而整部『懺悔錄』所想要証明的，便是感情對真理的掌握比大腦來得確切。」

盧騷有多坦白？多感性？

「雖然我時常因想入非非而氣血亢奮，但我總是祇求取那意淫的快感⋯

「有了這次經驗之後，我發覺偷竊一事並不如想像中那樣可怕，而且確信自己想要什麼，祇要動手便可獲得⋯

「我的心熱如火，腦子裡全是一些婦人、姑娘的倩影，除了談情說愛、交歡發洩的事之外，其他什麼都不想⋯

「說到女人，在威尼斯每一個男人想不沾女色是很難的。有人就會問道，我是否也曾去拈花惹草呢？是的⋯我在那裡一年半，前後有兩次⋯

「我倆自結識以迄於今，我對她並無愛情可言，既不像對華倫夫人那樣想完全佔有她，而她所給我的也只有軀體而無精神的滿足，或許有人會認為我太不近人情，對於自己的妻子都不知憐愛。其實他們錯了，因為我的愛並不是這樣子的⋯

「我知道法國境內反對我的勢力頗大，雖然自己實在心愛這個國家，但為了生命的安全，也衹得可悲離開。本來我想去日內瓦，然而那裡一樣有許多仇敵在伺機而動，再說她一向是仰承法國的鼻息，或許更加不利於我⋯

「我發覺本書愈寫愈雜亂無章，因為在這後半生災厄接踵而至，使我根本無暇也無心情去理出一個頭緒來。我衹是深深感受到自己的命運多舛，一生多艱，滿腔悲憤無處可訴。現在我衹能想到哪裡就寫到哪裡⋯

四、

「懺悔錄」可能因為坦言無諱，所以被認為是文學史上最大膽的一部自傳。據記載，盧騷天生體弱多病，多愁善感，甚至有評論家認為這種身心狀態影響了他一生的行為和思想。如果似盧騷所言，他只是要「呈現完全真實的自我」，那麼，筆者必須點出：他一生雖然在文學和音樂上獲致成就，卻飽受迫害和誣衊。

不過，評論家給予盧騷至高無上的評價，認為「主權在民、平等思想、社會主義、浪漫主意、民眾藝術、人道主義教育等，都是構成近代思想的要素，不論其起源於何處，但有一點可以確認，這一切都經過盧騷而更加大放異彩。」

「盧騷從自然狀態觀察人的本性，認為人在自然狀態下，是自由、幸福、善良的。可是人在親手造成的社會制度和文化下，反而陷入不自由、不幸的狀態，成為邪惡的根源。」

盧騷過世後十一年，高唱「不自由，毋寧死」的法國大革命爆發了。應該是公議盧騷思想領導有功吧，革命政府在一七九四年，也就是大革命後第五年，把盧騷遺體，移葬於聖哲公墓，以示對這位「浪漫主義文學先驅」的無上尊崇。

筆者不對本書再多著墨；人世間此亦一是非，彼亦一是非；盧騷確實寫了一部大作，其中是是非非就讓讀友自己斟酌吧！

不過，筆者理當提及盧騷在「懺悔錄」的扉頁有一前言，其中重點在最後一句：「縱然你曾與我有深仇大恨，也請不要對我的遺骸抱有任何敵意，更不要堅持你那殘酷無情的成見，直至你我都不復存在的時代。這樣，至少你會有一次高貴的表現，亦即當你原本可以兇狠地進行報復時，卻代以寬宏大量的善行。」

25.
隨風而逝

一、

中文譯本「飄」是美國女作家密西爾（Margaret Mitchell，1900－1949）寫的長篇小說，原文隨風而逝（Gone with the Wind），好萊塢拍成電影，中譯「亂世佳人」。

我在青年時期讀過「飄」。「亂世佳人」電影看過不知幾次。二〇一七年我重讀遠景出版公司在民國六十八年印行的上下冊近百萬言新版。

二、

密西爾在二十世紀年代創作這本小說。他寫的是十九世紀中葉美國南北戰爭時期的南部社會風貌。故事中心地點亞特蘭大是喬治亞州的首府。

「飄」的文學價值成就並未被高估，苛薄的評論家說密西爾只是說了一個故事。不過國際電影界都高度肯定亂世佳人在電影工業上的大成就。筆者民國五十年代在政治大學讀書，公館有家名叫東南亞的電影院，入場券三塊半新台幣，大量放映大學生喜歡的文學老片，筆者就是那個時候去東南亞戲院觀賞每隔一段時間就會重播的亂世佳人，順便學英語。

三、

南北戰爭是美國歷史上翻天覆地的大事。南北戰爭之前，南方的地主畜養黑奴，用以農耕和服侍生活。地主自成一個階級，生活優裕，樂觀進取。男士騎馬打獵跳舞為樂。女士除了跳舞、做做女紅外，整天打扮得花枝招展，樂陶陶地在被青年男士追逐的歡樂中過日子。

但是一場慘烈的戰爭把美好的日子徹底改變了；北軍勝利後林肯總統解放了黑奴，地主的莊園失去了支撐，綿延不斷一望無際的農田長滿了萎草和雜樹，堅強的人為之孤獨，脆弱的人已然死亡，這是生死憂患；留下來的人必須面對全新的社會和人生。

小說的女主角郝思嘉是個被百般寵愛的嬌艷姑娘，但個性堅韌無比，雖歷經劫難，她活存下來了。

小說的男主角白瑞德是個風流倜儻的商人，戰爭期間靠著走私進口匱乏的貨物賺了很多錢。他與郝思嘉之間一連串愛恨情仇，使得小說高潮迭起。最後，白瑞德棄郝思嘉而去，結束了整篇故事。

一流的小說家必然是能夠把角色刻畫得活靈活現的文字高手。

白瑞德厭煩了一切，打包走人。他的太太郝思嘉百般低聲下氣懇求，說「您走了我怎麼辦？」白瑞德丟下一句「干我屁事」（I don't give a damn）走了。

頹喪但堅韌的郝思嘉「我現在不去想它」，她決定先回父親留給她的面目已非的陶樂農莊。「她想起了這麼一幅優美的圖畫，頓時彷彿吃下了一服清涼散，心裡就覺得寬鬆了許多；那一片碧綠的草地，那白花點點的圍牆…還有嬤嬤也在那裡呢！」

小說的最後一句：「我等明天回陶樂再想罷。那時候我就能夠忍受了。明天，我想一定有法子可以把他拉回來。無論如何明天總已換了一天了。」

四、

「無論如何明天總已換了一天了」原文是 After all tomorrow is another day！

我到現在還會背誦逃離戰火千辛萬苦回到陶樂農莊，看到高年父親已經神經失常，自己餓得跑到蘿蔔田想要找一根蘿蔔充飢也不可得的郝思嘉，握緊右拳，口口喃喃 As god is my witness! As god is my witness, I will never be hungry again, even I have to lie,to cheat ，to steal or to kill, I will never be hungry again!（蒼天作証！蒼天作証，我絕不再挨餓，即使我必須說謊、欺騙、偷竊、或者殺人，我絕不再挨餓。）

美國在南北戰爭之後，社會結構鉅變，但比起工業革命，只是小巫見大巫。一次世界大戰是一次大翻轉，二次世戰後又是一次大翻轉，於是在上個世紀六十年代，美國人開始懷念起往昔馬車時代的優雅歲月。

筆者出生於上個世紀四十年代的台灣農村。我驚奇地發覺，美國南北戰爭前的南部，很多社會倫理道德與我年青時的台灣農村頗為近似。跨過二十一世紀後，台灣社會的面貌比諸過往大大不同。我的年紀讓我可以充分瞭解美國人為什麼懷念馬車時代的優雅歲月。

不過，**畢竟每一個舊時代都會隨風而逝！**

26.
湖濱散記

一、

美國人梭羅在一八五四年發表的「湖濱散記」（Walden，也譯「華爾騰湖畔」）一書，一百六十幾年來一直暢銷不墜。

本書被認評為美國古典文學經典。他所提倡的返璞歸真、明心見性，隨著工業化和都市化，益見其永恆價值。

筆者於二〇一七年重讀志文出版社於一九八四年初版的新潮世界名著系列、孔繁雲翻譯的版本。

二、

梭羅（Henry David Thoreau）一八一七年出生於美國麻薩諸塞州的康考特鎮。祖父於美國獨立戰爭前自歐洲移民美國。父親是個商人，但一度經商失敗，家庭陷入窮困。母親是牧師之女，梭羅是次子，上有一兄一姊，下有一妹。

梭羅是書香世家之子，家裡藏書甚豐。康考特地區當時是綿亙的大草原，小山、小河、樹林點綴其間，孕育了梭羅一生熱愛大自然的心靈，十歲時便能寫出佳作。

十六歲時，他考入康考特中學，二十歲畢業哈佛大學，開始受聘為小學老師。隔兩年，因反對體罰，被迫辭去教職，離開他一生中唯一的專任職業。辭職後一度和乃兄合辦一所私立學校，採戶外教學。兩年後因乃兄病倒，只好中輟。為了賺取生活費用，他到處打工。

二十四歲時受好友愛默生邀請寄居愛家達兩年之久，交換條件是幫愛家打雜，也協助編輯一本季刊。

二十六歲，南下擔任家庭教師，但只數月便因思鄉返回康考特。

一八四五年，二十八歲的梭羅在七月四日美國獨立紀念日那天，搬到距離康考特南方一哩半的華爾騰湖畔一處愛默生所有的森林裡，住入自己打造的小木屋，過他孤標傲世的獨居生活，並認真寫作。

隔年美國和墨西哥戰爭爆發，梭羅拒繳人頭稅被捕，坐了一天牢。被捕、坐牢、拒稅，使他思考個人與國家的關係，寫出了一篇雷霆萬鈞的「不服從論」（Civil disobedience。就是我們台灣所說的「公民不服從」。）

三十歲，回到父親身邊，此後演講和寫作成為唯二工作。

三十二歲，出版「康考特河和梅利特馬克河的一週」，印了一千本，其後四年只賣了三百本。

一八五四年，三十七歲的梭羅發表「湖濱散記」，獲得空前成功，讓他贏得金錢和名聲，也因此開始免於打工過活。

三十八歲的青年梭羅，健康開始惡化，但他依然寫作不斷。四十四歲的時候，美國南北戰爭爆發，他也自知長日將盡，開始全新修潤諸多舊作，隔年一八六二年五月六日，「一個萬裡無雲的早晨，梭羅深深吻過朋友送來的風信子芳香，沒有痛苦的嚥下最後一口氣息，與世長辭。」得年四十又五。

他的思想家好友愛默生在葬禮上發表了著名的誄辭，說「美國喪失了一位偉大的作家」，說梭羅「有一顆高貴的靈魂。」」

梭羅過世後，「梭羅書簡集」才問世。

三、

中國的陶淵明通常被拿來與梭羅併列，仔細分析，兩人有很大的不同。陶淵明為官累了，所以才「田園將蕪胡不歸」，然後帶著為官的積蓄「採菊東籬下，悠然見南山。」

梭羅從一開始就因大自然陶冶而簡樸率真。由於對大自然的愛好，他連帶尊敬印地安人。他盡量遠離人群，獨處自然，只為了使人的精神靈性得到安靜洗滌，並藉著對大自然的觀察沉思，提昇一己哲學觀點。十九世紀的美國與今日的高度物質化並不相同，但基本上是資本主義國家，而且汽車、電話已開始實用化，但梭羅甚至於提議人群應該工作一天休息六天，而非工作六天休息一天。他抨擊一切人為的制度，包括學校、董事會、教會，甚至於政府。

四、

「湖濱散記」共有十七節外加一篇結語，章名分別為一、經濟。二、我生活的地方、我生活的目的。三、閱讀。四、聲音。五、孤獨。六、訪客。七、豆圃。八、村莊。九、湖。十、貝克農莊。十一、更高的法律。十二、殘暴的鄰居。十三、室內取暖。十四、先前的居民，冬天的訪客。十五、冬天的動物。十六、華爾騰之冬。十七、春天。以及十八結語。

翻譯本書的孔繁雲先生以「華爾騰的思想和藝術」為題寫了三萬字解析。另有本書編者列入的「梭羅生平及其代表作『湖濱散記』」一文。

看完兩文，再讀全書，筆者認為讀友可以把「湖濱散記」當作簡樸生命示範來讀，可以把它當作優美散文欣賞，也可拿它當做哲學思想來探究。

說簡樸生活：

「就這樣，我有了個塗了灰泥結構緊密的木造房屋，十呎寬十五呎長八呎高，有閣樓、衣櫥各一，每邊有一大窗，活動門二，一端開一大門，另一端是磚造火爐，包括材料實質，不計人工，房屋正確造價如下：

「木板八塊三分，屋頂屋壁用木板四塊、板條一塊兩毛半。兩扇帶玻璃舊窗二塊四毛三。一千塊舊磚、兩桶石灰二塊四毛。氈毛三毛一。火爐鐵架一毛五分。釘三塊九。門樞及螺絲釘一毛四。門閂一毛。白堊一分。運輸費一塊四。總計二十八塊一毛又二分之一分。」

「在房屋未完工前，我想用誠實愉快的方式，多賺取十元或十二元，以支付造屋的大額花費，於是在房屋附近耕作了兩畝半地：種了大豆和玉蜀黍⋯我的農場總計收入二十三塊四毛四，扣除支出十四塊七毛二又二分之一分，結存八塊七毛一又二分之一分。」

說可以當作優美散文：

「吸引我到森林裡居住的原因之一，是我能有時間有機會觀看春回大地。湖上的冰最後像蜂窩一樣變得鬆軟起來了，行走在上面的時候，我甚至可把腳後跟踏進冰裡去。霧雨和日漸溫暖的陽光，漸漸把積雪融化了，白晝顯著地變長了。」

「當夜幕漸漸低垂時，我驚聞鴻雁的鳴聲，牠們低飛過森林，像從南方湖泊遲遲歸來的疲憊旅人，最後想盡情地訴一訴苦，相互安慰一番：闔上房門，度過我在森林裡的第一個春天的夜晚。」

說哲學思想：

「度過了無知童年時期的仁道之士，還會繼續胡亂屠殺生靈。人有生活的權利，動物也有生活的權利，兔子急了，也會像孩子一樣哭叫。母親們呀，我警告您，我的同情絕不止於愛『人』而已。」

「人為什麼都那樣拼命的急於成功，急於發展事業？……那就讓他隨著自己的音樂前進吧，……不必附和世人與世人雷同……難道要把自己的春天變成夏天？在我們的天賦才能可以到達的程度還沒有到達以前，用任何空虛的現實加以替代，又有何用？我們不必在空虛現實的海洋中擱淺……」

五、

梭羅只活了短短四十五年，一生幾乎不事生產，不競逐世俗名位，極端質疑您爭我奪。「湖濱散記」文字千錘百煉，思想含蘊深邃動人，所以被認為是他自己的精神自傳。**筆者相信人世間的物質文明會日新月異，但梭羅的人生和思想會永垂不朽；因為他為芸芸眾生勤耕了一大塊心靈園地，任人可以隨時進入遊憩。**

27.
戰爭與和平

一、

「戰爭與和平」是俄國大文豪托爾斯泰的傳世大作。

青年時期，筆者看過他的另一本名作「安娜・卡列妮娜」，可是對長達一百三十九萬九千字的「戰爭與和平」，筆者敬謝不敏。現在為了不敢遺漏這本「文學精典」，所以才面對。

我閱讀的版本是黃文範翻譯、書華出版公司一九八六年的版本。四大冊，總共兩千頁。

書華出版公司的老闆叫張坤山。張氏原開印刷廠，後來發願經營出版社，專出世界文學名著，是一個有心人。

二、

托爾斯泰（Connt Leo Nikolayevich Tolstoy）生於一八二八年，是俄羅斯世襲伯爵。大學畢業後放蕩不拘，進入高加索炮兵團服役後才改邪歸正。他參加了克里米亞戰爭，在塞凡堡保衛戰之後，寫了「塞凡堡故事」，一舉成名。退伍後他一方面管理自家在伏爾加草原上的龐大地產，一面寫作，於一八六八年四十一歲時完成「戰爭與和平」。他的另兩本大作「安娜．卡列妮娜」（Anna Karenina）和「懺悔」（A Confession）皆是其後的作品。

托爾斯泰被世界文壇尊稱為托翁。托翁於三十四歲時娶小他十六歲的蘇菲亞（Sophie Andneyevna Behrs）為妻，生了十三個子女。這個太太幫她抄稿，但後來二人水火。一九一〇年托翁忍無可忍，離家出走，途中死於一個小火車站內。以八十二春秋結束人生。

三、

「戰爭與和平」是兩大對比鮮明而又交錯相融情境。「戰爭與和平」的戰爭，指的是法國拿破崙發動的戰爭。一七八九年法國大革命推翻路易十四後，既有政治社會秩序瓦解。後來青年軍人拿破崙崛起，並且很快地征服了大半個歐洲，然後登基稱帝，繼而劍指俄羅斯。

俄羅斯當時是皇帝和世襲貴族的政治體制，是台灣人完全陌生的社會。

小說第一場景是一八〇五年七月，彼得堡一位「從不結婚」的社交名媛施安娜主辦的一場晚宴。「彼得堡的所有智識和權勢階層都被邀了。」公爵、侯爵、伯爵、子爵、男爵伉儷和他們的少爺、千金個個珠光寶氣。宴會上大部分人說法語，女士們嘰嘰喳喳，男士們大談政治和萬惡的拿破崙發動的戰爭。大家談到今上亞力山大帝都會畢恭畢敬。

托翁生於一八二八年，一八〇五年就是他出生前十三年，托翁在一八六六年開始寫「戰爭與和平」，那麼就是他在寫六十一年前的事情。

故事發生的起始點一八〇五年之前，歐洲社會以法國語文禮儀食物為上層社會的時尚，這群俄羅斯貴族沒有例外。現在，這個萬惡拿破崙不止會摧毀法國，連帶也會摧毀俄國貴族所珍惜的一切，所以「應該勇敢抵抗拿破崙入侵」成為一種共識。當然也有和平斡旋論者，是少數中的少數。

故事進入第二篇，俄國和奧大利國已經聯軍。到了第三篇，拿破崙已經打入俄國西邊境內。

如所週知，靠著廣大國土和冬季酷寒，最後拿破崙大敗。

四、

「戰爭與和平」出場人物萬千。不過主要是四個俄國家庭在戰爭中悲歡離合愛恨生死交織的經過；其中，帝王將帥真有其人，公子佳人純屬虛構。

一篇小說，不管短篇、中篇或長篇，必有作者想要表達的哲思。那麼托翁寫了一百三十幾萬字，到底他想要表達什麼？

小說的結尾應是一大重點。托翁以「餘韻」為名，寫了大約十萬字才結束整部小說。寫什麼？

拿破崙橫衝直撞歐洲大陸的七年紛擾結束了。這個「餘韻」分成兩篇，主要是從政治、法制、宗教、歷史、權力、機會諸多角度，從一七八九年法國大革命談起，泛論拿破崙這個人和他的戰爭與政權。他認為是歐洲各國皇室的姑息和人群的懦弱，促成拿破崙掌握了無上的權力。他認為如果回歸理性，便能發覺，拿破崙不止不是什麼天才，簡直既可憐又可鄙；那些什麼偉大光榮、崇高理想，其實都只是瘋狂的自鳴得意；是由於同僚的平庸無能，對手的軟弱愚妄以及「卓越與自信的平庸」才使他升到了大軍統帥的位置。

我看托翁年譜，發覺他雖以文學巨擘聞名於世，其實他作為一個思想家勝過一個文學家。終其一生，思想論述不曾中斷，所涉題目幾乎及於世間萬象。他對教育的價值尤其抱著一番理想，可惜並未成為一位教育家。

那麼，我們可以說，花了幾年心血完成「戰爭與和平」的托翁，這十萬字「餘韻」應該就是他的心聲和呼喚了。

評論家說，托翁作品的主題是人道。托翁也自況「人生中，也像在藝術中一樣，有一件事很必要，那就是道出真實。」

五、

托翁認為生命的意義在於經由愛，去不斷地追求善；托翁中年之後名滿天下。六十歲的時候寫了經典之作「人生論」，認為真正的幸福在於愛與奉獻。晚年他又倡導質樸生活，主張素食、禁慾和非武力抵抗。舉世信徒不可計數，其中包括後來領導印度獨立的甘地。

一九一〇年托翁過世，托翁逝世之前的一九〇五年，列寧已領導共產黨革命，後來剷除了沙皇尼古拉二世和貴族，改行工農一黨專政。到了二十世紀末，蘇聯解體，俄羅斯大地又變成另一番風貌。

「和平」是人類終極理想。兩百年前只有戰馬、火炮和步槍，血流成河就使人類承受不起。如今好幾個國家有核子武器，揚言相互毀滅，連北韓那種民不聊生的小國竟也窮兵黷武；看來，人類「和平」好難！好難！

28.
美麗新世界

一、

「美麗新世界」（Brave New World）被評為二十世紀十大小說之一，許多導介好書的學人都說這是一本必讀的文學大作。

「美」書作者是英國小說家阿道斯・赫胥黎（Aldous Leonard Huxley）。一八九四年出生於英國蘇利群，父祖都是大學問家。一九一五年得到牛津大學文學與哲學學位，一生著作等身。一九二三年移居義大利，一九三八年移居美國，一九六三年以七十之齡逝世於美國加州。

二、

小說一開始，是倫敦一棟三十四層高樓，那裡是「世界邦」的新人類「衍殖室」。時間是佛特紀念六三二年，也就是西元二五三二年。

在「衍殖室」裡，一卵、一胚胎、一成體的「正常發育」科學讓一個卵可成長九十六個劃一的孿生子，是「科學的一大進步」。大樓門口寫著「世界邦」的箴言：共同、劃一、安定。

新世界的新科學不止一卵多胎，還有諸多劃時代的新發明，一種叫做「索麻」的口服藥，吃了可以立刻讓人享受極樂，神遊太虛，聽到曼妙天樂。

「世界邦」由一位元首統治，男女大眾有生產、消費、情愛，但「元首」要求整齊劃一。全書總共十八章，用十萬字描寫了作者想像中的未來世界。

三、

作者為什麼有這一幅想像圖畫？

評介「美麗新世界」的諸多學人指出了本書出現的歷史背景。

本書發表於一九三二年。

一九二八年，在德國，希特勒領導的納粹勢力迅速擴張。在義大利，修改憲法，以墨索里尼為中心的獨裁體制確立。在蘇聯，由史大林為首的共黨政權朝工農集體化的社會主義行進。

隔年，一九二九年美國紐約股市崩潰引起世界經濟恐慌。到了一九三二年，世界失業人口高達兩千六百萬。同一時段，日本開始侵略中國東北。

也就是說赫胥黎便是在世界各國懷著不同夢想，要使工業主義形成非人性的集體主義的思想盛行下，寫出了他的大作。

那麼，赫胥黎要說什麼？

他耽心假的「烏托邦」（utopia 理想國）比起以前任何時候，都更有實現可能，因此人類顯然面臨了一個可怕的問題—如何逃避此一可能，以回歸非烏托邦的、不完整的，但更自由的世界。

或者換句話說，如何逃避可怕的集體主義。

一九五九年，也就是在他發表「美麗新世界」之後二十七年，他又發表「再訪美

麗新世界」。在該書中，他明言「人類社會與蜜蜂或螞蟻一般有機的社會不同。」「自由是人類固有的價值，是任何人所不能否定的。」

「美麗新世界」和「再訪美麗新世界」很清楚地諷刺了集體主義化的烏托邦社會。「美麗新世界」裡的元首處處貼心，照護一切，但赫胥黎推崇莎士比亞精神「我不需要安慰，我所要的是神、詩、危險、自由、善；還有罪惡。」

四、

走筆至此，筆者忽然想起「聖人不死，大道不止」這句話；「天生萬物，各得其所」才是最高道德，沒有任何一個人有權力主宰一切。

偏偏到了廿一世紀的今天，地球上還有不少獨裁專制政權，萬千眾生像螞蟻一般的悲苦活存。

這樣説了之後，筆者更希望台灣人民萬般珍惜我們經由歷代聖哲辛苦打拼所掙來的今日榮景，台灣雖小，但山川壯麗，物產豐隆，沒有獨裁者騎在人民頭上，沒有人有能力控制我們的言論自由。往後只要繼續發達民生經濟，努力提升民主品質，用心增進全民學養，這裡會是海角樂園，會是人間天堂。

29.
伊豆的舞娘

一、

諾貝爾文學獎是國際文壇的終極桂冠。川端康成於一九六八年獲獎，是日本第一人。亞洲獲獎第一人是印度的詩人泰戈爾，兩人相距五十五年。

川端康成獲獎理由是：他以作家的立場，用優美高度的小說藝術，以卓越的感受性與巧妙的筆法，表現了精神文明的道德和倫理，同時他的作品表達了日本人心靈的神髓，發揮了東西的心靈交流功效。

二、

川端康成一八九九年出生於大阪。童年時父母親先後過世，由祖父母養育長大。可是，七歲時祖母過世，十歲時唯一的姐姐夭折，十五歲時祖父撒手人寰，成為一個無家的孤兒，只好暫居舅父家裡，不久後遷入中學宿舍。文學評論家認為，這種孤兒的早期心態貫穿支配了川端康成的一生，使他早熟敏銳的心靈很早便看透了人間的淒美。

川端康成自己強調，他是用主觀意識去觀察天地人間事物。他認為只有信仰主觀的絕對性才有趣味可言。被稱為「主客如一主義」的這種哲學觀，會演變成超越自然的立場。

三、

我閱讀「伊豆的舞娘」是看一本川端康成短篇小說集，共十五篇小說。余阿勳翻譯第一篇「伊豆的舞娘」。餘十四篇由黃玉燕翻譯，分別為「母親初戀的人」、「少女心」、「禽獸」、「夜裡的骰子」、「離合」、「夫唱夫隨」、「朝雲」、「抒情歌」、「水月」、「嬌妻騎驢」、「春天的景色」、「從北海來的」、「地獄」、「溫泉旅館」。

川端康成寫作的時間長達五十多年，中年時就已名震日本文壇。在領受諾貝爾獎的典禮上，他以「美麗日本的我」為題，說明日本人內在的靈魂，且用佛家思想闡明日本文學的寧靜幽深，也提到禪家的智慧。

四、

一般認定為川端康成代表作的「伊豆的舞娘」，描寫一個二十歲的高中學生為了解悶，隻身到伊豆半島旅行，途中遇到一組流浪藝人。青年由尾隨到攀談，由相識到暗中傾慕舞娘「熏小姐」，然後乾脆與流浪藝人同行同住同遊數日，最後黯然分手。

小說中看不出故事年月，不過評論家分析，小說中的二十歲高中學生其實就是川端康成自己。那麼如果以他出生的一八九九年加二十計算，小說背景就是一九一九年前後的日本。

流浪藝人當時在日本是被輕視的人等。流浪就是居無定所，藝人就是賣藝維生的人。在人文主義者眼中，小說中的那個主角青年，只有溫情，沒有輕蔑；只有愛慕，沒有雜質。

「『舞娘』從樓下端茶上來。一坐到我的面前，臉孔馬上轉為赤紅，雙手顫抖不已，眼看著茶杯就要從茶盤中跌落，舞娘為免它跌落，便放在蓆上，那知道茶卻因此濺了出來。我頓時為她這種過於靦腆的態度震懾住了。」這是典型的舊時代日本青澀年華的男女情懷。

「微暗的澡堂深處突然跑出來一名裸女，像要從脫衣場盡頭奔向河岸似地，伸出雙手彷彿想要接住什麼。她身上毫無遮掩，那是『舞娘』。望著那伸長了雙腿的潔白裸軀，我的心底似有一股清泉流過，深深吐出一口氣後，不禁莞爾笑了，還是個孩子呢。發現了我們之後的喜悅，竟能使她赤裸著在陽光下跳躍，並且竭盡全力地伸出雙手。難抑心中的喜悅之情，我不停地笑著。腦中的陰霾一掃而空。我止不住滿臉的笑意。」文學評論家說川端康成穿透了人性錯綜複雜的層面，從文學的神髓間掀開了最裏層的神秘，充滿了一股令人顫慄的淒美。

最後，分手。「船艙裡的洋燈熄滅了，船上載著的生魚與海水味強烈的撲鼻而來，黑暗中少年的體溫溫暖著我，我任眼淚不斷地流下，腦海像海水一般澄清，而且不止地往下滴落，最後什麼也沒有剩下，只覺得一陣快感。」評論家說，川端筆下閃爍著奇異的光澤，鉤勒微妙的心理變化，東方人獨特蘊藉的美麗與哀愁，在在令人驚嘆。

「美麗與哀愁，在在令人驚嘆。」這樣一位不世出的文壇奇葩，在得獎後第四年，在他鎌倉住家附近的工作坊以煤氣自絕，未留下任何遺言。

五、

過去四十幾年間，筆者曾因公或因私多次前往日本，而且很用心地想瞭解這個近鄰的真實面貌；特別對於日本何以併存精緻文化和擴張野心，很想理出一個頭緒來。

川端康成於大學畢業後，即與幾位同好創辦「文藝時代」雜誌，展開新文學運動，然後創作不斷。四十九歲時被選為日本筆會會長，連任長達十七年。在獲得諾貝爾獎之前，其實已獲獎無數；可以說他的文學生涯完全是明治維新以後日本大和民族「專業專精」精神的忠實奉行者。

從這個角度看日本，似乎很容易就能瞭解日本政府高效率文官體系和日本民間企業終身僱用制度的道理。

是不是也正由於這種「專業專精」精神已灌入日本人的神髓，所以假如身為軍人，對於日本國土不大、人口眾多、資源有限，也就衍生對外侵略擴張的「神聖使命感」？

我看日本至今不對戰爭罪行道歉，二戰後的自衛武力也已不斷擴大成龐大軍力，日本企業在全球開疆闢土不遺餘力絕不休止；凡此，好像也是這個「專業專精」精神的體現。

日本就在台灣近旁，多多瞭解日本，對台灣人而言，絕對必要。

30.
浪淘沙

一、

被指為台灣大河小說代表作之一的「浪淘沙」的作者東方白先生，於一九九〇年從加拿大返回台灣為「浪淘沙」巡迴演講。某日，有人陪他到我的辦公室。他帶來上中下三冊「浪淘沙」全集，簽了「吳豐山先生惠存」相贈。可是我一直沒有挪出時間讀這部長達百萬字的大作。

東方白原名林文德，一九三八年在台北市出生。他從少年時期就鍾情文學並開始寫作。一九六三年從台灣大學農業工程系水利組畢業。一九七〇年在同校得到工程博士學位。短暫留在原校繼續研究後，移居加拿大亞伯大省愛城擔任亞伯大省公職。一九八〇年開始寫「浪淘沙」，幾經生病、輟筆、療癒、續筆的轉折，於十年後的一九九〇年大功告成。同年由前衛出版社出版。隔年，東方白獲得「吳三連文藝獎」。

二、

一部百萬字小說，一大堆角色，時間跨越百年，誠然是一件龐大的寫作工程，不過故事聚焦在丘雅信，江東蘭、周明德三位主角身上。

丘雅信是位受日本教育的台灣女醫師。據東方白的夫人鄭瓊瓊在「浪淘沙的背後」一文中所述，丘雅信確有其人。說大約在一九七九年的春天某日，有位陳姓朋友告訴東方白有位八十二歲的台灣女醫，一生歷盡滄桑，希望有人能寫他一生故事。於是東方白與丘雅信見面了，然後開始一面訪問故事發生地點一面構思小說情節，隔年動筆，並且把故事由丘雅信一個家族擴大為江東蘭、周明德三個家族的故事。

鄭瓊瓊說，東方白以整個生命寫作，認定寫「浪淘沙」是他的時代使命。十年執筆期間，白天上班，晚上寫到深夜三點才上床。為了充實內容，書房裡一大堆參考書籍，幾次國外旅行也是為了充實小說的內容。一九八三年病重回台治療，一九八七年又病重回台治療。一九八八年病重停筆。

什麼病？坦白說就是用腦過度的精神病。所幸一九九〇年終於大功告成；東方白可說為他自己認定的「時代使命」鞠躬盡瘁。

三、

小說的故事情節是書中主角以及諸多人物在台灣割讓日本，慘烈二戰，以及二戰後台灣復歸中國這個大時代中的不同際遇。

小說家寫小說，小說中的主要人物往往影射作品中的主要意涵，傳達作者的基本信念。

那麼，東方白要傳達什麼信念？

為「浪淘沙」寫「人本主義的吶喊」一文的林鎮山先生說，東方白信仰人本主義，不但繼承了人本主義的精神價值，同時也努力為人本主義增加豐富的內涵。

何謂「人本主義」？

綜合各方解說，「人本主義」以人為中心，堅持以人的尊嚴為重要信念，並強調教育與個人的自由，進而重視理解其他民族的思想和感情。人本主義者擁有積極的人生觀，努力克服命運，努力與邪惡對抗而不屈從。

四、

「浪淘沙」的內容上至天文，下至地理，旁及音樂、歷史、宗教、繪畫，書中對話包括台語、英語、日語、法語。

其中以台語為對話的最主要表達工具。陳明雄寫「東方白台語文學的心路」一文，對「浪淘沙」中的台灣人對白使用台語大表推崇。他甚至引用王育德的話說：用台語寫出一篇好作品，比寫一百篇論文來鼓吹台語更有效力。

陳明雄完全認同王育德的說法。陳明雄不止和楊雅雯女士共同編寫北美洲第一本英文的台語初級教科書，還辦台語學校。

筆者是土生土長的台灣人，所謂母語就是母親說的語言，筆者從小講台語，年輕時曾花了整整一年時間，每天用台語讀報紙，以利參加競選時能全程台語演講，不摻半句非台語。這個自我訓練，到今天都還受益無窮。

不過，我必須坦白說，讀東方白在「浪淘沙」裡寫的台語對白，真是非常吃力。

吃力的原因有二：

一是，如果不是羅馬拼音，那麼台語與華字的連結，有很多不同認定。張三這樣寫，李四那樣寫，東方白這樣寫，莫衷一是。

二是，台語的傳承隨著時間的挪移會生變異；台灣各地講的台語，大同之中也有小異；因此之故，有時候要推敲半天才弄清楚「喔！東方白是講這個！」

只舉一例：

「浪淘沙」開展序幕後的第一句對話如下：

「跟冇打嘛，即割日本鬼有什麼了不起？橫直我有即支大繩槍，冇欲來就來嘛，看冇敢上我的門，就給冇一槍，看我割冇一蕊耳仔用塩醃起來。」

「你瘋是否？倆有幾個人？還不到一百個咧，欲跟打什麼？人有槍、有炮、有船，人不知有幾千幾百個咧，啊倆幾支槍？只有你獵狗一隻而已，其他欲用拳頭去跟人打是否？打一個蘭咧，我看不如由山路走較實在。」

其中，「有」是「他們」。「即割」是「一些」。「橫直」是「反正」。「一蕊耳仔」是「一個耳朵」。「倆」是「我們」。「打一個蘭咧」的「蘭」是男人性器。

即使我這麼註解，原本會說台語的讀者都還要比對半天，何況原本不會說台語的讀者？

嘔心瀝血的文學作品越多人看越好，如果東方白先生只偶爾寫用幾句大家一看就懂的台語，會不會較合宜？

據我所知，這部大作並未暢銷，如果由於對白不易閱讀，那豈不是太可惜了！

五、

閱讀「浪淘沙」，筆者認同同為台灣大河小說大家的鍾肇政（著「台灣人三部曲」）的推崇。他說：東方白從一八九五年日軍侵台的乙未之役寫起，直到戰後的二二八及其後的台灣，時間上橫跨整個日人治台的五十年及戰後的動亂歲月，地點橫跨太平洋兩岸的台、日、美、加以及廣穹的南洋。**說這是一部具有廣闊視野的台灣文學史詩，**該是再恰當不過了。

筆者也認同文學大家齊邦媛對「浪淘沙」的推崇。她說：史詩的氣魄寫百年來台灣三個家族的悲、歡、離、合。歷史中有故事，故事中有歷史。處處彰顯人本的關懷和對台灣鄉土的眷戀。

文學評論家葉石濤給「浪淘沙」的評價更高過齊邦媛。

東方白自己解說，是多重莫名其妙的巧合促成他寫「浪淘沙」的因緣；在加拿大北國冰天雪地的十年辛勞，終於讓他「長久以來的哲學、宗教、思想，全部在此重現昇華。」

筆者的淺見如下：

台灣沉睡在西太平洋數億萬年，直到一六二四年荷蘭人入侵台南，台灣才浮現世界舞台。近四百年來，台灣命運多舛，但台灣人生命力堅韌無比，歷經辛苦打拼血淚交織，終於在二十一世紀成為地球上閃亮的一角。四百年的開發史中隱藏了無止盡的可歌可泣的文學寶藏，尚待挖掘。民族文學是民族的靈魂，殷盼後起文壇新秀，願意發心，孜孜矻矻，創造更大成就！

至於語文，筆者十分贊同應責成官方協助各族群保存母語。但筆者堅信如要讓台灣更加閃亮，除以國語文為共同語文外，應把英語文列為國民必學的第二語文，庶幾乎台灣人能夠在世界上通行無阻，左右逢源。

Chapter 4
大千世界篇

31.
人類文明

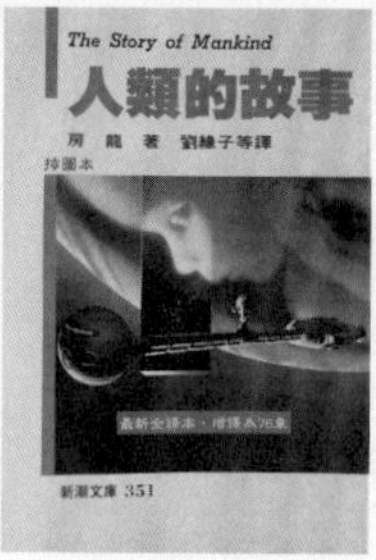

一、

人類分居地球各角落，地理條件差異甚大。

人類各有膚色與傳承，其中差異也甚大。

人類在不同的時代有不同的生存條件和生存環境，不同的生存條件和生存環境也會產生不同的文化，所以古往今來、東南西北、三洋五洲，人類文化展現繁富無比。

筆者手上有一本「影響世界的一百種文化」，是台中市「好讀出版公司」在二〇〇五年出版、多達五〇四頁的厚書。由鄧蜀生、張秀平、楊慧政列名主編。出版公司並未交代出版目的，書上也無三位主編的介紹，只在封面上印有「從七大古文明到世界重要建築的巡禮，追溯八大藝術與四大宗教節日的源由」幾個大字。

這樣子看，應是出版公司想要在相關人類文明這個範疇上出版系列讀物，而三位主編人便受命利用各類國內外資料，加以匯整，編成此書。

筆者閱讀一遍後，認為把諸種古文明、諸種單一建物、單一學科、單一節慶等併合為一百種文化，有點奇怪，不過仍然覺得專文加以介紹，讓大家知道地球上有繁富無比的文化表現，也很有意義。

二、

主編人把一百種文化劃分為幾大類。

第一類是「古埃及文化」、「古代兩河流域」、「古印度文化」、「古希臘文化」、「古羅馬文化」、「馬雅文化」、「阿拉伯文化」。

第二大類是「絲綢之路」、「陶瓷之路」、「金字塔」、「泰姬瑪哈陵」、「吳哥窟」、

「博斯普魯斯大橋」、「蘇伊士運河」、「羅浮宮」、「白金漢宮」、「比薩斜塔」、「艾菲爾鐵塔」、「倫敦橋」、「格林威治天文台」、「荷蘭圍海大堤」、「雅典衛城」、「羅馬競技場」、「復活節島石像」、「自由女神像凱旋門」、「克爾白」、「西牆」、「婆羅浮宮」、「金廟」、「瓦拉納西聖城」、「菩提伽耶」、「仰光大金塔」、「巴黎聖母院」、「聖索菲亞教堂」、「愛茲哈爾法清真寺」，外加「兵器」和「樂器」。

第三大類是「哲學」、「經濟學」、「歷史學」、「考古學」、「法學」、「政治學」、「美學」、「人類學」、「民族學」、「心理學」、「教育學」、「社會學」、「宗教學」、「神學」、「社會主義學」、「數學」、「物理學」、「化學」、「生物學」、「醫學」、「天文學」、「農學」、「生態學」、「未來學」、「地質學」、「地理學」、「軍事學」、「管理學」以及「十九世紀的科學理論」、「十九世紀的科學技術發明」、「二十世紀的科學理論」、「二十世紀的科學發明」。

第四大類是「神話」、「預言」、「小說」、「詩歌」、「歌劇」、「戲劇」、「音樂」、「歌曲」、「舞蹈」、「繪畫」、「雕塑」、「書籍」、「報紙」、「雜誌」、「廣播」、「電影」、「電視」及「廣告」。

第五大類是「聖誕節」、「復活節」、「狂歡節」、「主日與主日禮拜」、「聖事」、

「開齋節、宰牲節、聖經」、「佛誕節」以及「時裝」和「奧林匹克精神」。

三、

「文化」一辭作何解?人言言殊。其中最被接受的解釋是:**文化就是生活方式的總和**。

如果採用這個解釋,那麼不同時代、不同地方、不同行業、不同宗教信仰的人群的日常生活確實與祖上傳統、節慶、專業、寺觀、電視、廣告都有關連;那麼把以上一百種文化列為影響世界的文化總和,不無道理。

四、

本書所列舉的一百種文化,如果是景觀,大部分不斷出現在好萊塢電影中,所以台灣男女大眾應不陌生。

談論人類文明的書不少,英國的威爾斯(Herbert George Wells 1866-1946)著有「文明的故事」（The Short History Of The World），台北志文出版社在一九七四年就有趙震翻譯的中文版。

另有「人類的故事」一書約三十萬言。作者三人。荷蘭裔美國作家房龍（Hendrik Willem van Loon，1882-1944）寫了序言到第六十四章。他的哲嗣傑拉德・威廉・房龍（Gerard Willem Van Loon）續寫第六十五至七十一章。第七十二到七十六章由約翰・梅里曼博士（DR.Joó Merriman）完成。

房龍一生寫過二十七本著作，由於深入淺出，大多暢銷。「人類的故事」於一九二一年問世。他兒子寫的部份於一九五一年完成。約翰・梅里曼接著補足太空探險、科學發展和第三世界崛起。

二書其實都在記述人類文明發展史，各方讀友如果拿來併讀，一定可以大開智門。又託經濟發達和旅遊業服務之便，近三、四十年來台灣同胞公幹或出國旅遊，常一年數回。台灣同胞足跡遍及世界各地，對以上列舉的世界文明，自然也都曾經遠觀或近看一番。

我聽過一個笑話，說某年某日，有一位參加旅行團的台灣老太太在法國巴黎艾菲爾鐵塔附近不小心脫隊了。這位老太太急中生智，便脫下大衣，大力揮舞，用台語呼叫「喂！有沒有講我這種話的先生小姐？」只呼叫一遍，便有幾十位台灣同胞跑過去吱吱喳喳「啊阿婆啊！妳是按怎咧！」

五、

古文化的諸多脈絡，在中學課本上便稍有觸及，筆者認為對一般大眾而言，也就夠了。至於各種專門學科，瞭解字面上的意思也就可以；只要看看拿到博士學位的人也不過只是對該學科的某一細節做了鑽研，我們就可瞭解天底下沒有萬能博士。

不過，如果本文讀友願意多買這一類的書，當作閒暇時候的讀物，讓自己開闊眼界，絕對是好事一件。

32.
幽浮與外星人

一、

對於宇宙萬象，人類有已知、未知、似知未知、不可知諸多分別。

幽浮是ＵＦＯ的音譯，ＵＦＯ就是不明飛行物 Unidentified Flying Object，俗稱飛碟。幽浮被認為是外星人搭乘前來地球的飛行器。

據蓋洛普民調，世間相信幽浮存在的人，遠遠超過不信的人。

筆者認為假如有幽浮和外星人，那麼將來有朝一日事情大條；假如沒有幽浮和外星人，那麼為何信者遠超過不信者？可見幽浮和外星人亦屬大千世界一大話題。

二、

楊憲東博士、台南人、有航太博士學位。任教於成功大學航太研究所，同時也是財團法人天帝教「天人親和研究所」所長。多年來他企圖綜合科學、哲學、宗教，以透徹宇宙萬象。二〇〇一年出版「大破譯」（宇河文化出版公司印行），試圖以科學破解輪迴、死亡、幽浮、易經、佛經之謎；書中有科學的方程式，有哲學的學說，還有宗教的義理。筆者參考其中幽浮專章來寫這篇短文。

三、

幽浮和外星人之說，似非憑空想像。

說一九四七年七月七日，美國新墨西哥州羅茲威爾市發現墜落事件，杜魯門總統下令收回幽浮殘骸和外星人屍體。

說一位當年參與解剖外星人屍體的華盛頓大學醫學博士出面作証，詳細描述了外星人的身高、眼睛、耳朵、鼻孔、皮膚、手指形狀。現場還拍了一部九十一分鐘的紀錄片。

說近四十年來，英國威爾特郡地區的大麥田上，連續出現幾百個神秘圓狀痕，科學界迄今無解。

說一九七三年，外星人曾主動接觸一位名叫雷爾的法國記者，透過他傳佈一些訊息。這個記者還被飛碟載往另一行星，親眼看見外星人利用基因製造新生命的經過。

說中國宋、明、清三代的天文志和地方志都有神秘天象的記載。

說聖經舊約全書的耶和華（Jehovah）一語，在古希伯來文中是指「從天空飛來的人」，因此有一派學者認為耶和華是外星人，而聖經「創世紀」一章即是外星人留給地球人的訊息。說摩西、釋迦牟尼、耶穌、穆罕默德等先知都是外星人所派遣，要他們到地球來輔導人類正常成長的使者。

此外尚有一些遠古建築，建築學家認為以當時的建築科技，無法完成，便也懷疑當年地球曾有外星文明。

四、楊憲東博士對於以上記載和論述，並無評斷。倒是他對幽浮的飛行原理，用愛因斯坦的「廣義相對論」做了一番剖析。

愛因斯坦的廣義相對論主張「萬有引力是時空扭曲所造成的」，楊憲東博士認為飛碟應具有扭曲空間的能力，所以就變成「天上一日，人間百年」。或者用比較容易瞭解的話來說：星球與星球之間的距離動則幾光年、幾十光年，乃至於幾億光年，但如果具有扭曲空間的能力，距離就隨著速度的大幅增長而大幅縮短，所以飛碟是可能存在的，已發展出高科技的外星人搭乘高科技飛碟前來地球也是有其可能的。

五、市面上有關飛碟、幽浮、外星人的著述車載斗量。各方讀友如果有閒情逸致，可以買來當作科幻小說欣賞。

這是一個人類似知未知的範疇，我只能寫到這裡為止。

最重要的是，如果外星人不是善類，我祈禱有生之年沒有外星人來擾亂我們這個星球。我也希望人類不要存心去擾亂別人的星球；畢竟，人類如果能夠把自己地球上的諸多苦難有效解決就阿彌陀佛了。

33.
特異功能

一、

生命是身、心、靈的組合。身是大家都看得見的軀體。心是什麼?哲學家和宗教家用無數經典解說其奧妙。至於靈，更難解。

筆者看很多人學氣功，市面上也有很多教導學習各種不同氣功的書。偶爾在媒體上會看到某人被發現有特異功能，此外報章雜誌或電視上也有很多靈異事蹟的報導。

可見氣功、靈異、特異功能，是大千世界一大話題。

二、

林孝宗教授，一九四七年生，雲林人，成功大學化工博士，專長熱能傳送和流體力學。一九九五年開始練自發功後，轉而全心深入研究氣功原理、使功方法、氣功治病、心靈修行、潛能開發，以及人體的丹田經絡系統。至今寫成「自發功」、「氣功養生治病」、「氣功與心靈」、「氣功原理與方法」及「探索人體的內層結構」五書。

一個名校化學博士，自有其社會公信力。經過長年鑽研，願意白紙黑字，把心得公諸於世，而且目的是讓大家「趨吉避凶」，筆者認為難能可貴，所以我買了「氣功與心靈」一書（自發功研究室出版、二〇〇三年。成信文化事業公司總經銷）並參考其「特異功能」專章，寫了這篇短文。

三、

佛經提及六種神通：天眼通、天耳通、神足通、他心通、宿命通、漏盡通。

林博士大致如此解說這六種神通：

天眼通是能夠看見常人所看不到的，包括客人還未走到門口就知道誰來了。電話鈴響就知道是誰打來的。

天耳通是能聽到常人所聽不到的聲音，甚至能聽懂鳥獸的語言。

神足通是指身輕體健，可快步如飛。或可自由自在，無遠弗屆。

他心通是能夠讀心，感知他人的心情或念頭。

宿命通是可感知自己或別人的前世、今生、來世。

漏盡通是能斷盡一切煩惱。

除此之外，更特異的功能，還有隔空取物、穿壁取物、遠距離治病等等。

林孝宗博士認為特異功能有四種來源：一是天生，二是瀕死回生者，三是外靈附身者，四是練功有成者。

四、

林書原以論氣功為主旨，他解析身、心、靈，說：

身指血肉之軀，包括所有生理系統。

心不是指心臟，是指人腦。人腦主控生理運作，並掌管知覺、思考、記憶、情感、情緒以及各種感覺。

靈包括本靈、靈魂、真我，是生命的源頭。它從最根本、最深處影響身心的運作，是所有身心活動的最高指導中心。

林孝宗博士更進一步解析：生命是由物質、能量和信息組合而成的活系統，能夠藉著與外界環境交換物質、能量與信息而生存。身、心、靈當中，身體的物質成分最多，心識其次，本靈則幾乎不必憑藉物質。

他以一個科學家的角度綜合而言「身是有形的物質。心是腦細胞的電磁作用和化學作用。靈則是無形的能量與信息，可視為一種無實體的光學電腦。」

「靈」顯然是萬分微妙的存在。佛家講「本心」、「本性」、「菩提心」、「般若智慧」。道家講「本靈」、「元神」，其實都指向「靈」。

五、

林孝宗博士要談氣功，當然先談「氣」。

他把「氣」解為「人的生命能量」，並分為內氣和外氣；內氣指體內電流，外氣指電池波。

然後指出：強化內氣系統可從養生、修心、練功三方面著手。而練功就是在氣功態中做各種自發動作或靜坐。在氣功態中，強大的內氣就會自動匯集到某一經脈，進行通經脈、開穴道，以修復及強化內氣系統或治療疾病。

林孝宗博士相信人和其他生物都有本靈，死後仍以靈魂的形式繼續存在而成為外靈，其中能量低者為鬼，能量高者為神。

本文不是要談氣功，不是要談鬼神。本文只是要以特異功能為焦點，指出大千世界萬象讓人眼花撩亂。

所以本文到此打住。

34.
古董

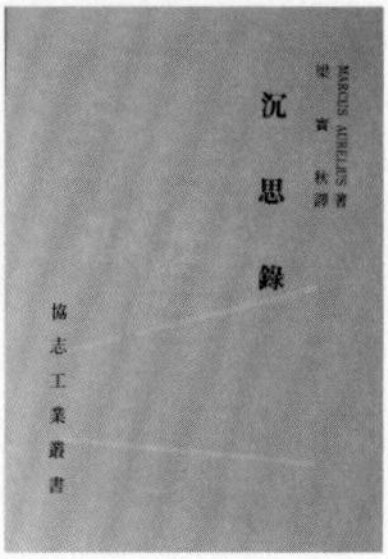

一、

古董又稱骨董，也稱古玩。英文通常使用Antique這個字。

古董就是隨著歲月遷移留下來的古物。

古董以價格論可分為兩類：一類是大抵中產階級都買得起的東西；一類是價值連城，在拍賣會上動輒叫價百萬、千萬或億萬。

古董如果以物品論，依中國明朝古董鑑賞家董其昌所著「骨董十三說」，又分為四類十二品。金、玉為一類。書畫墨跡、石印、鐫刻為一類。窯器、漆器為一類。琴、劍、鏡、硯為一類。

其實只要有人喜歡願意拿出錢來購買，那麼任何前人用過的東西，都可叫做古董。西方也有跳蚤市場，裡頭賣的東西琳瑯滿目，他們稱為古董市場。

二、

筆者之所以寫這篇短文，是因為買賣古董、欣賞古董，是大千世界的一大話題。我參考了兩本書。一本是台北「國際村文庫書店」在一九九九年年出版的「古董珍品事典」。一本是北京「中國社會科學出版社」在一九九三年發行的「古董秘鑒」。前書是五位喜愛古董器物的日本女士的古董生活經驗，成美堂編著。圖文並茂。後書是吳龍輝主編，搜集了六篇相關古董的論文。沒有半張圖片。

三、

吳龍輝說：人有清修好古之心，所以才有玩古鑒今的行為。越是古物，就越是受到人們的喜愛。

不過董其昌說得比較徹底。他指出：人分成三類：一類是「拘謹之人」，視古玩為「無用之物」，玩之喪志；一類是「貪戾者」，視古玩為「貨殖之物」，見有可居好奇者，惟恐不得；一類是「賢者」，能對古玩加以正確認識，能「開其未發之蘊」，「畢見古人精微廣大之制作有合于造化之工」，才能「得事物之本末終始。」

董其昌的意思是說，第一類人不知古物價值，第二類人只會把古物當作買賣賺錢的東西，只有第三類才會玩古物以進德、修藝。

董其昌確實講得頭頭是道。不過那五位日本太太卻好像都不是董其昌說的那幾類人。她們就是喜歡手工精美製品令人賞心悅目，而且保存良好，用並不是很多的錢就能買來自己使用；如英國舊窗帘、中國舊瓷碗、日本舊漆盤、義大利舊的蕾絲花邊……她們以自身體驗，說這些由古代穿越時空進入他們居家的東西讓他們快樂得不得了！

四、

本文一開頭，筆者說，以「古董」為題是因為古董是大千世界的一大環節。

我看人類歷史戰爭不斷，人群之間好像也爭執不休；何以開戰？何以爭執？淺見以為大多因為想要「擁有」或「佔有」。

可是，從古董看，誰能夠「擁有」或「佔有」什麼東西？

有一句台諺說：「一千年田，五百個主，設如平均每戶人家耕種兩年，就算很久。」顯然田園也是一種古董，他在時間的長流中，不斷易主。

大書法家、大畫家的字畫，父親留給兒子，兒子留給孫子，有一天孫子沒有錢過日子，把它變現；買到手的人有一天又把它賣給別人；試問，誰「擁有」，誰「佔有」？

現在在台北故宮博物院的所有東西，以前也都曾經屬於那個皇帝或那個大臣，後來這些人都先後升天了；試問，即使貴為萬年一系的帝王貴胄，誰又「擁有」或「佔有」？

很多價格連城的古董是盜墓而來。也有不少酷似古董的器物是仿冒品。好萊塢拍過很多「雅賊」電影，他們其實一點兒也不雅，他們是以偷竊為生。

如此這般，是不是我們可以得到一個結論：欣賞美好的物品不是壞事；癡心「擁有」或「佔有」的話，至少至少要心知肚明，那個物件只是「一時」在您那裡。您的古董，除非在您手上毀壞了，否則明天過後，或一年過後，或百年之後，他流動到誰手上，您根本不可預知。

不過有一個人知道，僧肇知道。

五、

僧肇是中國東晉時代的佛家理論大師。他著「肇論」一書，書中有一篇「物不遷論」，說：世界上並沒有什麼東西在運動變化。佛經強調不要被動所迷惑，應該於動中看到靜，於動中看靜，所以雖然有動，其實常靜。

僧肇進一步指出：一般人所指動，其根據是過去的事物已成過去，沒有延續至今。而所謂靜，其根據是過去的事物就停留在過去的時間表，所以說事物是靜止的，不是流動的。

僧肇又說：令人悲傷的是，人們認情惑理已久，對真理不覺悟。既然知道過去的事物不會延續至今，却又認為現在的事物會變動而去。我們在過去的時間裡尋求過去的事物，過去的事物不可能不存在於過去的時間表，那麼如果我們要在現在的時間裡尋求過去的事物，現在的時間裡顯然就不可能有過去的事物。

明明是形而下的事物，筆者竟扯到形而上，壞了愛好古董朋友的情趣；罪過！罪過！

不過，不是只有僧肇和筆者如此看待古董。

「沉思錄」（Meditations）是一本流傳了將近兩千年的名著。（筆者手中有兩個版本：一本是二〇一七年海鴿出版公司印行、雲中軒編譯。一本是一九五九年協志工業叢書出版公司印行、梁實秋翻譯。）作者馬可・奧里略（Marcus Aurelius 西元一二一—一八〇）是羅馬帝國五賢帝時代的最後一位皇帝，被稱為哲君。

這位哲君說：

——一個人短暫倉促的一生，只是蠻荒宇宙中的「一粟」，而宇宙物質才是其巨大的「滄海」…我們都是生命的匆匆過客…每個人只能擁有當下，那麼誰都不可能會失去一件他不曾擁有的東西。

——人們對引以為豪之事物的熱烈追求，在竭力追逐之後毫無價值！

馬可・奧里略生於帝胄世家，他這本「沉思錄」之所以被萬世傳頌，是因為他能以冷靜又達觀的心態，闡述靈魂與死亡的關係，並觀察世間事物，為生活於花花世界的人們帶來心靈的啟迪。不過，他也有一句話，對喜愛古董的人應該可受用：對宇宙所分配給您的一份，儘可表示歡迎。

35.
寵物

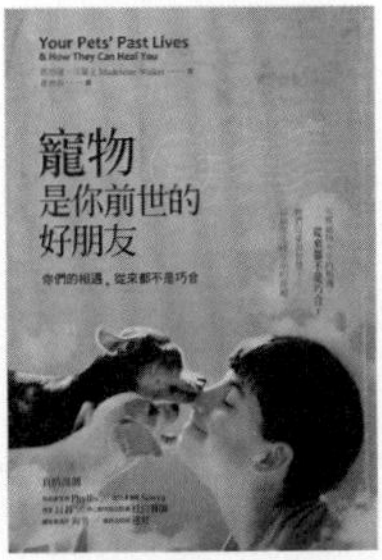

一、

筆者接觸過的西洋友人，多數養寵物，而且寵物種類多樣，不止貓、狗，連爬行類、生禽猛獸都可畜而養之，樂此不疲。

我們台灣人養寵物的人好像比較少，而且以養魚、養貓、養狗為多。有時候在街上會看到女士牽著一條小狗，小狗還穿衣服；有時候看到有人推著一輛嬰兒車，但上頭不是小嬰兒，而是一隻貓。

可見，世間有些男女樂與寵物為友。筆者認為凡是禽獸必亂大小便，如果獸性發作還會傷人，因此對於與寵物為友，頗為不解；可是它顯然是大千世界一大話題。

二、

有一天，我在二手書店看到一本「寵物是你前世的好朋友」，便買來一讀，讀過之後算是稍稍消除了先前的「不解」。

這本書的作者瑪德蓮．沃爾克 Madeleine Walker 是英國動物溝通師、動物與飼主創傷諮商師、動物直覺與情緒治療師。譯者蕭寶森是台大外文系學士、輔大翻譯研究所碩士。這本書二〇一三年由新星球出版社出版，大雁出版社發行。

坦白以道，瑪德蓮．沃爾克擔任的那些什麼師，以前連聽過都沒有。

一個名叫 Phyllis 的人以「動物是生命奇蹟的推手」為題幫本書作序，說本書道出了「寵物與飼主之間，累世以來的互相扶持與緊密連結。」

一位名叫貝莉的作家以「在人與寵物之間」為題作推介序，說「寵物擁有比起我們人類更純淨直白的心。」

第三位寫推介序的珍妮．史梅德莉（Jenny Smedley）以「動物是我們的靈性導師」

為題，說我們「必須接受一件事實：我們的靈魂是經過多身累世進化的。」並且「一定要承認：動物是我們的一部分，牠們和人類的命運息息相關。」

本書作者「在靈性之路上與我們結伴而行的動物朋友」的前言中，更直言，寵物會「自願投胎轉世，來幫助他們的主人處理尚未解決的問題，或繼續扶持他們走完靈魂的旅程。」

這是筆者以前完全不知的領域。

三、

本書分十章：

第一章　寵物為什麼要跟著你一起轉世？
第二章　寵物的前世是動物還是人？
第三章　寵物如何療癒我們？
第四章　清除我們與寵物共同經歷的前世創傷
第五章　和轉世的寵物相遇時，要如何辨認？

第六章　療癒人和寵物的身體病痛
第七章　如何感應寵物的前世？
第八章　傾聽寵物的心聲，解開前世的心結
第九章　寵物安樂死後，去了哪裡？
第十章　用靜心與觀想，和你的寵物溝通
最後還有個結語，以「不斷轉世，回到我身邊的寵物們」為題。

四、

只要看筆者不厭其煩，抄錄十章章名和結語，各位讀友對本書作者的堅定信念，應已一目了然。筆者再做解說已是多餘。

本書作者似乎擔心看書的人不信，所以他指名道姓地指出各項具體事例來佐證她所言不虛。我從字裡行間看不出作者是神棍之類的角色，也看不出她是為了讓生意興隆才寫這本書。她自己說，寫作這本書是要幫助眾生找回內在的力量，重拾生命的自在喜悅。

筆者不敢亂言怪力亂神，因為知之為知之，不知為不知。不過筆者合理推斷，是不是本書作者說的是宇宙萬象之一，此外還有之二、之十、之百。譬如說，我看有些人養寵物只是為了養大之後賣錢。也有人養寵物特意找品種，為的是多胎生殖後利潤豐厚；那就與什麼前生後世、什麼生靈伴侶通通沒有干係了。

幾世輪迴之說不是這位馬德蓮．沃爾克首創，許多宗教都有升天或下地獄的教義。亙古以來，信者恆信，不信者恆不信；那麼就讓信者繼續信其信，不信者繼續不信其不信吧！

36.
貨幣

一、

所謂貨幣，對您我一般人來說，就是每天出門時裝在口袋裡的那幾張面額不同的鈔票。

為了充份瞭解貨幣鈔票的種種，最近看了「貨幣戰爭5」一書，看完之後，對自己知識的淺薄和偏狹，驚訝不已。

「貨」書作者宋鴻兵一九九〇年代從中國赴美留學，主修資訊工程和教育學，獲美利堅大學碩士學位，其後任職不同的公私機構。曾被美國「商業週刊」評選為「二〇〇九年中國最具影響力的四十人」。

宋鴻兵從二〇〇七年開始撰寫「貨幣戰爭」系列。第一冊從英國羅斯柴爾德家族到次貸風暴，點破國際金融背後的潛規則，並預測高金價時代的來臨。第二冊「貨幣戰爭2─金權天下」勾勒百餘年來英、法、美、德各國在枱面政治人物背後，超級金融家族如何呼風喚雨。第三冊「貨幣戰爭3─金融高邊疆」，以中國清末以來的中國歷史，說明國家捍衛貨幣主權的重要性，並預測黃金vs白銀的二十一世紀大對決。第四冊「貨幣戰爭4─群雄並起」論述在美元式微、歐洲經濟統合、新興國家崛起的格局下，亞洲能否出現統一的貨幣，並與美元、歐元分庭抗禮？

我看的是「貨幣戰爭5─後QE時代的全球金融」二〇一四年八月遠流出版公司刊行。

此書以二〇一三年四月國際金價暴跌為序幕。我幾經推敲，認定我也必須從「金本位」談起，才能條理井然地介紹宋先生的大作。

二、

人類的買賣行為，一開始「以物易物」，後來才找到具公信力的各種媒介。大約而言，用金屬壓鑄的東西，如鐵幣、錫幣、鎳幣、銀幣、金幣先後被使用過。更後來才出現紙幣、票券、信用卡，最新的媒介是電子支付。

不以物易物，而使用一種媒介，那個媒介必須大家共同信任其價值，否則不可能被廣泛接受。不管什麼幣，如果沒有一個可靠憑藉，而是任何私人或官府可以任憑發行，經濟秩序必然失控。

黃金是一種稀有貴金屬，因為稀有，所以價值可靠而且恆久。

十九世紀初，英國建立最早的「金本位」制度，一盎司黃金被法律確定為三英鎊十七先令五便士。被政府授權發行英國貨幣的英格蘭銀行等於承諾在上述價位隨時收購一切黃金。

宋鴻兵花了一些篇幅介紹倫敦五大民間金商如何進行黃金批發業務。五大金商之首是羅斯柴爾德家族。每天早上其他金商準時齊集羅斯柴爾德家，密商盤價，然後由他們分頭用電話通知各自公司的相關客戶，進行買賣，當買賣各方總量剛為平衡，則盤價生效；如果數量不匹配，那麼大家再忙碌一番，直到在新價位上買賣總量平衡為止。

宋鴻兵說，羅斯柴爾德家族主導倫敦金定價到二〇〇四年為止。那一年羅家宣布主動放棄定價權。但其實二〇〇四年只是一個終點，二次世界大戰時已打亂了倫敦壟斷黃金市場的好日子。瑞士在希特勒刻意培植下已然異軍突起。

宋鴻兵把筆鋒帶到中國上海，他說國共內戰不已，一九四九年國民黨已經瀕臨崩潰，北京、上海的黃金價格飛漲到五十到五十五美元，但歐洲市場只有三十八美元。國民政府的達官貴人和富商巨賈以遠高於歐洲的價格瘋狂搶購黃金，存入瑞士的銀行。連中共成立之後，主要的黃金業務都透過瑞士進行。在瑞士的強大挑戰下，英國終於喪失了三百年來世界黃金集散地的寶座。

不過瑞士畢竟是蕞爾小國。在一九〇〇年開始推行金本位的美國，在第一次世界大戰後，由於英國在經濟上重創，當時坐山觀虎鬥的美國湧入了大量歐洲黃金，導致美國工業與金融實力大增，倫敦的國際金融中心地位被紐約取代，英鎊的霸氣被美元壓倒。等到又打過第二次世界大戰，美國不止在軍事上成為世界霸主，在金融上也成為世界超霸。

二〇〇八年世界發生金融風暴，黃金市場因而風起雲湧，金價暴跌震撼全世界。宋鴻兵認為一切的根據都是因為人性的貪婪以及美國採取「量化寬鬆政策」（QE）以鄰為壑的結果。

以二〇一二年九月十四日美國宣布第三輪QE為例，宋鴻兵指出，第三輪QE每月持續由美國聯邦儲備銀行印鈔購買四百億美元的不動產抵押擔保債券和四百五十億美元國債，總規模高達八百五十億美元，而且宣稱政策將持續到就業市場好轉，同時可以容忍通膨底線被突破。如此一來，到二〇一三年底，美國聯儲資產負債表將達四兆美元的規模，將是二〇〇八年金融危機之前的四倍。

早就聽過「三個經濟學家聚在一起，會生出四種不同意見」。美國採取QE政策主要是有人認定此舉可以造成奇蹟般的經濟復甦。但宋鴻兵顯然見解相反。他說：「貶值貨幣對於各國政府有天然的誘惑力，尤其對於高負債的國家更是如此。就短期而言，貨幣貶值不僅能緩解危機，變相賴帳，還能刺激出口，改善就業，彰顯政績」。可是國家與國家之間，經濟關係複雜；以美國的金融地位，就會被認為以救經濟之名，行掠奪他國財富之實。進一步說，當各國考量國際經貿互動實際，競相採用貶值政策，那必又變成另一番紛擾局面。

宋鴻兵對二〇一三年四月十二日開始的國際黃金市場大戰做了詳細的記述，並且認為這就是美國採行歷史上最大程度的貨幣貶值政策的必然連動。

如果不讀宋著，筆者不知道各國黃金儲存在那裡？也不知道目前地球表層還有四百個仍開採中的金礦。更不知道二〇一二年全球礦產金只有兩千七百噸。宋鴻兵說，二〇〇一年迄二〇一四年黃金價格已上漲五倍左右。

三、

美國在一九〇〇年開始推行金本位時，法律明定一盎司黃金等於二〇．六七美元。隨著美國在第一、第二次世界大戰後國力的變化，以及其中經濟景氣的起伏，美國政府處理金融的手法也變化多端，像一九三三年羅斯福上台就曾一度禁止民間私藏黃金。一九三四訂立的「黃金儲備法案」，美元大幅貶值到三十五美元兌一盎司黃金，民間持有還會被重判十年監禁和二十五萬美元罰款。像一九七一年新訂的法案明定每發行一百美元貨幣必須有價值四十美元的黃金儲存，其餘六十%以商業票券為主。

不過主宰美國的兩個最重要因素，畢竟是資本主義和世界超霸。

做為世界超霸，美國一方面高唱自由民主人權，一方面大肆進行資源掠奪以維繫其超霸地位；宋著對美國「懲罰」伊拉克海珊和利比亞格達費的真正原因，就直白地作了諷刺。

宋鴻兵更一口咬定，由於美國華爾街資本家無止境的貪婪以及透過金權運作實際掌握了政治決策權力，美國已無可救藥走向下坡路。他對一九三〇年代美國首次實施貨幣寬鬆政策的無效以及二〇一二年開始的貨幣寬鬆政策所造成諸如房市復甦的假象、財富更形集中、就業更加不易、頁岩氣經濟價值高估，一一作出分析，最後語重心長地指出美國已積重難返。

四、

在本書的最後三章，宋鴻兵對羅馬帝國的敗亡、中國北宋的敗亡以及習近平的「中國夢」提出他的看法。

羅馬帝國是人類史上的超大篇章，在公元前後幾百年間，她曾是雄據亞、歐、非三洲超級帝國，可是連年征戰，造成了奇特的社會結構—統治貴族、豪商、包稅官和失去土地的賤民。最後也是「貪婪」二字導致貨幣制度破產，亡了羅馬。

一千年前的中國北宋王朝，曾是文化發達，經濟繁榮的大時代，人口曾達一億，是漢唐二朝的兩倍。首都開封是世界第一大城，中國古代「四大發明」中的三個，「唐宋八大家」的六位，都在北宋。但權貴階級的貪婪和衍生的貧富懸殊以及期貨商人以惡智慧破壞了票券公信力，最後同樣導致北宋的滅亡。

至於習近平的「中國夢」，宋鴻兵顯然有很多話要說。不過，因為與本文主題無關，筆者就不轉述了。

〔按：本文原以「貨幣戰爭」為題，先刊於本人所著「山川無聲」一書。二〇一七年刊印。非賣品，只贈送師長親友。今經反覆推敲，認為應酌改後列入「大千世界」篇，以求完整。〕

37.
黑社會

一、

人世間弱肉強食，是現象之一。一些蠻力上或惡智力上的強者，不屑正途，急功近利，很容易臭味相投，便就糾合一起，為非作歹，形成黑社會。

筆者以「黑手黨」和「山口組」鍵入「維基百科」得到二十幾頁資訊。便參考這些資訊，撰寫這篇文字。

二、

「黑手黨」在國際上幾乎是黑社會的代名詞。「黑手黨」英文 Mafia，但義大利語叫 Cosa Nostra。是十九世紀中葉在義大利西西里島出現的一種神秘結社犯罪組織。後來隨著十九世紀末葉的移民潮，勢力延伸到美國東岸，並且在那裡發揚光大。

黑社會的特色既是吃了熊心豹子膽的人成群結隊，便就惡勢力可觀，所以很容易和政治勢力掛勾。惡勢力和政治勢力掛勾後會發展神速。

可是惡勢力為非作歹，又勢必和正派警察、檢察官、法官做對，所以黑社會會暗殺警察、檢察官或法官。如果警察、檢察官或法官一身是膽，那就邪不勝正，但一時誰勝誰敗，各有很多案例。

通常黑社會以製毒、販毒、開賭場、開妓院為暴利來源，那麼便會也有人見暴利而眼紅，所以黑幫和黑幫之間為了爭地盤，常見刀槍火併，血流五步，甚或暴屍街頭。

如前所述，美國的黑手黨源自西西里，西西里的黑手黨以家族為基礎，有入會的嚴整儀式。通用的儀式是，跪在首領之前，面對聖像，割指頭見血，然後發誓。

說美國黑手黨發揚光大，是因為他們把「業務」擴大到走私和妨害司法。

信不信？二〇一〇年在紐約曼哈頓東村，一家「美國黑幫博物館」開幕。二〇一四年在內華達州的拉斯維加又見了另一家「黑幫博物館」。至於「教父」（Godfather）、「美國黑幫」（American Gangster）等一大堆好萊塢拍攝的黑社會電影，是否有黑幫的資本，就不得而知了。

三、

美國黑手黨無人不知，但與日本「山口組」比起規模和衝勁，美國黑手黨其實小巫見大巫。

「山口組」是山口春吉這個傢伙在一九一五年創立，而且合法註冊，只是日本警方列名指定嚴管。這個歷史悠久的日本最大黑幫在最高峰的一九七一年，發展出四七八個相關組織，手下萬餘人。二〇一四年美國「財星雜誌」統計，「山口組」的一年全球營收達八百億美元。另據「山口組」總部神戶的地方媒體報導，這個黑幫繳的稅佔地方政府總稅收的七成。

「山口組」組織嚴謹，頭目叫組長，選組長像選首長一般。第一代山口春吉，第二代是他的兒子山口登，三代是田岡一雄，山本廣一度代理。四代是竹中正久，五代是渡邊芳則，六代是司忍。頭目以下分工詳細，管區也分明。

至於「山口組」做什麼賺錢事業？他們比美國黑手黨更擴大到電視、影劇、批發市場，而且頭目常會被選為公會理事長、救災委員會主任委員之類的職守。

日本警方對取締黑幫，看起來比美國警方更賣力，尤其在黑方火併之時。不斷掃黑的結果，「山口組」也下達「絕緣」、「破門」處分，就是所謂自清。二〇一六年日本警察廳統計，「山口組」的直系成員已大減。

四、

不止美國、日本有黑幫，很多國家都有黑幫，台灣也有一大堆黑幫。台灣的黑幫由於黑白勾結輕度，由於政府嚴控槍枝，作惡有限。倒是應特別留意黑幫申請政黨招牌或與敵國私通。

至若哥倫比亞的毒梟，有自己的飛機和部隊，連市長、警長都不敢不聽命於毒梟，那才叫萬劫不復！

筆者不相信好萊塢電影中橫行大街、昂首闊步的黑幫老大模樣，事實是黑幫人物大都不得好死；何以故？一因天理昭昭，一因法網恢恢；雖然弱肉可以強食，畢竟人世間是有因果報應的！

38.
吃飯

一、

生而為人，不分古今國內外，除了工作，大概每個人每天花最多時間在做的事，第一是睡覺，第二就是吃飯。

不睡覺會死翹翹，不吃飯的話，死得更快。即使身強體壯，只要連續幾天不吃飯，便就不成人形，所以幾乎每一個人都會規規矩矩，時間到了就來去吃飯，不敢跟自己開玩笑。

不過，貧困人家吃的和富裕人家吃的不一樣；平民百姓吃的和皇帝王公吃的不一樣；東方人吃的和西方人吃的不一樣；同是東方人，日本人吃的和越南人吃的不一樣；甚至於同是台灣人，南部人吃的和北部人吃的也不完全一樣。

二、

可能正因為吃飯佔了人生很大的比重，所以現在台灣的電視，飲食節目也佔了很大的比重。國外製作的節目，不尚粗製濫造，幾位揚名國際的大廚主持的節目頗有看頭。不少另闢蹊徑的節目，如「帥哥名廚到我家」、「古怪食物」、「某某名廚走天涯」，也都有很高的收視率。國內製作的節目模仿性很強，不過對自己同胞實用價值較高，所以收視率也很好。

電視節目如此，教人如何烹飪的文本也佔書店類書很大比重。筆者經常造訪的一家二手書店，有一整櫃子料理書籍；從正餐到點心，從東方到西方，從江北到江南，從牛排到素食，不一而足。

三、飲食是文化的一種面相。既是文化，自然與歷史短長有關。歷史越久的民族，飲食文化也會比較可觀。台灣歷史不長，不過由於歷史變遷，使得歷史不長的台灣，竟有了可觀的飲食文化。

有一年，筆者在旅途中進入西班牙。在首都馬德里一處傳統市場，筆者很驚奇地發現西班牙竟有和我們幾乎完全相同的肉粽、香腸和火腿；這是因為西班牙歷史悠久，而且講究飲食。

有一年，筆者訪問日本大阪，當地台僑請我到一家台灣人開的餐廳吃炒米粉和酸菜肚片湯。我知道日本人不愛吃內臟。招待我的幾位台僑自己吃得眉飛色舞；這是因為每個人飲食有偏好，故鄉的食物尤其令人大快朵頤。

有一年，筆者在美國波士頓接受一位億萬富豪家宴款待。高檔餐具美麗閃亮，但沙拉、牛排如何與蝦仁蛋炒飯和一碗魚丸湯相比？這是因為一般美國人的飲食文化實在淺薄，中看不中吃。

有一年，筆者訪問阿根廷，在一處鄉野觀光農場，炭火烤全牛。幾百名觀光客，當場把重達二百公斤的半隻牛肉吃光光；這是就地取材，牧場風味，原始風光。

許多從台灣南部移居台北的同胞喜歡乾煎虱目魚、地瓜粥、滷豬肉；這是因為肚子很先入為主，早年吃的東西，和肚子一拍即合。

四、

筆者把吃飯的樂趣寫得意興橫飛，可是如果放眼未來，全人類的吃飯問題，隱憂不小。

有一本書名叫「世界，未來會是什麼樣子?」〔大是文化公司出版、二〇一〇年、作者三人，尚・克利斯朵夫・維克多（Jean-Christophe Victor）、薇珍妮・黑頌（Virginie Raisson）、法蘭克・提塔特（Frank Tetart）譯者：劉宗德、周幸〕

三位作者都是地緣政治學者，他們先合寫了「世界，為什麼是現在這樣子?」然後再合寫「世界，未來會是什麼樣子?」

對未來世界的人口、飲水、地球暖化、海洋資源，他們多所著墨，綜合言之，他們指出：

—全球人口在二〇五〇年時將達到九十二億，其中十二億在已開發國家，八十億在開發中國家和未開發國家。人類需要糧食，生產糧食需要淡水。全球淡水消耗量到了二〇五〇年將會提升百分之四十，淡水資源的供給卻跟不上。

—貧富差距將會繼續擴大。

—地球暖化日益明顯，地球氣候變化將影響糧食生產。

—海洋資源正日益匱乏。

本書涉及層面甚廣，筆者只取與本文有關部分供參，就感到萬般驚恐。現在是二〇一七，距離二〇五〇還有三十三年，但變化是每日寸進的。據統計，人類現在就有一個很大的比率生存於糧食不足境況，而且每年約有八百萬人因缺乏食物而成饑殍。如此這般，我們似乎只能寄望科學家和政治家在人類糧食問題上，下大功夫，以解危機。

五、

如果要完整談論吃飯議題，我們必須再觸及另外五個範疇：

——烹飪只是技藝，「營養學」才是一門科學。
——「基因改造」在吃飯議題上，已經佔了很大份量。如何經由改造基因來增加食物產量又不影響人體健康，已成為世紀新課題。
——有機食物已被廣泛推崇。
——葷食和素食對人體健康的作用，已累積不可計數的驗證科學數據，並對人類的飲食選擇產生可觀影響。
——食品安全已成為各國政府施政要目。
對以上範疇，市面上有很多著作，各方讀友如果有趣味可以自己買來閱讀，筆者只能點到為止。
如果還要再觸及東方民族普遍信仰的「食補」，或者東方吃飯文學，諸如「大塊吃肉、大碗喝酒」、「飯後一根菸，快樂勝神仙」，那就沒完沒了，筆者當然只能就此打住。

39.
貪污

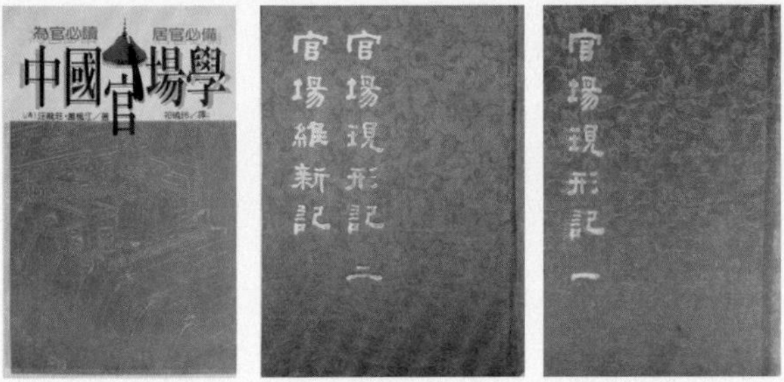

一、

從前帝王時代，為官之道強調「爾奉爾祿、民脂民膏」，所以要「天視自我民視，天聽自我民聽。」要「民為貴、社稷次之、君為輕。」

後來民主時代，強調為官之道要自居公僕，要依法行政，要盡忠職守，不可尸位素餐。

不管從前或現在，貪污都會被打為敗類，可是古今國內外，貪官污吏，日有所聞。有人貪個幾萬元，有人竟能貪到幾十億、幾百億；胃口之大和行徑之囂張，令人嘆為觀止。

看來，貪污是人間常態，而且過去如此，現在如此，將來大概也如此。

二、

筆者中年時曾看過「官場現形記」，為了寫這篇文章，原書卻遍尋不著，乃到書店再找，買得河洛圖書出版社一九八〇年初版的上下精裝二大冊，同時買到一本「中國官場學」。

「官場現形記」是清末文人李寶嘉所著。李氏又名李伯元，出生於一八六七年。他辦小報，本書係他邊寫邊在報上連載，把清末貪官污吏的嘴臉描寫得醜態畢露，一時大快人心。官方曾給官位籠絡，他不上當。後來下令通緝，他也坦然不懼，當時被認為風骨嶙峋，可惜四十歲就一命嗚呼。

「中國官場學」作者清朝汪龍莊，三十一歲才中舉人，四十六歲才中進士，官做得不大。他品行正直、嫉惡如仇，反遭人詆毀，終於被奪職，不得已告老返鄉。告老返鄉後著了「佐治藥言」、「學治臆說」二書。

清末光緒年間，張翰伯取汪龍莊的大作和另一個人萬楓江所著「幕學舉要」編成

「入幕須知」一書。一九九二年初曉玲以「入幕須知」為本，編譯為「中國官場術」（捷幼出版社，一九九三年初版）

三、

中國清朝末年，因為國庫空虛，所以想出了「捐官」歪政策，就是有錢人可以買官。買官分兩階段：第一階段花的錢只買到「官職」，錢歸官府；第二階段買「官缺」，錢入給缺的上官荷包；「買官」的錢有定額，買缺的錢沒定額，但有市價。

當時，不少人「千里為官只為財」。花錢買了官的人，當然要收回成本，外加利潤。於是官場風氣敗壞到了極點，等到西洋船堅炮厲前來叩關，孫中山、黃興又高舉革命大纛，滿清就垮台了。

「中國官場術」以百篇論述勸說做官要如何走正路，盡心力，不可貪污，所以為官必讀，居官必備。

「官場現形記」以小說形式嘲諷貪官污吏的百般醜態。有些描述也許過頭，但批判貪污永遠不嫌過頭。以下引述幾例，供大家瞭解壞官可以壞到什麼程度。

——錢典史道：「你原來未入仕途，也難怪你不知道。大凡像我們做典史的，全靠著做生日，辦喜事，弄兩個錢。一樁事情，收一回分子，一年有上五、六回的分子，一回受上幾百吊，通扯起來就有好兩千。真真大處不可小算。這些錢都是面子上的，受了也不罪過。」

這種小貪積少成多後，錢典史就有錢做更大的「事業」了。

——「那錢典史，本來是瞧不起趙溫的了，現在忽然看見他有了銀子捐官，便重新親熱起來，想替他經手，可以予中取利⋯後來就托他上兑。二千多銀子不夠，又虧了他代擔了五百兩⋯從此以後，趙孝廉變了趙中書⋯」

想貪污的話，無處不可貪。清末一度高倡變法圖強，便有一批洋人前去中國沿岸城市賣洋槍洋炮或機器設備，這當然就出現了貪污的新門路和新機會。

——陶子堯：「現在我一算，大約山東又匯來二萬銀子，照機器的原價，只有二萬二千兩，這裡頭已經有我一個扣頭，下餘的一萬八，是魏翩仞、仇五科兩個人出力弄來的，少不得要謝他倆一二千銀子，我總有一萬好處。有了一萬，什麼事情做不得？」

不是污錢兩才算貪污，要貪污的話，貪古董更見「高雅」。

——劉厚守是位利用大官貪污，上下其手，大賺其錢的「政治古董商」。劉厚守道：「這位老中堂，他的脾氣，我是曉得的，最恨人家孝敬他錢。你若是拿錢送他，一定要生氣⋯不過，他愛古董，你送他古董頂歡喜。」

「一個鼻煙壺二千兩，你送他一個鼻煙壺，他說兩句好話，就值一萬銀子」。那古董商其實就是老中堂的共犯。而且知道把賣出去的鼻煙壺從受賄人手上買回來，再告訴送禮的人，老中堂高興的不得了，說如有兩隻，成為一雙，就是好到極點。於是行賄的人再花兩千銀子，古董商得了兩倍利潤，貪污的人貪了兩倍，牽線人有了兩層回扣，行賄的人得其所哉，真是四全其美。

貪污可以不止污錢、污古董，還可以污女子。

——冒得官苦言相勸太太：「太太，你是知道我這官，瞞不了你的，倘或查實在了，我的性命都沒有，所以我想來想去，沒路可走，⋯現在除了把女兒孝敬統領做小，沒有第二條路⋯」——「冒得官一見女兒應允，心中暗暗歡喜，變作出假欲嘔吐之狀，弔了幾個乾惡心⋯又忙下跪，給女兒磕了一個頭⋯」。

五、

被指為中國史上最大貪官的和珅，後來被抄家，據史料說，抄出了等同大清朝年歲出半數的金銀財寶。菲律賓的馬可仕總統和他那位「十%夫人」亡命異國後，被查出貪污了一百八十億美元。實施共產主義的中共，在習近平「打貪」後，出醜的貪官動輒貪污幾億或幾十億人民幣。南韓總統大多以貪污醜聞終結榮耀。連以貪污為恥的日本，四十年前當首相的田中角榮都以購買軍機收取大額回扣下獄。至於台灣的官吏，大貪小貪都有，我們沒有資格嘲笑他邦。

貪污是人間常態之一，卻是最最卑鄙、無恥的勾當。貪官絕對是人民的公敵、社會的垃圾，只可嘆古往今來，貪官像蟑螂，打也打不完，殺也殺不絕；規規矩矩辛苦工作完糧納稅的善良百姓真是倒楣；只有東窗事發，看到貪官不得好死，才稍能感到老天有眼，才稍能得到一丁點寬慰！

40.
慈悲

一、

性善論者認為人性本善，性惡論者認為人性本惡；依筆者觀察，人性善惡兩半。

假如不是因為人性有惡，不會有那麼多人為非作歹，弱肉強食。

假如不是因為人性有善，古今國內外不會有那麼多慈愛事蹟。

二、

幾年前某日，筆者看到一項資訊，說把輕度殘障也包括在內，台灣的殘障同胞高達總人口的十分之一。一般而言，殘障就是弱勢，需要國家和社會給予慈愛。

另據統計，經濟發達的台灣也有不算小數目的低收入戶，他們也需要國家和有能力的人給予慈愛。

幾乎所有記述台灣歷史人物的書籍，都提到施乾。二〇〇四年由玉山社出版的「快讀台灣歷史人物」（上下兩冊、李筱峰、莊天賜編著。）就有一篇「台灣乞丐的彌賽亞─施乾」。

一八九九年出生於淡水的施乾，台北州工業學校畢業後進入總督府擔任技士，因公務上進行台北市乞丐總調查，瞭解乞丐悲慘實況，下決心於一九二二年在今台北大理街創辦了「愛愛寮」，專事收容乞丐，免費供給衣食。施乾和他的日本籍太太清水照子親自服務乞丐，並教他們生活技能。此外親自進行諸多研究。後來，「愛愛寮」的善行獲得社會認同，他們夫婦利用善款，擴大照顧範圍，及於毒癮者、痳瘋病患、精神病患。

三、

台灣先有施乾，後有證嚴法師。

證嚴在一九七〇年出家，落腳花蓮。幾十年間，由於證嚴上人的感召力，由於台灣勃發的社會力，慈濟功德會不但在台灣做出了龐大的慈善事功，在海外也展現了台灣人無以倫比的慈悲情懷，為台灣積累了難以估量的福報。

台灣有施乾，有證嚴法師，外國也有很多大慈善家。德蕾莎修女（參閱本書「一代人傑篇」德蕾莎修女專節）領導遍佈世界各國的「仁愛修會」像苦行僧一般，投入貧民窟，給予貧民和病患人間溫暖和溫情，讓他們也能看到一點陽光。一九七九年諾貝爾和平獎委員會從幾十位被推薦人中，讓德蕾莎修女實至名歸；雖然德蕾莎修女從不曾想到「名」。

不是為「名」的話，那是什麼強大的驅動力使像施乾、證嚴上人、德蕾莎修女這種人物成為人間聖徒？

二〇一七年七月，我重讀俄國大文豪托爾斯泰的巨著「人生論」，並且找到答案。「人生論」的寫作目的在於探索人類真理。托翁認為生命的意義在於透過「愛」

去追求整體的「善」。他認為活在「愛」中，不只可以將人從生存競爭的悲劇中拯救出來，同時也能把人從死亡的恐怖中拯救出來。「如果把個人的生命力量用於為別人的幸福而辛勞和受苦，辛勞和受苦對付出心力的人來說就是幸福。」

托翁花了很多篇幅去解說一個人「肉身的生命不是生命」，「回歸理性才是生命」；而「愛」即是理性的活動。托翁從而認定透過「愛」追求人類整體的「善」才是人生的崇高目的。

「人生論」是托翁一八八七年的大作。筆者不知道上列諸聖徒的善行是受了托翁的感召，或是「聖哲所見略同」。

四、

更早於「人生論」，華文世界有一本流傳至廣的「了凡四訓」。古人袁了凡年輕時被算命先生鐵口直斷了一些事情，往後一一應驗；尤其世壽很短，令他耿耿於懷。

有一天，袁了凡得到高僧啟示：行善積德可以改變命運。於是他開始日日行善，事功累積之後，果然奇蹟頻頻，最後改變了命運。

以改變一己命運而行善，出發點在於利己；重要的是，不管利己或利他，最後的歸趨都是利他。

筆者有一個很特殊的體察；真正有大學問的人、真正有大功勳的人、真正慈悲為懷雨露眾生的人，到了晚年的時候，臉龐上會發出一種異樣輝光，令人肅然起敬，心悅誠服；筆者認為這是德被人間，天地福報。

只要慈悲行善，不論大善小善，都值得尊敬；因為這是人性中最寶貴的一面，也是滾滾紅塵中一盞盞引向光明的燈塔。

Chapter 5

吾土吾民篇

41.
台灣的童謠

一、

童謠就是兒歌。童謠像天籟，是出自孩童內心純真無邪的歡唱。童謠是文化遺產。

某年某日，我在二手書店買到馮耀岳先生的「台灣童謠大家唸」。一九九八年武陵出版公司發行。

馮先生是桃園人，小學老師，民國三十八年生。從作者簡介看，馮先生醉心文學，特別用心於臺灣童謠的採集和研究。

馮先生在這本書的末尾列了參考書目，包括朱自清，朱介凡、廖漢臣、李獻章、陳金田、舒蘭、陳運棟、陳正治、徐運德、洪國勝等人，都曾寫過童謠專書。
馮書介紹了七十四首童謠。

二、

歐巴桑，呷肉粽，
肉粽冷冷，呷龍眼，
龍眼沒肉，呷豬肉，
豬肉苦苦，呷菜脯，
菜脯鹹鹹，呷李鹹，
李鹹酸酸，呷腳倉，
腳倉臭臭，
伊走去放大炮。

閩南語的音和字常常脫節，如用國語唸台語童謠變成必須解說。比如說「龍眼」，台語近似「銀銀」。比如說屁眼「腳倉」台語唸卡倉。這首童謠以嘲笑為樂。

天黑黑，
欲落雨，
阿公仔舉鋤頭，
掘水路，
掘著一尾鯽仔魚，欲娶某，
龜擔燈，鱉打鼓，
蜻蜓舉旗叫艱苦，
水雞扛轎大腹肚。

「欲娶某」是想討個老婆。「水雞」是田蛙。這首童謠以滑稽為樂。

羞羞羞！
未見肖。
人插花，伊插草；

人抱嬰，伊抱狗；
人未嫁，伊先隨人走；
人坐轎，伊坐糞斗；
人睏眠床，伊睏礐仔口。

馮先生解讀這首童謠，說是日據時代，台灣人痛恨日本軍警的欺壓，才有意編造了這首諷刺日本人的童謠。

末尾「伊睏礐仔口」，說是日本人睡塌塌米，廁所也在同一屋頂下的塌塌米邊，藉此諷刺日本人沒衛生。

三、

馮先生認為既稱台灣童謠，應該包括客家，國語和原住民童謠。

用國語唸台語童歌已感吃力，用國語唸客家童謠更吃力。

月光光，下蓮塘，

拗蓮梗，扛新娘，
新娘重，扛雞公，
雞公叫，扛條貓，
貓愛走，扛條狗，
狗愛咬，上山撿柴燒，
撿分阿姐來煮朝。

「煮朝」何意？馮先生沒解說。筆者不識客家語，用台語或國語唸這首條童謠，也恐怕與原來的韻味相差甚遠吧！

打烏魯！
打烏魯！
提塔麼意，
喏嗎禮。

馮先生解讀，這首排灣族童謠的意思是：叫吧！叫吧！去叫你爸爸那樣大的螞蟻來吧！至於怎麼發音，大概就是照國語唸吧！

小器鬼，
喝涼水，
割破了嘴，
討個老婆打斷了腿。

國語是各族群共通的語言，馮先生說這首國語意涵是在抒發對小器鬼的不滿。

四、

筆者合理推斷，意涵比較容易流行於物質生活相對匱乏的農業社會，是農業社會孩童日常生活中不必花錢的一種嬉戲形式。

因此之故，在快速工業化和都市化的台灣，童謠已成為瀕臨失落的文化遺產。

瀕臨消失怎麼辦？

我看不能怎麼辦！

人世間的事物，當滋生和存在的客觀環境不存在後，自然就消失了。

42.
台灣的歌謠

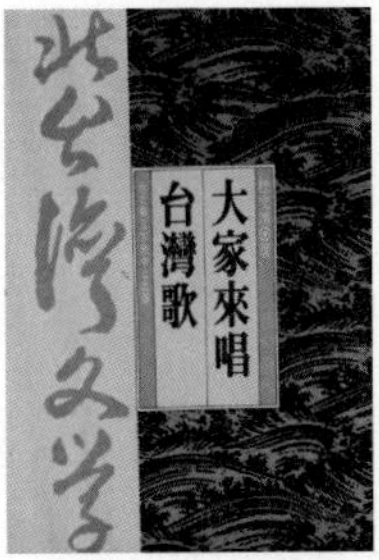

一、

一九八九年，本人創辦「自立周報」，把「自立早報」、「自立晚報」的精華，每週匯整，集為「自立周報」，嘉惠海外台僑。

同僚杜文靖君從「自立周報」創刊伊始，每週撰寫「大家來唱台灣歌」專欄，前後寫了兩年又四個月十五天，總共介紹了一一六首台灣人自己創作的歌謠。

一九九三年，台北縣政府為增益文化建設，決定出版「北台灣文學」叢書，第一輯八冊，包括杜文靖的這本「大家來唱台灣歌」。

杜君在該書扉頁上寫了「豐山大兄指正」，簽名贈書，我當年未曾細讀。杜君十幾年前已英年早逝。二〇一七年我把本書詳讀一遍，並且寫了這篇讀後記。

二、

台灣流行歌謠創作始於日據時期，幾十年來出現了不少傑出的作詞人和作曲人。早於杜文靖，林二、簡上仁，黃春明曾編過台灣歌謠集，不過偏重於早期成果。

台灣歌謠給人的整體印象是充滿悲情。不過幫杜文靖寫推介序的詩人，也就是自立周報總編輯向陽說：勇健而理想、青春而有活力的台灣歌謠也佔極大比例。他特別舉出呂泉生作曲的「杯底不通飼金魚」、王昶雄作詞的「阮若打開心內的門窗」、周添旺作詞的「滿面春風」以及陳達儒作詞的「青春嶺」等。

人類為表達情意，語言之不足，則歌之；歌之不足，則舞之蹈之。因此可以說文學、歌謠、舞蹈都是一個族群悲歡離合、喜怒哀樂的宣唱，其中自然包藏了文化與歷史的豐富底蘊。

我以一篇文章來簡介杜文靖君所整理的台灣歌謠，自然要面對一個拘限，那就是歌謠是用唱的，文字只能閱讀。

不過，我還是樂意在拘限的情況下，勉力為之。

三、

杜文靖指出：「一九三三年在台灣民俗音樂界發生了一樁大事，在被日本殖民統治者下令禁唱台灣歌曲十五年後，在台北大稻埕永樂座大戲院，為了配合在台灣首映的默片電影『桃花泣血記』，二位在戲院擔任講師的王雲峰和詹天馬，為了電影宣傳上的需要，合作寫了一首創作歌謠：結果大為轟動，揭開了台灣創作歌謠的第一頁，『桃花泣血記』也成為台灣創作歌謠的第一首歌。」

日本殖民台灣的政策，前後有其變化。二戰後前來統治台灣的國民黨政府的治理政策，前後也有其變化，台灣歌謠的具體呈現隨著這些政策變化，便就鮮豔、婉約、淒楚並見。

杜書特別介紹了以下歌人：

─創作「望春風」、「補破網」、「相思海」等歌的李臨秋。

——創作「港邊惜別」、「心茫茫」的吳成家。
——創作「河邊春夢」、「月夜愁」、「孤戀花」的周添旺。
——創作「心酸酸」、「南都夜曲」、「農村曲」的陳達儒。
——創作「白牡丹」、「滿山春色」、「中山北路行七擺」的陳秋霖。
——創作「望你早歸」、「秋風夜雨」、「思念故鄉」的楊三郎。
——創作「阮若打開心內的門窗」的王昶雄。
——創作「三聲無奈」、「盲女悲歌」的林金波。
——創作「舊情綿綿」、「思慕的人」、「淡水暮色」的葉俊麟。
——創作「春花望露」、「打拳頭賣膏藥」的江中青。
——創作「台灣七景」、「台灣組曲」的林二。

四、

杜君在接下去的篇章，每曲一文，對「思想起」、「丟丟銅仔」、「天黑黑」、「一隻鳥仔嚎啾啾」、「牛犁歌」、「六月茉莉」、「百家春」、「相思灯」、「農村酒歌」、

「草螟弄雞公」、「牛郎織女」、「桃花過渡」、「病子歌」、「五更鼓」、「望春風」、「雨夜花」、「白牡丹」、「四季謠」、「月夜愁」、「春宵吟」、「一粒紅蛋」、「農村曲」、「春花夢露」、「港邊惜別」、「滿面春風」、「煙酒歌」、「燒肉粽」、「收酒矸」、「菅芒花」、「春宵孟」、「南都夜曲」、「月夜嘆」、「心酸酸」、「心茫茫」、「心慒慒」、「醉心花」、「三線路」、「青春嶺」、「黃昏再會」、「雙雁影」、「悲戀的酒杯」、「阮不知啦」、「日日春」、「母啊喂」、「賣菜姑娘」、「什麼號叫愛」、「青春悲喜曲」、「那無兄」以上這些台灣歌謠的代表作的內涵、意境逐一做了介紹。

然後杜君又揀出其中佼佼者再加推崇。

五、

隨著時代的腳步不斷往前推移，以筆者淺見，雖然同為台灣人，可是不同族群、不同世代，對歌謠與音樂各有喜好。原住民有自己的世代傳唱歌謠。客家同胞有他們世代傳唱的歌謠。民國三十八年才來台的同胞大概比較常唱「國語歌曲」。五、六十萬新住民一定不會忘記他們祖居地的歌謠。年青人好像比較多唱英語流行歌。有些有國外留學背景的人推崇歌劇的經典。有一段時間，校園民歌風行全台。

筆者想在文末說兩句話：

第一句話是：珍惜民族固有文化、特別是尊重廣大社會基層的情感，是知識份子應有的情操。

第二句話是：台灣歌謠裡頭充滿了過多的酒氣、失意和悲苦。如果台灣已邁向自由民主，那麼歡樂與憧憬應成為台灣歌謠的基調，雄壯昂揚應成為台灣人宣唱的主旋律。

六、

民國九十八年，本人撰寫「論台灣及台灣人」一書，在末尾寫歌一首。如果將來有一流作曲家願意譜為「台灣頌」，那就善莫大焉！

該歌如下：

宇宙浩浩無邊，
地球寂寞運轉；
地球上有一個海島叫台灣，

台灣就是我們永恆的祖鄉。

台灣雖然小巧，
卻見無比曼妙；
高山河流平原一樣也不少，
族群和諧文化多元好又好。

台灣產業發達，
產品分享世界；
三洋五洲是我們的大前院，
西岸大陸是我們的後花園。

台灣崇尚和平，
人人積極行善；
我們要把打拼精神大發揮，
我們決心創造歷史大燦爛。

43.
台灣的諺語

一、

筆者出生台南鄉下，自小講台語，去學校才講國語。有時候台語、國語混著講。

民國六十年，筆者決定在台南縣參加選舉，當時認定必須全程用台語演講才能夠與故鄉選民同一呼吸，同一脈動，所以花了一年時間每天用台語讀報，一年下來果然得心應手。

後來，筆者知道台語八音，比只有四音半的國語更能夠抑揚頓挫。又後來知道所謂台語其實是中國中原古音，許多漢詩用台語誦讀，其平仄和韻腳比國語更精準。

二、

某年某日，我在二手書店買得「台灣諺語的智慧」一書。該書是作者李赫在一九八七年自費出版，交由錦德圖書公司經銷。李赫在自序中說，他因為發覺許多青年學子根本不知有台灣諺語的存在，所以才決定編寫本書。

李赫又說，台灣諺語數千則，其中常蘊含深刻的人生智慧，並且活生生地表現了先民的生活和思想。不過他也坦承，他並未去考証這些諺語產生的背景。

筆者淺見以為，諺語是歲月累積的產出，現在傳誦的諺語不一定全同起初的面貌。考証諺語並不重要，重要的是其中表達的人生智慧，今天是否合用。

三、李書介紹了一百多則諺語。筆者摘出其中幾則供參。

—三年一閏，好壞照輪。

陰曆每三年有一個閏年。一個人有時走壞運，過一段時間又走好運。也就是說人生會否極泰來，也會樂極生悲，因此勝不可驕，敗不必餒。

—人情世事陪到到，無鍋與無灶。

人活在人群之中，人情世事包括一大堆酬應。酬應要花錢，如果打腫臉充胖子，不自量力，很可能到最後拖垮了自己，因此量力而為就變成處世的智慧。

—做著歹田望後冬，娶著歹妻一世人。

如果要講台語，「歹妻」應該是「歹某」。

歹田就是貧瘠的田，既然貧瘠大概每年都難有好生產；因此筆者合理懷疑，這是佃農每年可以承租不同田畦的指望。相對而言妻子不能每年一換，所以娶到歹某才會倒霉一生。

—吃魚吃肉，也著菜甲。

李赫先生解讀本諺，強調「搭配」的重要。

筆者的瞭解，本諺在於強調「搭配」的必然。台灣先民社會農漁維生，日子並不是那麼好過，所以必然要強調物質生活的節制，才能坦然面對苦樂參半的人生。

—嚴官府，出厚賊；嚴父母，出阿里不達。

厚賊是很多賊的意思。阿里不達指差勁的子弟。阿里不達是比較特殊的台語。李赫可能是一位教師，他從教育心理學的角度指出，政府管理眾人之事和父母管教子女，都應寬嚴並濟。

換句話說，政府嚴苛，必生上有政策、下有對策的後果；父母過苛，子弟易生反抗情結，反而容易走上歧途。

—神仙打鼓有時錯，腳步踏錯誰人無。

神仙雖然無所不能，畢竟打鼓非其專長，所以也會打錯。無所不能的神仙都會把鼓打得荒腔走板，凡人自然更不可能免除過失，因此「知錯能改，善莫大焉」。

—做牛著拖，做人著磨。

拖犁拖車是牛的宿命。流淚流汗為生存打拼是人的宿命。

農業社會一分耕耘還不一定有一分收穫，沒有收穫不能存活。人生的真實面既然如此，這句諺語對人群接受苦海無邊的人生，有積極意義。

一支草，一點露。

清晨到野外，可以看到每一支青草上面都披覆著露水。如果把云云眾生比喻為很多支草，那麼上天雨露均霑，並無差別待遇。

本諺在於點出每一個生命都自有出路，因此面對苦樂參半的人生，也可以保有一點點樂觀的態度。

四、

我的老闆、已故慈善企業家吳尊賢先生青年時期曾一度醉心文學。一九八六年，詩人向陽將日據時間日本人立石鐵臣繪製的幾十幅台灣民俗圖，加以解說，由洛城出版社出版「台灣民俗圖解」一書。立石鐵臣的民俗圖係在當年的「民俗台灣」雜誌刊出。吳尊賢先生手撰的日文台灣俚諺一百則，也在「民俗台灣」刊出，因此向陽徵得吳尊賢的同意，由林芬櫻譯為中文，選出其中八十則併刊在「民俗台灣圖繪」一書上。

李赫摘選的俗諺和吳尊賢摘介的俚諺小部份疊同，如「一支草、一點露」，大部份不同，所以我也引介幾則，以為增益。

——凸風水蛙刣無肉。

意指虛有其表，其實沒有內涵。也可斥人夸夸而言，其實言之無物。

——菜蟲食菜，菜腳死。

意指行惡必得惡報。

——桌頂食飯，桌腳放屎。

意指恩將仇報。也可解為：胡作非為，不成體統。

——有看見針鼻，無看見大城門。

意指見識淺薄。也可意指見小忘大，不夠精明。

——別人交陪是關公劉備，咱若交陪總是林投竹莿。

說別人結交的朋友都是忠義之士，自己結交的却是刁民莠民。如果長輩以此語斥責子弟，那就是勸勉要結交益友，不要結交損友。

五、我合理相信，每一個不同語言的族群，都會有他們的諺語；而且我也合理相信，由於各不同族群面對的人生大同小異，因此每一個族群的俗諺也大同小異。

語言是族群的文化遺產。一個國家有一種共同使用的語言和文字是國家現代化的必要，但幫助、鼓勵每一個族群好好地維護傳承他們自有的語言和文字，不止有益於族群和諧，也進而表現出一種對傳統文化甚至於傳統智慧的禮敬。

六、寫完本文之後某日，與尊賢先生三公子亮宏君談及其父其文。過了不久，亮宏君送我一本潘榮禮先生編著的「台灣孽恝仔話」。「孽恝仔話」就是華語的「歇後語」或客語的「師父話」。基本上這是一種俏皮、有趣的話語；前半句和後半句同一意指，但重點在後半句，是台灣俗諺的一部分。

且摘三例：

上帝爺公放屁─動氣
白賊七仔講古─騙戇人
棺柴底唱歌─毋知死活。
潘榮禮自稱詼諧大王，彰化人，寫了很多相關語言和笑譚的專書。本書係田野調查所得，共一〇九〇句。各方朋友如果想一窺全貌，可去前衛出版社購買。

44.
台灣的美術

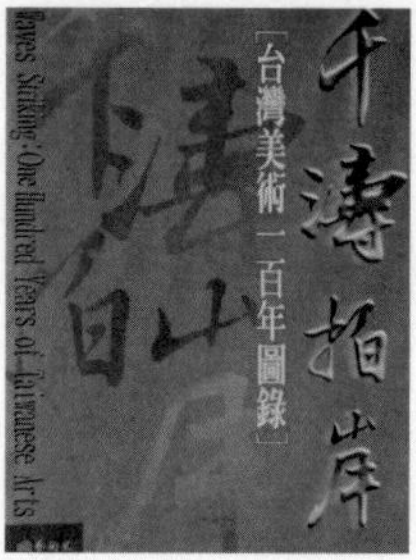

一、

「藝術家出版社」在台灣美術的推廣和維護工作上，長時間扮演重要角色。二〇〇〇年該社曾以「千濤拍岸」為題，出版「台灣美術一百年圖錄」。

一百年怎麼界定?就是日據初期的一九〇〇年到民國治理的二〇〇〇年。

這本書上有多篇論文和一百年間各路重要畫家的大作，作品包括油畫、油彩畫、水墨畫、書法、雕塑、版畫，可謂琳瑯滿目。

二、

以一百年為期，並且以一九〇〇年起算，自然把滿清治理台灣兩百餘年間知識階層的書法和水墨畫割裂了。事實上那兩百多年間也有源自中國的台灣美術。

日本據台是在明治維新之後。少數一些台灣人赴日學習藝術，他們極力突顯台灣風土特色，其中幾位成就很大，甚至於在當年藝展中能夠與日本人分庭抗禮。

一九四九年又是一個時間點，中國大陸不少藝術家隨蔣家軍來台，書法和水墨畫再度成為主流。

民國七十年代又是一個分水嶺，由於本土意識崛起，台灣美術又進入一個嶄新的時代。

美術具有國際交互影響的特殊性，從而台灣的美術表現也就兼具本土與世界元素，甚至於很多在台灣的外國人，要說他們是外國畫家或台灣畫家，都可以討論半天。

筆者欣賞美術作品，但不是美術中人。只是為了讓同胞瞭解吾土吾民，所以勉為其難，對一百年台灣的美術呈現，稍加介紹。

三、以時間劃分，日據時間出人頭地的台灣本土美術家有林玉山、陳進、郭雪湖、陳慧坤、呂鐵州、薛萬棟、廖繼春、藍蔭鼎、楊三郎、劉啟祥、張萬傳、廖德政、陳德旺、陳夏雨、蒲添生、黃土水、陳澄波、李石樵、洪瑞麟、顏水龍、李梅樹、何瑞堯、郭柏川。以上這些大家，在「千濤拍岸」一書上分別被歸類為「殖民主導下的映象」。一九四九年之後來台的美術家被歸類「中土移栽的蘭花」，有八人在書上被推舉，他們是曹秋圃、黃君璧、臺靜農、于右任、王壯為、溥心畬、歐豪年、傅狷夫。另有張大千、江兆申、余承堯、沈耀初、鄭善禧、袁旃、何懷碩、李義弘、倪再沁、于彭十人被歸類為「造景抒懷的筆墨」。黃榮燦、荒煙、朱鳴岡三人被歸類為「左翼木刻的餘緒」。李仲生、蕭勤、夏陽、韓湘寧四人被歸類為「現代主義的洪流」。

四、向來，不管國內或國外，文學與藝術不為政治服務，被懸為一種崇高涵養。現實是，不少文學家和藝術家為政治服務，也有不少文學家和藝術家不能逃離被政治迫害或故意遺棄的命運。

筆者在一九七九年到一九九一年間兼任「吳三連文藝獎基金會」秘書長。在基金會創立伊始，筆者負責擬定相關章則時，白紙黑字明定「本會評審以作者的文學藝術表現為惟一評量標準」，也就是說，明確排除其他考量。陶百川、葉公超和陳奇祿這三位錚錚君子先後擔任評審會主任委員，他們都堅持這個評審準則，所以「吳三連文藝獎」很快被認為是文藝界最高榮譽；一直到今天都是如此。

前段所提及的台灣老美術家中，有幾人得享高壽，所以在陳奇祿擔任主任委員期間，被聘為評審委員；在此之前，他們被社會冷落。也正因此，我到現在對陳奇祿先生的膽識和學識充滿敬意，雖然他已過世多年。

同樣地，筆者也認為，文學家或藝術家只有堅守民族的靈魂，才能永垂不朽。

45.
台灣的民間藝術

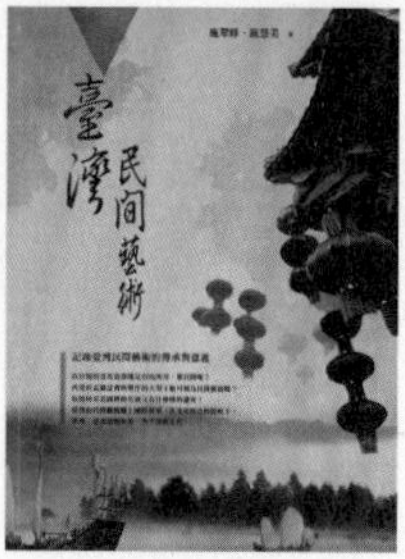

一、

「台灣民間藝術」一詞，意指台灣老百姓的藝術，包括工藝品、民謠、歌舞、戲劇、民譚等。

筆者於二〇一七年閱讀施翠峰博士和施慧美博士合著的「台灣民間藝術」（二〇〇七年、五南圖書公司出版）。

施翠峰生於一九二五年，是知名畫家、民俗學家、文學博士。施慧美生於一九五八年，留學美國和澳洲，在澳洲烏隆功大學拿到藝術學博士學位。二人是否父女，我未深究。

兩施所記述的台灣民間藝術，限於來自中國大陸閩粵的移民，未包括豐富的原住民藝術。

施翠峰負責撰寫本書第一章至第七章。施慧美負責撰寫第八章至第十一章。

二、

施翠峰在書中列出的民間文學包括諺語、歇後語、謎題、民間故事和民譚。列出的民間繪畫包括寺廟彩繪和壁畫。列出的民間建築包括民宅、寺廟和豪宅。列出的民間雕塑包括寺廟、神像和泥塑、石雕、磚刻。列出的民間工藝包括陶瓷、紙材、帽蓆、油傘、漆器、硯台、藤竹。

施慧美列出的民間戲劇包括扮仙戲、亂彈戲、南管戲、九甲戲、四平戲、歌仔戲、布袋戲、皮影戲、傀儡戲、車鼓戲、採茶戲。列出的民間舞蹈包括宋江陣、弄龍陣、弄獅陣、八家將、駛犁陣、公央婆、布馬陣。列出的民俗嬉戲放風箏、元宵花燈賽、龍舟競賽。

民間藝術用文字解説，不如用圖片表現，本書圖文並茂，本人這篇短文做不到這個境地。各方讀友如果願意自己閱讀該原書，那就再好不過。

三、

倒是筆者要對台灣民間藝術的過去和未來多加著墨。

據施翠峰解說，在歐洲工業革命中，工業只重視生產製程，工業技術和藝術形同陌路。到了十九世紀中葉，有威廉・莫里斯者（William Morris）開始倡導美術工藝運動（Arts & Crafts Movement）鼓吹在機器製造品中注入人性和藝術，掀起了各國對工藝設計的重視。後來被稱為「工藝之父」。

在亞洲，日本人柳宗悦（Yanagi Muneyoshi）從對西洋藝術的專注轉移到對東方工藝的關懷，並致力於日本發展民間藝術運動。一九四三年，柳宗悦前來台灣調查民俗，驚嘆台灣民間工藝之美。回日本後，他多次演講、撰文推崇台灣民間工藝，於是在台灣有了台大日籍教授金關丈夫主編的「台灣民俗」月刊，不少台灣學人參與撰稿。「台灣民俗」發行了四十三期後難以為繼。

一九五〇年代，施翠峰還在師大讀書時就開始撰文呼籲重視台灣民間藝術，然後開始與台灣民間藝術結下不解之緣，往後幾十年幾乎成為台灣民間藝術的守護人。

四、

施翠峰和施慧美於二〇〇七年撰寫的「台灣民間藝術」一書，未及於原住民藝術。

一九三九年出生於中國江蘇省的高業榮先生來台後獻身於台灣原住民藝術的探討。

一九九七年「台灣東華書局」出版他撰寫的「台灣原住民的藝術」。

台灣原住民來自何處?

綜合各種研究，台灣原住民的發源地在爪哇到北迴歸線之間的熱帶海岸。十九世紀時，荷蘭學者柯恩用語言古生物學的分析方法，認為中國南疆靠海的地方是整個南島語系的老家。

可是到了二十世紀，許多語言家進一步推斷，台灣才是整個南島語族的祖居地。

考古學家在台灣北部發現的大坌坑文化遺址，在高雄發現的鳳鼻頭文化遺址，被推定為原住民祖先的文化，時間是西元前二千年到五千年之間。

有學者發現古中國南方的百越民族文化，與台灣原住民有很多類同。另有學者發現紐西蘭毛利人的很多語言和舞蹈與台灣原住民近同。

本文不是要探討台灣原住民的來源，所以只對某些研究稍加介紹。

比較重要的是應該讓大家知道，台灣原住民現在大約有四十萬。分為阿美、泰雅、排灣、魯凱、卑南、布農、雅美、賽夏、鄒、邵、平埔諸族。也有學者認為必須再加上凱達格蘭、噶瑪蘭、馬卡道等。

五、

何謂藝術？各方定義不同。高業榮引英國藝術評論家赫伯特・里德的見解，定義「凡是發自內心的創製品，能使人愉悅者」來介紹他眼中的原住民藝術。

高業榮進一步指出：原住民不繪畫而專做雕刻。他們會織布，做陶，也用鮮花、獸牙、貝殼來裝飾自己，有的人還紋身。他們有高水準的聲樂和雄壯的舞蹈，甚至於他們的船不只是打漁的工具，也是精雕細琢的藝術品。其中，神話和歷史故事豐富了原住民藝術的內容。

在接下去的篇章中，高業榮對原住民的陶藝、裝飾品、巨石、岩雕、造形、織布和服裝、聚落和家屋、器物、有銅柄匕首，圖文並茂地做了解說。

高業榮特別指出，原住民藝術，除了大型木雕有表現之美外，所有器物裝飾、織繡紋樣和陶藝花紋，都有強烈的式樣化、規律化傾向。他認為這種藝術的形成，應該和他們的靜態農耕生活脫離不了關係。

六、

台灣面積不大，可是族群多元，且由於族群之間交流頻繁，原住民族的歌舞，二千三百萬同胞常有機會欣賞。筆者有理由相信，台灣原住民的藝術不會因為原住民人口不多而消失。

高業榮的書是對原住民藝術的淺解。歷來研究台灣原住民的學者著作不少，日本人宮川次郎有台灣的原住民藝術、鈴木秀夫有「台灣蕃界展望」、鳥居龍藏和楊南群有「探險台灣—鳥居龍藏的台灣人類學之旅」、森丑之助有「台灣蕃族志」、瀨川有「台灣高砂族的服飾」。國內劉其偉有「台灣土著文化藝術」、許美智有「排灣族的琉璃珠」。至於名揚國際的考古人類學者陳奇祿更是著作等身。

日本人寫的書用「蕃族」、「高砂族」，甚至於劉其偉都用「土著」兩字；這是那個年代的用語，不必惡解為歧視。

筆者要大聲稱讚：台灣原住民族豐富了台灣文化的內涵，美麗了台灣文化的容顏。

46.
台灣的花木

一、

國人出國旅遊，大概都會因為看到異國不同品種的花木，而生出異國情懷。

同樣的道理，外國人到我們台灣來旅遊，一定也會因為看到台灣特有的花木，而留下對台灣風貌的特殊記憶。

我們就住在台灣，除了植物學者外，一般人大概看慣了周邊花木，沒有什麼特別感覺；其實很多花木為台灣所特有。

二、

筆者手上有一本「台灣常見花木」，是觀光局在民國六十七年印行的版本。那時候的觀光局長朱國勳在序文中說：「由於台灣地形變化多端，具有垂直的氣候帶，從平原的熱帶，丘陵的溫帶，以至於高海拔的寒帶，都易於引進其他各地的植物，因此，台灣的花木可以說集世界之大成。」

台灣有好幾所大學有植物學系，因此植物學術專著也不少。這本「台灣常見花木」是觀光局委託台灣省農林廳林業試驗所代為編撰的，是給一般人看的書，一共介紹了一〇四種，分別說明品種來源和特色，彩色印刷，圖文並茂。可惜，筆者只作文字簡介，不能讓讀友賞心悅目。

三、

筆者從一〇四種中挑出幾種，讓大家「欣賞」、「瞭解」。然後再把一〇四種全部列名。

—相思樹

台灣原產，菲律賓也有。早年常砍伐來做木炭。春季開黃花。是台灣低山造林的主要木種。

—檳榔

原產馬來西亞。台灣不少人喜歡嚼檳榔就是拿它的果實和灰，再包老藤葉做成。嚼檳榔壞處多多，但賣檳榔卻利益不小，所以台灣緩坡地一度種滿檳榔，最近政府好像希望遏止這種惡習，效用如何很難預知。

—木棉

落葉喬木，由於花大且美，不少地方栽種做為行道樹。木棉非台灣原產。最近有一種反種聲音，說落葉落花都影響交通，且花絮會破害呼吸道。

—九重葛

是引進的品種，而且多達十六類，開紅、白、黃粉紅色花。盛開時甚為美艷奪目，所以栽植甚廣，甚至於可修剪為盆栽。

—美人蕉

美人蕉可以是庭園花卉，也可以在鄉下水溝邊野生。春季開黃、紅或黃紅相雜的大朵花。

——木麻黃

常綠大喬木，原產澳州、印度、緬甸等地。台灣引進後或做行道樹，或種海邊強風帶做為防風林。

——流蘇樹

落葉小喬木，在亞洲各地皆可見，春天時開了滿樹白花，拉丁文名叫雪花。台北二二八公園有幾棵。

——菊

東方人愛菊，如西方人愛薔薇。花期在歲末，花分很多顏色，台灣到處都有。士林的故蔣總統官邸每年的菊花展，吸引很多人。

——鳳凰木

原產非洲馬達加斯加島，南台灣的溫度很適合生長，到了六、七月間盛開，滿樹火紅。台南市曾經做為行道樹，後來砍掉很多，殊為可惜。

——馬櫻丹

原產熱帶美洲，引進台灣後已歸化。很容易生長，所以南部樹邊野生很多。如果有意栽種，大概是最便宜、最易維護的花種；不論紅色、黃色或橙黃色小花，盛開時都是一片美景。

——杜鵑

杜鵑是台灣栽培花卉中最普遍的一種，而且種類很多，有台灣杜鵑、烏來杜鵑、森氏杜鵑、上花杜鵑、大屯山杜鵑、金毛杜鵑等品種。平原的春初開花，較高海拔的夏初開花。如果大面積種植，盛開時匯為一片花海。

四、

以上，筆者特別書寫了十一種。其他九十三名稱如下：

金合歡、千年桐、軟枝黃蟬、月桃、亞歷山大椰子、羊蹄甲、嘉苳、東北根節蘭、山茶花、雜色美人蕉、叢立孔雀椰子、阿勃勒、鐵刀木、蓬蒿菊、龍船花、紅萼珍珠寶蓮、龍吐珠、紅花君子蘭、可可椰子、朱蕉、筆筒樹、金雀花、蘇鐵、紅花石斛、黃花石斛、第倫桃、毛柿、金露花、布袋蓮、錫蘭橄欖、珊瑚莿桐、雞冠莿桐、檸檬桉、台灣澤蘭、聖誕花、雀榕、福木、重瓣黃梔花、蝴蝶花、蓮葉桐、朱錦槿、木槿、大花孤挺花、華青蘭、毬蘭、龍柏、水筆仔、大花紫薇、百花、楓香、南美朱槿、白千層、荷花、重瓣夾竹桃、齒葉睡蓮、紅花睡蓮、紫花酢漿草、林投、地錦、矮牽牛、紅鶴蘭、緬梔、八角蓮、松葉牡丹山櫻花、梅花、日本櫻花、旅人蕉、大王椰子、一串紅紫鈴藤、金杯花、火焰木、台灣笑靨花、天堂鳥，大花鄧伯花、台灣狗脊蕨、刺葉五蘭。

我把書上列出的全抄錄如上，可是這並不是台灣常見花木的全部。我家前院有棵木蘭花，長到四層樓高。早年台灣人去日本學畫畫，要畫台灣特有風貌時常畫木蘭花和水牛。現在台北街頭也常見窮苦人家小孩賣一串二十元白色芬香的木蘭花，這本書竟然沒有列入。

有一種風鈴木，台灣很多高球場可以看到，春天開花的時候葉子已經不見。像湯匙一般大小的黃色花朵隨風飄曳，活像微笑的大家閨秀，煞是美麗。這本書上也沒有介紹。

五、

筆者手上還有一本更難得的「台灣老樹地圖」，大樹文化事業公司二〇〇二年初版。畢業台大園藝系的張蕙芬女士介紹了四百棵現在存在台灣大地上的老樹。潘智敏先生的攝影更讓人看了猶如身臨其境，極盡賞心悅目之能事。

大樹文化顯然是由一批有心人經營的出版公司。各方讀友如果有興趣深入台灣花木領域，這家公司還有「台灣賞樹情報」、「台灣紅樹林自然導遊」、「台灣野花三六五天」、「台灣野菜主義」等書。其中另有一本「綠色資產」是翻譯安東尼・赫胥黎的大作，鼓吹人類善用珍貴的綠色資產。

綠色資產有多珍貴？筆者只說一句話，大家就可知過半矣：

蓋棟豪宅最多兩年，豪宅邊沒有幾棵大樹那像豪宅？可是栽種一顆大樹可要至少二十年！

47.
台灣的鳥類

一、

在地球上，生物種類繁多。愛護動物的人類謙卑地把各種鳥隻合稱為鳥類，把各種狗狗合稱為狗類，把各種魚隻合稱為魚類，從愛惜眾生和生態保育的角度著眼，這種謙卑的態度是正確的。

人類有人類的世界，鳥類也有鳥類的世界；人類把鳥類當作觀賞對象，也許鳥類也把人類當作觀賞對象。不過，人類較有智慧，也較為強大，所以有人吃鳥，這好像是物競天擇、弱肉強食的原理，也是沒有辦法的事。

二、

觀光局把台灣的鳥類當作觀賞資源，所以民國八十七年出版了「台灣的鳥類」一書，介紹了六十一種台灣的鳥。編著者沙謙中在前言中說，他按棲地與海拔不同，把台灣的鳥類分成都市綠地的鳥類十種、郊區農地或廢耕地鳥類八種、平原濕地的鳥類十五種、一千公尺以下低海拔山區的鳥類七種、一千公尺至二千五百公尺中海拔山區的鳥類七種、三千五百公尺以上高海拔山區的鳥類四種。

這六十一種鳥隻依上列排序，分別為：麻雀、綠繡眼、白頭翁、家燕、洋燕、珠頸斑鳩、紅鳩、紅嘴黑鵯、小雨燕、牛背鷺、大卷尾、喜鵲、褐頭鷦鶯和灰頭鷦鶯、白和灰鶺鴒、紅尾伯勞、八哥、斑文鳥和白腰文鳥。小白鷺、中白鷺和大白鷺、夜鷺、栗小鷺和黃小鷺、東方白鸛、東方鴴和小環頸鴴、磯鷸、白腹秧雞、紅冠水雞和白冠雞、小水鴨、花嘴鴨、琵嘴鴨、尖尾鴨、魚鷹、普通翠鳥。大冠鷲、鳳頭蒼鷹和台灣松雀鷹、竹雞、中杜鵑、五色鳥、白環鸚嘴鵯、台灣藍鵲。小啄木、青背山雀、白耳畫眉和黃胸藪眉、冠羽畫眉、栗背林鴝、紅胸啄花鳥、鷦鷯、岩鷚、星鴉、煤山雀和火冠戴菊鳥、金翼白眉。

以上每一種鳥隻，在本書上都有彩色圖片，並說明體長和辨識特徵。此外還有來源、特性、食物或名稱由來的簡短說明。可惜筆者只能簡單引介。我相信本文讀者如果想進一步瞭解，向觀光局索取一本，或進入觀光局網站，應無困難。

三、

賞鳥是一種特殊樂趣，台灣有不少人組成賞鳥社團，活動頻繁。我手上有一本大樹文化事業公司在一九九五年出版的「台灣賞鳥地圖」，由吳尊賢撰文，徐偉斌和郭智勇攝影，徐偉斌繪圖，張蕙芬編輯。他們都是賞鳥人，吳尊賢同時還是一個以陶瓷製做鳥藝品的專家。

他們說國際上很多人為了賞鳥常常千里迢迢。台灣的賞鳥人很幸運，世界上二十分之一的鳥種可以在台灣看到。

那麼台灣何處賞鳥？

以下是抄自這本書指出的三十六個地點：關渡野柳金山、台北植物園、華江橋雁鴨公園、烏來、福山、雙連埤、客雅溪口、鞍馬山、武陵農場、梨山賓館、合歡山、合歡山的松雪樓和武嶺、大肚溪、八寶山和漢寶、溪頭、阿里山、特富野、曾文溪口、四草、扇平、藤枝、澄清湖、紫山、穎達農場、墾丁、龍鑾潭、蘭陽溪口、無尾港及五十二甲和冬山河、太平山、仁澤及翠峰湖、花蓮溪口、鯉魚潭、富源、知本。

其中大家比較不熟悉的地名，富源在花蓮南方七十八里處，扇平在高雄六龜山區，藤枝在高雄桃園鄉寶山村，是布農族部落。龍鑾潭在恆春南方三公里處。

看「台灣賞鳥地圖」一書，看到諸多賞鳥人拿著一支望遠鏡，揹個大背包，頂著大草帽與鳥隻捉迷藏，光看書就很快樂。再看看本書列出一長串的參考書目，可知在台灣賞鳥人是一個大族群。

四、

如果衣食無虞，又沒有太多功名利祿慾望，人生其實可以安排的至為豐富。我看周圍很多朋友，有人愛鳥，有人愛花，有人愛釣魚，有人愛下棋，有人愛喝粥，有人愛畫畫，每逢假日成群結黨，好像快樂得不得了。如果已經退休，周休七天，子女已經長大，健康還未敗壞，此時有老身、有老本、有老友，又能夠放得開，不去理會吵吵鬧鬧的政治爭奪，便見每天優哉遊哉；當此之時，台灣何異人間天堂！

48.
台灣的美食

一、

台灣電視頻道特多，電視上有一大堆教人如何烹飪的節目；何以故？「民以食為天」故也。也有一大堆遊走天下找尋美食的節目，何以故？滿足口腹之慾也是一種滿足，故也。

筆者在民國五十年代讀大學。有一天，老師沒來，有一位同學忽然心血來潮，發給同學每人一張空白小紙條，要大家填寫「假如您身上只有十塊錢，您要看電影？還是吃東西？」

那個年代台灣經濟尚未發達，

同學來自全台各地，其中中南部鄉下佔大部份。公館有一家電影院名叫東南亞，放映世界文學名片，入場券三塊五角，同學趨之若鶩。因為問卷說「假如只有十塊錢」，大概因此，尚處物質匱乏階段的同學絕大部份選擇先滿足口腹之慾。

二、

筆者寫本文，把它與台灣花木、鳥類、歌謠、童謠併列，主要是因為台灣實在是遍地美食，是地球上一個很突出的美食國家。

台灣為什麼遍地美食？

首先，**台灣早期是一個移墾社會，農家平日只能粗飯淡茶，但大家還是有口腹之慾，於是便有不少人製售各類小品點心**，每品賣個一毛或兩角；買來享用的人當做一種自我慰勞；賣的人也能賺點蠅頭小利養家活口。這些小品美食，便就一路流傳到今；像碗粿、肉粽、豆花、烤香腸、擔擔麵⋯

台灣人早期雖然匱乏，但一年到頭也會有娶媳婦、嫁女兒、拜鬼神諸多節目。當此之時輸人不輸陣，再沒有錢也要像個樣子，於是湯湯水水的大碗「料理」就出現了，幫人辦桌的「總鋪師」也有同業競爭問題，日久自然發展出一些好名堂，像五柳枝、魷魚螺肉蒜、桂花魚翅、筍絲蹄膀⋯

一八九五年日本據台，官員從日本來台，後來商社人員也來台，日本料理店就跟著來台了。二戰結束日本人回去後，台灣已經有很多喜歡日本飲食文化的先生、女士，結果日本料理店越開越多，做出來的日本料理比日本人做出來的更好吃；鰻魚燒、丼飯、生魚片、手捲、握壽司、茶碗蒸，什麼都有。這幾年連拉麵店也一家家出現。

到了一九四九年，國民黨在中國大陸潰敗，有二百萬軍民跟隨蔣介石總統移來台灣。這裡頭大江南北、漢滿蒙回，什麼族群都有。其中有些大將軍、大軍閥帶來的廚子，後來自己出來開小館子。只幾年時間，杭州醋魚、北京烤鴨、潮州魚翅、蒙古烤肉、山東大餅、湖南火腿、上海湯包、雲南大薄片、青海烤全羊⋯在台北、台中、台南、高雄的街頭，到處可見。不止如此，眷村刻意遍佈全台，一大堆價廉物美的眷村美食也在眷村附近受到歡迎。

韓戰後，大批美軍協防台灣，美國飲食跟著來了。不少來自歐洲的留學生學成不歸國，娶個台灣老婆，竟在大城市的巷弄內開起法國餐廳、瑞士餐廳、西班牙餐廳⋯

大約三十年前某日，友人相約到天母一家法國餐廳吃飯。餐廳內桌椅佈置類同我們在武俠電影裡看到的荒郊客棧。一個法國青年主廚兼經理，名片印「武大郎」為名。一個女士台灣人，聽說是經理的太太，名片印「潘金蓮」為名；這是別出心裁，令人莞爾。不過印象中，生意不好，現在是不是還在?不得而知。

到了最近二十幾年，很多東南亞移工被雇來台，另有很多東南亞女子嫁給台灣青年，所以越南菜、印尼菜、泰國菜、馬來西亞菜、菲律賓菜也都別成一格，大發利市。尤其每逢假日，這些小店前常見大排長龍。

三、

為了寫這篇文章，筆者特別到書店去找相關文本，只在羅斯福路三段一家二手書店，竟看到整個架上全是飲食指南，諸如「家庭台菜套餐」、「中國菜全集」、「媽媽味米料理」、「健康蔬菜湯」、「廚房裡的四季好味」、「療癒廚房」、「懶人飯」等。還有專教一味的，諸如「一人份甜點」、「手工餅乾」、「裸感蛋糕」、「英式下午茶」……可見，滿足口腹之慾，確是人間大事；而且可以理解，之所以有這麼多文本或電視節目，實在是因為烹飪在燒、煎、烤、燙、煨、煲、炒、煮之間存在無限可能。

四、寫了這麼多飲食文字，我想跟同胞說兩句貼心話。

一、再怎麼好吃，飲食還是應該合宜節制。善於保養健身的人總是提醒自己「七分飽、恰恰好」，這是有道理的。尤其到了一定年紀的時候，「減少葷食，增加素食」絕對是王道。

二、台灣人好客，所以桌上的東西常有大量剩餘。當此之時，把剩餘的東西打包帶回家，是一種惜物惜福的美德。大家不妨相互鼓勵打包；不知惜物惜福才是真正「不好意思」！

49.
台灣早期開發史上的大角色

一、

台灣在三萬年前就有人類足跡，但一直到一六二四年荷蘭人入侵台南才浮現現代史舞台。近四百年來台灣雖然統治權多變，但歷史是延續的，不必過度分段割裂看待；因為不管統治權如何變化，當權者都必須注重經濟民生，否則無法立足。

近四百年開發史，勤勞的歷代人民應記首功，不過在統治者一方一定也有一些好官能臣帶領，在民間也一定會自然產生領袖人物，否則歷史不能往前發展。

那麼在開發早期，誰是這種好

官能臣？或者誰是這種民間領袖人物？

坊間有一大堆此類文本。有的專門記述一人，有的專門記述一個家族。記述一群人的書，筆者手上就有兩本；一是已故林衡道的「台灣一百位名人傳」（林氏口述，洪錦福整理，正中書局一九八四年初版。）一是李筱峰和莊天賜兩位台灣史學者合編的「快讀台灣歷史人物」上下冊（玉山社二〇〇四年初版）。

二、

談歷史和歷史人物，都不免涉及史觀。李筱峰、莊天賜力倡台灣主體。林衡道恰好相反，他自己寫的序文說「編寫目的在使讀者能從書中人物對台灣的歷史有概略瞭解，知悉台灣與大陸間不可分割之密切關係，也是針對共匪統戰工具—台獨，最具體的答覆。」不止如此，林先生還希望讀者「讀完這本書後，假使能進一步研讀希特勒著『告德意志同胞書』，當更能激發我們愛國的熱情」並「在蔣總統經國先生的英明領導下，嚴拒共匪和談的陰謀，迎向『三民主義統一中國』的大目標，勇往邁進！」

筆者不敏，只知道人民至上、建設第一。所以我以兩個標準，選出十位台灣早期開發史上的大角色，讓同胞瞭解一點台灣開發史，同時瞭解幾位可以稱讚的人物。

兩個標準是：

（一）在台灣早期開發史上，他確曾做出開創性的某些貢獻。

（二）在執行政策或落實理念時，他沒有背離台灣人民的利益。

限於篇幅，每一人物三百字以內交代清楚。

三、

(1)鄭成功

鄭成功因為在江浙沿海被滿清政府軍打敗，所以於一六六一年率領他的大軍乘船來台，打敗荷蘭殖民政權，建立東寧王國，聲言反清復明。

鄭成功的事業是繼承海盜父親鄭芝龍。鄭芝龍給清廷進降表，鄭成功不以為然，於是父子分道揚鑣。可惜來台隔年，鄭成功以三十九歲之齡英年早逝。

筆者選他入列是鑑以他改變了台灣歷史。

(2)陳永華

鄭成功既然建立「東寧王國」，他就是王。他死後，兒子鄭經繼承王位。做王簡單做臣難，做臣難卻做了好臣能臣的是陳永華。

陳永華福建人，是鄭家三代的輔政軍師。

鄭家大軍來台當時，另已有十幾萬的人民，如何解決軍糧民食成為第一要務。陳永華實施屯田制度，成立了四十多個屯田區（也稱營盤田），同時把從荷蘭人接收過來的王田改為官田，凡耕佃的人都改為官府的佃戶。

不止屯田、官田，陳永華把三千多艘船隻用以發展海外貿易，貿易所得用以支付軍需。

不止從事海外貿易，陳永華還鼓勵曬鹽、製磚瓦，把鄭家軍統治下的台灣經濟發展起來。

鄭經為王二十年後，鄭克塽繼位，旋即被施琅消滅。

陳永華死在台灣，葬在今台南市柳營區的果毅里。相傳今日猶存的六甲赤山岩龍湖庵和白河關子嶺碧雲寺，都是陳氏所建。

筆者選列陳氏的理由是，賢臣能臣，政績卓著。

(3) 吳沙

吳沙是福建漳州人，清乾隆三十八年來台，稍通原住民語和醫道。乾隆五十一年林爽文反清失敗，黨羽多逃遁山區。新莊縣丞要吳沙進入宜蘭平原（當時稱噶瑪蘭）開墾蠻荒。吳沙於是率眾從澳底搭船前往，成了第一批開發那一萬公頃平原的先行者。

筆者選他入列，當然就是由於這個開疆闢土的功勞。

(4)劉銘傳

劉銘傳安徽人，清光緒十年法軍侵犯台灣，清廷命他任督辦台灣事務大臣，後來又兼福建巡撫，並加授兵部尚書銜。劉銘傳果然三敗法軍。事後清廷命他駐守台灣，劉銘傳因此上奏朝廷興辦防衛軍事、清查賦稅、招撫原住民。

再其後劉銘傳奏准開去福建巡撫本缺，專責駐台。光緒十三年台灣設省，劉銘傳被委任為台灣巡撫，兼理學政。

劉銘傳把省會設在台中，後來興建基隆到新竹的鐵路，最受稱譽。五十九歲過世。

筆者選列他的的理由是因為他認真治理台灣，而且政績可考。

(5)劉永福

劉永福是位將領，首在剿平太平天國的戰爭中立功。清光緒二十一年，日軍依據馬關條約入台時，他駐守台南。

唐景崧、丘逢甲組織「台灣民主國」用以反抗日軍入台，但僅十二天時間就先後棄守，台灣百姓擁立劉永福為抗日大將軍。劉永福遵命，設議院、籌軍費、辦團練、發行鈔票、聚集各路好漢、英雄豪傑打到最後一刻才罷休。

筆者選列他的原因很清楚，劉永福是真英雄、真好漢。

⑹郭懷一

荷蘭人治台以「東印度公司」為機構，經貿利益至上，所以從福建、廣東一帶引進外勞，同時苛捐雜稅名目多，稅率重。

郭懷一福建人，原是鄭芝龍的部下。鄭芝龍降清廷後，郭留在台灣開墾，成為漢人頭目。稍後荷蘭人又委以村長職位。郭常替被荷蘭人處罰的同胞說項，卻得不到寬貸，逐漸心生反抗情懷。一六五二年，他決定起事，認為一旦成功，可以驅逐荷蘭人，即使失敗也算光榮戰死。

可是有部眾向荷蘭人通風報信了。郭懷一一身是膽，照常起事，一度乘夜間敵方不備攻下重要據點，但隔兩天配備火槍訓練有素的荷軍糾合徵調的原住民人力掩至，郭懷一壯烈犧牲。其後荷蘭人大肆殺戮報復。

荷蘭人治台灣時有郭懷一反抗，滿清治台二百二十一年期間台人更是反抗不斷，比較大的反抗是一七二一年（康熙六十年）的朱一貴事件、一七八六年（乾隆五十一年）的林爽文事件、一八六二年（同治元年）的戴潮春事件。日本據台時期的一九三〇年由莫那．魯道領導的霧社事件，也震動國內外。

筆者只選列郭懷一是因為限於篇幅。反抗暴政不管成敗，盡皆可歌可泣。

(7)馬偕

馬偕是加拿大人，是傳教士。一八七二年從淡水上岸，其後一生奉獻台灣，死後葬在台灣。

馬偕來台傳教，第一件事是學台語，五個月後用台語完成第一次証道。

馬偕傳教開風氣之先，必然遭遇多般挫折，他用免費拔牙來緩和衝突和羞辱，以堅定毅力來武裝自己。

馬偕不是一個普通傳教士，他為了擴大上帝恩寵，訓練了很多本地傳教士；為了擴大接觸面，他廣設教會；一八八〇年有一個美國遺孀捐給他三千美元，他開始籌設醫院，興建了「偕醫館」成為北部最早的西醫醫院。為了教導醫術，他開辦「牛津學堂」。為了培育人才，他設立了「理學堂大書院」。受了他的台灣妻子張聰明的影響，創立了「淡水女學堂」。這些學堂、書院不但是台灣新式教育的發軔，也是西方文化輸入的媒介。

一生奉獻台灣的馬偕於一九〇一年罹患喉癌過世，家人遵其遺言，將他安葬在淡水中學後面的私人墓園。

筆者選列馬偕的理由是因為他以實際行動熱愛台灣，而且事功可觀。還有一個理由，一百多年來，外國人獻身台灣進步大業，不可計數，特以馬偕為典範，以對這些外國人士表達無比崇敬。

(8)蔡阿信

蔡阿信是台灣第一位女醫生。

蔡女士一八九五年出生於台北。由於家窮，被送給一個牧師當童養媳，堅強的蔡女柔性反抗又回到寡母身邊。八歲蔡女士入大稻埕公學校，三年後入淡水女校，十七歲獨自一人前往日本學醫。一九二一年學成返台。一九二六年在台中開辦「清信醫院」，稍後又開辦「清信產婆學校」。二戰爆發後前往美國，入哈佛大學醫學院研究，然後移居加拿大。二戰後返台，二二八事件時見不少同儕被槍決，遠走加拿大。一九七九年返台成立「至誠服務基金會」為寡婦提供精神關懷和保健諮詢，為孤苦無偶的老婦貢獻心力。一九八九年以九十四之高齡病逝加拿大。

文學家東方白以蔡阿信的一生為主軸寫成百萬字大河小說「浪淘沙」。書中的名字叫丘雅信。

筆者選列蔡阿信的理由是崇敬她的堅強和事功。當然，最主要的，她是現代台灣女性第一先鋒。

⑼八田與一

台灣原是個移墾社會，先民以耕田種植作物維生，有無灌溉設施關係收成至鉅。有能力的好官或有資力的民間人士興建了不少水利設施，如在高雄做曹公圳的曹謹、在台北做瑠公圳的郭錫瑠父子、在豐原和台北先後完成大甲圳、大安圳、永豐圳的林成祖，以及在彰化做八堡圳的施世榜。

八田與一是日本人，水利工程師。他奉日本殖民當局之召於一九一〇年以二十四歲之齡來台任職總督府土木部。一九二〇年開始負責興建規模龐大的烏山頭水庫和嘉南大圳，費時十年，耗資巨大。嘉南平原的農業產出從此數倍成長。日本殖民母國與台灣人同受其惠。

一九四二年八田與一應召赴菲律賓替已佔領菲國的日軍設計水利工程，卻不幸中途沉船罹難，遺體飄回日本，火化後骨灰送回台南，長眠於烏山頭水庫旁。現在矗立在水庫旁的銅像是一九三一年日本人做的，二戰後一度因反日被毀，後來復出。二〇一七年又一度被辱。可是八田與一對台灣的巨大貢獻，已載史冊。

筆者選列八田與一的理由是他的水利工程對台灣農業生產貢獻至鉅。更精確地說，烏山頭水庫和嘉南大圳落成後雖然一度以日本軍糧民食為先，但二戰戰敗日本人回去後，七十幾年來這件大工程對嘉南平原眾多農民造福無窮。

⑽杜聰明

杜聰明是淡水農家子弟，而且瘦小病弱，卻憑藉著堅韌生命力，成為台灣第一位醫學博士，而且一生事功不凡。

一九一四年杜氏以第一名成績畢業台北醫學校，一九一五年負笈日本京都帝國大學醫學部，一九二二年獲得醫學博士學位，一九三〇年任總督府立「台北更生院」院長，救助無數吸毒病患。一九三七年任台北帝國大學教授。二戰後，政府任命他為台灣大學醫學院院長。一九五六年與高雄仕紳陳啟川共同創辦高雄醫學院。一九八六年以九十四高齡辭世。

日據時期杜氏曾任總督府評議員。杜氏娶霧峰林家閨秀林雙隨為妻。

筆者選列杜聰明的理由是他堅韌地突破了台灣人接受現代教育的界限，大出台灣

人頭地。

四、

筆者介紹台灣早期開發史上的大角色，止於二戰結束台灣統治權換手。這樣子劃分時代階段，是因為二戰後的台灣人物的是非功過大多還有待時間沉澱。不過，筆者現在就可以很有把握地指出，過去六十年在台灣經貿發展上做出大成績的一大半朝野人物，如嚴家淦、尹仲容、李國鼎、孫運璿、蕭萬長、王永慶、辜振甫等，都將會在台灣開發史上留名；在經貿領域之外，另有一大串民間傑出人物讓台灣在國際上閃閃發光，也會在台灣開發史上留名，如張大千、李遠哲、林懷民⋯

正向的歷史人物是典範人物，是社會的共同資產，理當歌之頌之。

50.
台灣的國家公園

一、

山川大地河海湖泊和自然生態是造物者賜與人類的珍寶。有效保護珍寶以垂久遠，是一項偉大的理念。美國於一八七二年成立第一座國家公園—黃石國家公園（Yellowstone National Park），其後各國效法，目前全世界各國已有三千八百座國家公園。

二、

追溯台灣的國家公園史，應溯自日據時期。一九三〇年代，日本殖民台灣當局曾規劃三處國立公園，卻因隨後啟動太平洋戰爭，無暇他顧，只好擱置規劃。二戰後，國人重新倡議，到了一九七二年終於制定了「國家公園法」，可是隨後退出聯合國、台美斷交、中央政府大概只好先後緩急。直到一九八二年，我國第一座國家公園—墾丁國家公園才宣告成立。

然後快馬加鞭，一九八五年成立玉山國家公園和陽明山國家公園。其後太魯閣國家公園、雪霸國家公園、金門國家公園、東沙環礁國家公園、台江國家公園、澎湖南方四島國家公園先後成立。總共九座。此外還在民國一〇〇年成立壽山國家自然公園籌備處。

三、

我有一本管理國家公園的內政部營運署在二〇〇一年印行的「台灣國家公園史—一九〇〇—二〇〇〇」和一本最近向營建署函索的二〇一五年新版「台灣國家公園」。依成立先後，筆者簡介我國九座國家公園如下：

1、墾丁國家公園

一九八二年九月成立。面積含海陸兩域共三萬三千兩百八十九公頃。其中地形地質、人文史蹟、動物植物，皆大有可觀。

2、玉山國家公園

一九八五年四月成立。面積十萬三千一百二十一公頃。玉山是台灣最高山脈，也是水鹿和台灣黑熊的家鄉，高海拔植物更見特色。

3、陽明山國家公園

一九八五年九月成立。面積一萬一千三百三十八公頃。陽明山就在台北盆地北緣。北鄰大海，所以兼具亞熱帶、暖溫帶和季風型氣候，因此景緻變化萬千，又有瀑布、熱泉、萍蓬草。

4、太魯閣國家公園

一九八六年十一月成立。面積九萬兩千公頃，橫跨花蓮、台中、南投三縣市。其中海拔三千公尺以上高山就有共七座。蒼山湍水、森林雲霧、奇石險崖，不一而足，而原住民部落也增益人文特色。

5、雪霸國家公園

一九九二年七月成立。面積七萬六千八百五十公頃。橫跨新竹、苗栗、台中三縣市。雪指雪山，霸指大霸尖山。圈谷、群峰、斷崖、山褶皆是特異景觀。其中聞名全球的特有魚種—台灣櫻花勾吻鮭，園方特加保育。

6、金門國家公園

一九九五年十月成立。面積三千五百二十八公頃。金門之所以成立國家公園，是因為它是戰場歷史遺跡，此外它有三百種以上的鳥類群居，包括台灣少見的戴勝、玉頸鴨、蒼翡翠。古洋樓聚落也是一大特色。

7、東沙環礁國家公園

二〇〇七年一月成立。面積三十五萬三千六百六十八公頃，位於香港、呂宋、台灣之間。環礁主要由造礁珊瑚形成，環礁是常年露出海面的陸域，行政區屬於高雄市。

環礁是漁民棲息所在。海洋生物的多樣性是其特色。這座國家公園包含島嶼、海岸林、潟湖、潮間帶、珊瑚礁、海床草及大海洋。其豐富性遠高於陸域。

8、台江國家公園

二〇〇九年十月成立。面積含水陸兩域三萬九千三百十公頃。陸域在台南市西南、海域即相連之濕地、潟湖和外海。

就人文而言，這裡是台灣最早開發地方，也是平埔族文化遺物。就自然生態而言，這裡明顯可以看出滄海桑田的時代變化。

9、澎湖南方四島國家公園

二〇一四年六月成立。面積三萬五千八百四十三公頃。四島是東吉嶼、西吉嶼、東嶼坪嶼、西嶼坪嶼。公園範圍包含頭巾、鐵砧、二塭、鐘仔、豬母礁、鋤頭嶼、香爐、紫垵塭、離塭仔九座島嶼。行政區隸屬澎湖縣。

在人文上，這是台閩對渡的黑水溝，漁民在島上建有宮廟與石塔。連洋樓也曾一度華麗。甚至還有日本軍營遺跡。

島礁地形地物皆見特異，它是澎湖南方的明珠。

至於壽山，在高雄市區內，獼猴出名，但因面積只有一千一百公頃，所以不成立國家公園。只稱國家自然公園。

除了九座國家公園外，台灣還有十幾座「國家森林遊樂區」和十幾處「國家風景區」，此外民間資本也創設了不少頗有可觀的自然公園。

四、

台灣地狹人稠，大城市尤其擁擠不堪，但只要一腳踏進國家公園，便見景色壯麗海闊天空。

國家公園成立的目的有三：一是保護自然生態，二是保護歷史人文，三是供人民遊憩休養生息。前二目的是政府的義務，後一目的是人民的大權利。**上天賞賜台灣人民這麼好的珍寶，同胞允應多加利用，當然也應歡迎各國觀光客前來同享大福。**

筆者恨不得遍選諸多攝影佳作，配刊本文，與君共賞。後來與相關各方情商，同意「註明出處」，刊用幾張，做為本書美麗的結尾。

鳳頭蒼鷹（莊傳賢攝

店山區的黃腹琉璃（徐偉攝影）
金斑鴴（徐偉攝影）

左：大白鷺（莊傳賢攝影）
右：鴟角鴞（莊傳賢攝影）
下：玉山北峰的黃喉貂（吳金台攝影）

右：台灣藍鵲（莊傳賢攝影））
左上：玉山主峰前的玉山油菜花（謝新添攝影）
左下：玉山沙參（林軍佐攝影）

右：玉山蒿草（徐偉攝影）
左：台灣繡線菊（徐偉攝影）

右：台灣大鳳蝶（莊傳賢攝影）
左：雪霸國家公園的玉山圓柏森林（林軍佐攝影）

右上：嘉明湖（謝新添攝影）
右下：東沙群島（林軍佐攝影）
左：澎湖南方四島國家公園的東嶼坪嶼菜宅景觀（海洋國家公園管理處提供，許釗滂攝影）

右上：墾丁國家公園船帆石（墾丁國家公園處提供）
右下：墾丁牧場（墾丁國家公園處提供）
左：雪霸國家公園大劍山（林軍佐攝影）

右：太魯閣國家公園的合歡山杜鵑（林軍佐攝影）
左：雪掩玉山圓柏（謝新添攝影）

玉山主峰前的玉山法國菊（吳金台攝影）

後語　人人讀書　充實自我　壯大台灣

吳豐山

一、

如果依照一般閱讀習慣，把本書從頭看起，那麼看到末篇，應已疲累。不過，筆者要求大家再花幾分鐘，把這個後語耐心看完；因為筆者真的有話要說。

二○○九年，筆者發表「論台灣及台灣人」一書（遠流出版社印行），用一萬多字的本文和六萬字的註解，記述台灣在人類歷史長河裡頭的位置，然後指出台灣人未來努力的方向。

現在從台灣起飛，搭乘噴射客機，前往環球萬國，幾個小時或十幾個小時或最多幾十個小時就能抵達。又由於人造衛星高懸太空，從那個地方看地球，地球只是一顆大球。所以，不知不覺間便很容易讓人們忽略了世界之大，忽略了人類歷史悠悠。

偏偏，人類，包括我們台灣人，都是承繼歷史，一步一步走到今天的；不知過去，就不知如何走向未來；不知道世界之大，更容易夜郎自大，以管窺天，找不到經緯座標。

筆者先解讀涉及宇宙生靈的十本永恆經典，然後記述十位一代人傑，然後推介十部文學精品，再觸及謎樣的大千世界，最後回歸吾土吾民；其中用心，各方讀友應可心領神會。

二、

如本書前言所述：相較於諸多先進國家，我們台灣人讀書風氣不是很好。

然則，書可讀可不讀嗎？

司邁爾斯（Samuel Smiles）說：書是人類奮鬥史上最為不朽的碩果；多少殿堂、多少雕像已經隨著年代淹沒，只有書還始終屹立不搖。

莫洛瓦（André Maurois）說：書卷是使我們得知過去時代的唯一方法，又是理解我們從未進入過的那種社會的關鍵。

梁啟超說：讀書是一種「不假外求，不會蝕本，不會出毛病的趣味世界」，他感嘆竟然沒有幾個人肯去享受。

胡適說：書是代表人類老祖宗傳給我們的智識財產；我們以此為基礎，可以發揚光大。

林語堂說：沒有養成讀書習慣的人，以時間和空間而言，是受著他眼前的世界所禁錮的。

以上列舉的名人都是學者。以下說詞很物質或很情緒，但也可推敲。

蘇東坡的好友黃山谷說：三日不讀書，便覺語言無味，面目可憎。

宋真宗是個哲君，他寫了一篇「讀書樂」，說書中自有千鐘粟，書中自有黃金屋，書中自有顏如玉。

人類社會基本上是不斷往前邁進的。一個人除非隱居深山，可以「不知有漢、無論魏晉」，否則稍與時代脫節，便見落伍。

不要說什麼千鐘粟、黃金屋、顏如玉，不讀書的話，不知過去事小，不知現在和未來就事大。比如說，您假如不知貨幣的簡單原理，您就會連報紙上寫「政府將採寬鬆貨幣政策」都看不懂。比如說，電腦和手機已經連根改變了人群生活形態，您假如不知道未來很快時日，量子電腦會問世，無人汽車將會滿街跑，網路購物將取代傳統銷售⋯那麼您也可能稍一不小心，就會從職場上被淘汰。

三、

如果讓一般國民知道執掌政治權力而又具有學養的領袖如何運用公權力去保存書籍資產，應該會對書籍的重要性有更充分的瞭解。

中國清朝乾隆皇帝，動用了三千六百位學人和三千八百抄寫員，歷時九年，編纂了「四庫全書」，共收書三五〇三種，合為七九三三七卷三六三〇四冊。全套書分經、史、子、集四部四十四類。

台灣的國立台灣圖書館，前身是日據時期在一九一五年設立的「台灣總督府圖書館」。目前有一七〇萬冊藏書。

「美國國會圖書館」是世界上最大的圖書館。這個圖書館是一八〇〇年約翰・亞當斯總統創立。目前藏書三千萬種，涵蓋四七〇種語言，超過五八〇〇萬份手稿，外加四八〇萬張地圖、二七〇萬首音樂。

本書以「壯遊書海」為名，是取其積極意涵，如果比對以上所述，筆者其實只是走到浩瀚書海的淺沙灘，把雙腳泡了一下水而已。

這不是筆者故作謙卑。

事實是：即使筆者能夠從荷馬的「伊里亞特」、「奧德賽」導讀起，能夠在介紹盧騷的「懺悔錄」時順便介紹馬可・奧里略的「沉思錄」，能夠在介紹「戰爭與和平」時一併介紹愛彌密的「咆哮山莊」、狄更斯的「塊肉餘生記」、杜斯妥也夫斯基的「罪與罰」，筆者還是遺漏了千分之九百九十九的歷來文學精典，更不論車載斗量的天文、地理、物理、化學、數學等等科學佳作。

四、

話雖如此，讀書還是「能讀多少，就讀多少」。我知道不少有志氣的同胞組成「讀書會」相互勉勵讀書，我也知道台灣社會有一些有心人士組成獎助讀書的社團；因此協助揀選好書，也就變成一件有意義的工作。

費迪曼（Clifton Fadiman）是美國專欄作家，著有「一生的讀書計劃」（The Lifetime Reading Plan）。（李映荻（本名李永熾）譯，志文出版社新潮文庫叢書，一九七八年。）列出了八十六本必讀之書（據譯者說，原書推介一百本）。我稍加比對，其中「美麗新世界」、「莎士比亞」、「湖濱散記」、「懺悔錄」、「戰爭與和平」、「格列佛遊記」與我所選相同。不同的部分，主要是因為他是美國人，我是台灣人。

五、

生而為台灣人，我忠愛生我、養我、育我的台灣，對台灣特有的文化、風土、人情，更有一份由衷的禮敬。放眼未來，我的子孫、您的子孫都將在這個海島上繼續活存下去。我們的先賢先烈好不容易把台灣打拼到今天這般榮景，讓我們在溫飽之餘，還能買書讀書，這真是謝天謝地！

做為一個現代知識份子，筆者當然充分瞭解，在手機和網際網路發達後，電子書和網路書店大行其道。電子書使紙本書的銷路逐日走向下坡，網路書店也使實體書店的經營日趨困難。

不過，筆者深信，紙本書籍絕不可能消失；因為紙本書籍有其不可取代性。筆者也注意到網路書店雖然大行其道，但物極必反，最近包括世界最大網路書商亞馬遜都已開始走向虛實並存的「新零售」潮流。

總結一句話：科技日新月異，世界的樣貌隨時在變，但知識和閱讀的價值永恆不變。

前瞻明日台灣，除了大家認真讀書學習，認真鑑往知來，認真繼續打拼，以充實自己、壯大台灣外，請問諸君：我們另有其他光明大道嗎？（寫於個人文字生涯屆滿五十年、封筆前夕。）

附錄：楊憲宏先生「世界文明編年表」

（吳豐山按）名評論家楊憲宏是彰化地方的醫生世家子弟。他從小受父祖薰陶認定燒殺擄掠、成王敗寇是「邪惡史觀」，認為肯定偉大的發明家、思想家、創造家藝術家的史觀才是「善良史觀」。

楊憲宏進一步認定，從上世紀末，人類進入全球網路時代，人類的大腦串連在一起，進入大資訊、大數據、大內容、大討論的大時代，如要期待人類真正光明的未來更必須發揚「善良史觀」。

楊憲宏把他的宏觀理念發表在二〇一七年八月出版的「智慧雨」季刊試刊號，同時發表他耗費巨大功夫編撰的「世界文明編年表」，希望各方有志之士在他將提供的類似維基百科的架構上，共同費心著力，以臻完整。

本人一因認同楊憲宏的史觀，二因認定此一世界文明編年表深具價值，經徵得楊先生同意，列為本書附錄。謹在此向楊先生表達由衷謝意。

36000 B.C.E	肖維岩洞（Chauvet Cave）壁畫位於法國東南部，是人類已知最早的史前藝術，為最古老、保存最完好的藝術表現形式，世界文化遺產之一。
17000 B.C.E	拉斯科洞窟（Lascaux Cave）壁畫位在法國南部，舊石器時代晚期人類所遺留下來的藝術遺跡，是著名的世界文化遺產之一。
9000 B.C.E	銅（Copper），化學符號 Cu，原子序數 29。銅是現代最常被用作電線的主材料，因為它的導電性和導熱性都僅次於銀，卻比銀便宜許多。
7000 B.C.E	鉛（Lead），化學符號 Pb，原子序數 82。鉛常被用作焊接現代手機電路版。
6000 B.C.E	金（Gold），化學符號 Au，原子序數 79。金是化學性質最不活潑的幾種元素之一。純金是有明亮光澤、黃中帶紅、柔軟、密度高，有延展性的金屬。黃金不但是極為重要的貴金屬，也是現代手機電路的重要材料。
5000 B.C.E	銀（Silver），化學符號 Ag，原子序數 47。銀是導電率、導熱率和反射率最高的金屬，工業上用於電接點、導體、特製鏡子、窗膜和化學反應的催化劑。銀的化合物也用於膠片和 X 光；稀硝酸銀溶液等銀化合物會產生微動力效應，可以消毒和消滅微生物，用於繃帶、傷口敷料、導管等醫療器械。
5000 B.C.E	鐵（Iron），化學符號 Fe，原子序數 26。鐵是最常用的金屬，為地殼主要組成成分之一，也是地球的地殼元素豐度第四高的元素。

3750 B.C.E	碳（Carbon），化學符號 C，原子序數 6。碳的同素異形體有數種，最常見的包括：石墨、鑽石及無定形碳。這些同素異形體之間的物理性質，包括外表、硬度、電導率等等，都具有極大的差異。在正常條件下，鑽石、碳奈米管和石墨烯的熱導率是已知材質中最高的。
3500 B.C.E	錫（Tin），化學符號 Sn，原子序數 50。純的錫有銀灰色的金屬光澤，具良好的延展性，且不易氧化；它的多種合金有防腐蝕的效用，因此常被用來作為其它金屬的防腐層。錫也被用來焊接手機電路版。氧化錫則可以和氧化銦混合成氧化銦錫（ITO），為觸控螢幕的重要材料。
2000 B.C.E	硫（Sulfur），化學符號 S，原子序數 16。硫是一種無味無臭的非金屬，純的硫是黃色的晶體，又稱做硫磺。硫有許多不同的化合價，常見的有 -2、 0、+4、+6 等，在自然界中它經常以硫化物或硫酸鹽的形式出現。對所有的生物來説，硫更一種不可或缺的元素；它是多種胺基酸和大多數蛋白質的組成成分。它主要被用在肥料中，也廣泛地被用在火藥、潤滑劑、殺蟲劑和抗真菌劑中。
2000 B.C.E	汞（Mercury），化學符號 Hg，原子序數 80。汞是所有金屬元素中液態溫度範圍最小的，常用於溫度計、氣壓計、壓力計、血壓計、浮閥、水銀開關和其他裝置；但是汞具毒性，因此在醫療用途的使用上逐漸被淘汰。汞仍被用於科學研究和補牙的汞合金材料。汞也被用來發光：螢光燈中的電流通過汞蒸氣產生波長很短的紫外線，紫外線使螢光體發出螢光，從而產生可見光。
1100 - 600 B.C.E	《詩經》是中國最早的一部詩歌總集，收集了西周初年至春秋中葉（前十一世紀至前六世紀）的詩歌，共 311 篇，其中 6 篇（南陔、白華、華黍、由康、崇伍、由儀）為笙詩，即只有標題，沒有內容，反映了周朝約五百年間的社會面貌。
1050 B.C.E	腓尼基字母（The Phoenician Alphabet），腓尼基人用以書寫腓尼基語的一套字母。現今許多語文包括阿拉伯文、希伯來文、拉丁文，都源自腓尼基字母。
1000 B.C.E	鋅（Zinc），化學符號 Zn，原子序數 30。鋅是生活中相當重要的金屬，外觀呈現銀白色，主要用途為鍍鋅，最具代表性之用途為「鍍鋅鐵板」，該技術被廣泛用於汽車、電力、電子及建築等各種產業中，在電池製造上也有不可磨滅的地位。

850s B.C.E	《荷馬史詩》（Homeric Hymns），相傳由古希臘盲詩人荷馬（Homer）創作的兩部長篇史詩和稱，有以特洛伊戰爭為中心伊裡亞德（Iliás）和故事延續的奧德賽（Odýsseia）。在希臘還沒有文字的時代，民間就有許多口耳相傳的詩歌，歌詠古代英雄武士冒險犯難的事蹟，而這些詩歌經過歷代遊吟詩人的蒐集、潤飾，後來就逐漸成為長篇的史詩。
700 B.C.E	普雷內斯太金飾針（Praeneste Fibula）上的銘文：「MANIOS MED FHEFHAKED NUMASIOI」（餘（此飾針）乃馬尼烏斯為努梅利烏斯所制），是目前發掘最古老的拉丁文獻之一。
259 B.C.E	亞歷山大圖書館（Library of Alexandria）建立，為古希臘最重要的圖書館之一。
西元元年	西元六世紀一位修士推算復活節時，他想到何不用耶穌紀元呢？因此，以耶穌出生後的第二年為耶穌紀元元年，從此就漸漸傳開來使用。惟經後人仔細考證，耶穌並不出生在耶紀前（西元前）一年，而是約略在西元前四到六年。
27 - 97	東漢哲學家王充在世，其著作《論衡》為首本中文無神論著作。
105	蔡倫改良造紙術；以樹皮、破布、麻頭和魚網等廉價材料造紙，大大降低了造紙的成本，紙開始取代竹簡、木板。
303 - 361	著名書法家王羲之在世。
350s	匈人（Huns）西遷，引爆了歐洲民族大遷徙，對歐洲的歷史產生了深遠影響。
397	第三次迦太基大公會議（the Third Council of Carthage）中確立了《聖經》正典。
429 - 500	傑出的數學家祖沖之在世，其精確地將圓周率推算至小數點後第七位；西元 462 年編制《大明曆》，為當時最先進的曆法。
571 - 632	伊斯蘭教先知穆罕默德（Mu ammad）在世。穆斯林在傳統上視穆罕默德為最後一位先知，根據記載，穆罕默德在 40 歲時（西元 610 年）開始透露他接收到來自真主、經天使加百列（Gabriel）傳達的天啟，一直持續到他逝世。穆罕默德的同伴記錄了這些天啟的內容，從而成為《古蘭經》（Quran）。

500s	隨唐時代開始出現雕版印刷。沈括《夢溪筆談》：「板印書籍，唐人尚未盛 之。」
800s	砷（Arsenic），化學符號 As，原子序數 33。砷是一種非金屬元素，分佈在多種礦物中，通常與硫和其它金屬元素共存，也有純的元素晶體。單質以灰砷、黑砷和黃砷這三種同素異形體的形式存在，但只有灰砷在工業上具有重要的用途。
800s	銻（Antimony），化學符號 Sb，原子序數 51。目前已知，銻的化合物在古代就用作化妝品，金屬銻在古書也有記載，但那時卻被誤認為是鉛。金屬銻最大的用途是與鉛和錫製成合金，可用來提升焊接材料、子彈及軸承的性能，以及鉛酸電池中所用的鉛銻合金板。銻化合物也是含氯及含溴阻燃劑的重要添加劑。
476 - 1400s	歐洲黑暗時代（Dark Ages），自西羅馬帝國滅亡到文藝復興開始，一段文化崩壞社會解離的時期。
900s	阿拉伯數字傳入歐洲。
1031 - 1095	北宋科學家沈括在世，其百科全書式的著作《夢溪筆談》為中國科學史上的重要文獻。
1040s	畢昇發明活字印刷術。
1096	英國牛津大學（University of Oxford）創建。
1162 - 1227	鐵木真（Genghis Khan，蒙語尊號：成吉思汗）在世。西元 1206 年正式登基成為大蒙古國皇帝，這是蒙古帝國的開始；遂頒布了《成吉思汗法典》，為世界上第一套應用範圍最廣泛的成文法典，建立了以貴族民主為基礎的蒙古貴族共和政體制度。
1170s - 1250	義大利數學家斐波那契（Fibonacci）在世，斐波那契數列（Successione di Fibonacci）即是以他命名。他在 1202 年寫成《計算之書》（Liber Abaci），中提出一個在理想假設條件下兔子成長率的問題，所求得的各代兔子的個數可形成一個數列，也就是斐波那契數。這個奇特的數列：3，5，8，13，21，34，55，89，幾乎囊括了所有的花朵瓣數，除了這些數目之外，沒有任何其他數目出現的那麼頻繁，這組數字也出現於向日葵籽的螺旋狀圖案中。
1209	英國劍橋大學（University of Cambridge）創建。

1215	英王約翰（John, King of England）在武力脅迫下，簽署《大憲章》，要求王室放棄部分權力。
1260s	中國火藥傳入歐洲。
1299	著名的《馬可波羅遊記》（The Travels of Marco Polo）被寫成，記載了威尼斯人馬可・波羅（Marco Polo）從威尼斯出發至亞洲及從中國返回威尼斯旅遊的經歷、以及記述途中亞洲及非洲多國的地理及人文風貌。
1300s	文藝復興（Renaissance）始於義大利佛羅倫斯（Florence）。
1300s - 1377	法國作曲家馬肖（Guillaume de Machaut）在世，《聖母彌撒曲》（Messe de Nostre Dame）是他最為人所熟知的作品。
1304 - 1374	義大利詩人佩脫拉克（Francesco Petrarca）在世，為早期的人文主義者，因其對古希臘和羅馬經典古卷研究的貢獻而被譽為「人文主義之父」。
1313 - 1375	義大利詩人薄迦丘（Giovanni Boccaccio）在世。1353 年，完成了他最著名的短篇小說《十日談》，開啟歐洲短篇小說之先河。
1320 - 1400	元末通俗小說家羅貫中在世。
1333 - 1384	日本劇作家觀阿彌在世，室町時期重要的劇作家，被公認為《能》劇的創始者。
1343 - 1400	英國文壇第一人喬叟（Geoffrey Chaucer）在世，主要作品為詩體短篇小說集《坎特伯雷故事集》（The Canterbury Tales）。他是英國第一位葬在西敏寺詩人角的詩人。
1347	歐洲爆發黑死病，人類歷史上最嚴重的瘟疫之一。
1348	捷克布拉格大學（Charles University）創立，為中歐最古老的大學。
1371 - 1433	中國航海家鄭和在世。奉明成祖之命開始他的七次遠航，時間分別是：1405 — 1407、1407 — 1409、1409 — 1411、1413 — 1415、1417 — 1419、1421 — 1422、1431 — 1433。
1377 - 1446	義大利早期文藝復興建築先鋒布魯內列斯基（Filippo Brunelles-chi）在世。其設計的聖洛倫佐教堂（Basilica di San Lorenzo）和聖靈大教堂（ Basilica di Santo Spirito）都成為文藝復興建築的典範。
1398 - 1468	第一位發明活字印刷術的歐洲人古騰堡（Johannes Gutenberg）在世。

1451 - 1506	探險家哥倫布（Christopher Columbus）在世。1492 年，哥倫布發現美洲，抵達聖薩爾瓦多島。1502 年哥倫布到達中美洲。
1452 - 1519	義大利藝術家達文西（Leonardo da Vinci）在世，文藝復興時期人文主義的代表人物，與米開朗基羅（Michelangelo）和拉斐爾（Raffaello）並稱文藝復興的藝術三傑，其代表作品有《蒙娜麗莎》、《最後的晚餐》、《維特魯威人》等。達文西更有著超時代的思維，著名的概念性發明有：直升機、機關槍、機器人、坦克、太陽能聚焦使用、計算器、雙層殼，他還勾勒出了板塊構造論的基本理論框架。
1480 - 1521	探險家麥哲倫（Ferdinand Magellan）在世，完成人類第一次環球航行探險的帶隊船長。麥哲倫首次橫渡太平洋，證明地球表面大部分地區不是陸地，而是海洋，因此為後人的開啟了航海事業。
1473 - 1543	波蘭天文學家哥白尼（Nicolaus Copernicus）在世，提倡日心說模型，提到太陽為宇宙的中心。他在臨終前發表了《天體運行論》（De revolutionibus orbium coelestium），被視為現代天文學的始點。1616 年羅馬教廷將此書列為禁書，一直到 1822 年才解禁。
1475 - 1564	義大利藝術家米開朗基羅（Michelangelo）在世。
1483 - 1520	義大利畫家拉斐爾（Raffaello Sanzio）在世。
1498	葡萄牙探險家達迦馬（Vasco da Gama，1460 — 1524）發現由歐洲到印度新航道。
1509 -1564	法國著名宗教改革家喀爾文（John Calvin）在世，喀爾文教派創始者。1536 年完成宣揚新教的《基督教要義》（Institutio Christianae Religionis）。
1513	文藝復興哲學家馬基維利（Niccolò Machiavelli，1469 — 1527）寫下政治論著《君王論》。
1514 - 1564	法國醫師維薩裡（Andreas Vesalius）在世。1543 年出版《人體的構造》（De humani corporis fabrica），為人體解剖學的權威著作之一。
1516	英國政治家湯瑪斯・摩爾（Thomas More，1478 — 1535）出版《烏托邦》（Utopia），原名為《關於最完美的國家制度和烏托邦新島的既有益又有趣的全書》（Libellus vere aureus, nec minus salutaris quam festivus, de optimo rei publicae statu deque nova insula Utopia）。

1521	德國著名宗教改革家馬丁・路德（Martin Luther，1483 — 1546）將《聖經》譯成德文。
1546 - 1601	丹麥天文學家第谷・布拉赫（Tycho Brahe）在世，是最後一位用肉眼觀測的天文學家。他最著名的助手是克卜勒（Johannes Kepler，1571 — 1630）。
1547 - 1616	西班牙文學家塞凡提斯（Miguel de Cervantes Saavedra）在世，他被譽為西班牙文學裡最偉大的作家。其著作《唐吉訶德》（Don Quijote de la Mancha），成為後世描摩「知其不可為而為之」的典範。
1561 - 1626	英國哲學家法蘭西斯・培根（Francis Bacon）在世，他的《新工具論》（Novum Organum）是近代影響深遠的邏輯哲學著作，它奠定了近代歸納邏輯的基礎。
1564 - 1616	英國文豪莎士比亞（William Shakespeare）在世，是英國文學史上最傑出的戲劇家。其作品《哈姆雷特》（Hamlet）、《馬克白》（Macbeth）《李爾王》（King Lear）、《奧賽羅》（Othello）並稱為莎士比亞的「四大悲劇」。
1564 - 1642	義大利物理學家伽利略（Galileo Galilei）在世。1609 年，改良望遠鏡，帶動了天文觀測。
1571 - 1630	德國天文學家克卜勒（Johannes Kepler，1571 — 1630）在世，十七世紀科學革命的關鍵人物。他在 1609 年出版的《新天文學》科學雜誌上發表了關於行星運動的兩條定律，又於 1618 年，發現了第三條定律。克卜勒的三條行星運動定律改變了整個天文學，徹底摧毀了托勒密複雜的宇宙體系，完善並簡化了哥白尼的日心說。
1577	義大利傳教士利瑪竇（Matteo Ricci，1552 — 1610）獲准赴遠東傳教。他是天主教在中國傳教的開拓者之一，也是第一位閱讀中國文學並鑽研中國典籍的西方學者。
1578	中國著名藥學家李時珍（1518 — 1593）完成《本草綱目》，是本草學集大成的著作，對後世的醫學和博物學研究影響深遠。
1580 - 1626	荷蘭天文學家威理博・司乃耳（Willebrord Snellius）在世，第一個精確算出地球半徑的科學家。1621 年，他重新發現了折射定律，因而命名為司乃耳定律。

1586 - 1641	中國明代著名的地理學家徐弘祖在世，耗費 30 年行遍大半個中國，詳細考察各地山脈河流動植物，並按日記下。後為地理名著《徐霞客遊記》。
1590 - 1650	法國哲學家笛卡爾（René Descartes）在世，二元論唯心主義跟理性主義的代表人物，其名言「我思故我在」（Cogito ergo sum）。
1592 - 1670	新時代教育之父約翰·阿摩司·康米紐斯（John Amos Comenius）在世，其出版帶有 150 幅插畫的《世界圖解》（Orbis Sensualium Picture）為兒童圖畫書的鼻祖；《大教育論》（The Great Didactic）為近代第一部系統性論述教育的鉅作。
1604	徐光啟（1562 — 1633）與利瑪竇合作漢譯歐幾里得《幾何原本》（Euclid's Elements）。
1606 - 1669	荷蘭畫家林布蘭特（Rembrandt）在世，歐洲巴洛克藝術的代表畫家之一，為 17 世紀荷蘭黃金時代繪畫的主要人物。
1608 - 1674	英國思想家約翰·密爾頓（John Milton）在世，因著作《失樂園》（Paradise Lost）和《論出版自由》（Areopagitica：A Speech for the Liberty of Unlicensed Printing）而聞名。
1610 - 1695	中國思想家黃宗羲在世，著有《明倫學案》、《明夷待訪錄》等，為中國思想之啟蒙。
1613 - 1682	中國思想家顧炎武在世，著有《日知錄》、《天下郡國利病書》等。
1616	英國醫生威廉·哈維（William Harvey，1578 — 1657）提出血液循環學説，1628 年發表《心血循環運動論》，為近代醫學、生理學、解剖學立下了新里程碑。
1628 - 1688	英國作家約翰·班揚（John Bunyan）在世，其在獄中寫《天路歷程》（The Pilgrim's Progress）為最著名的基督教寓言文學出版物。
1627 - 1691	愛爾蘭自然哲學家勞勃·波以耳（Robert Boyle）在世，他的《懷疑派的化學家》（The Sceptical Chymist）一書至今仍然被視作化學史上的里程碑。
1632 - 1677	荷蘭哲學家史賓諾沙（Baruch Spinoza）在世，為西方近代哲學史重要的理性主義者。
1632 - 1723	荷蘭人列文虎克（Antonie van Leeuwenhoek）在世，其改進了顯微鏡以及微生物學的建立，有光學顯微鏡與微生物學之父之稱。

1632 - 1723	英國建築師克里斯多佛・雷恩（Christopher Wren）在世，17 世紀著名建築學家，他設計了倫敦聖保羅大教堂（1675 — 1710）。
1636	美國哈佛大學（Harvard University）創建。
1637	宋應星（1587 — 1666）寫成古代科技全書《天工開物》。
1642 - 1708	日本數學家關孝和在世，是數學流派「關流」的開山鼻祖，被稱為「算聖」。
1642	法國科學家帕斯卡（Blaise Pascal，1623 — 1662）製造出第一部加算器。帕斯卡為了減輕他父親計算上的負擔，製造出一台可以運行加減的計算器，稱為帕斯卡計算器，成為早期電腦工程的先驅。
1643 - 1727	英國科學家牛頓（Isaac Newton）在世。1687 年他發表《自然哲學的數學原理》（Philosophiæ Naturalis Principia Mathematica），闡述了萬有引力和三大運動定律，奠定了此後三個世紀裡力學和天文學的基礎，成為了現代工程學的基礎。
1644 - 1694	日本詩人松尾芭蕉（宗秀）在世，將日本俳句發展成嚴謹的藝術形式，被譽為「俳聖」。
1646 - 1716	德國數學家萊布尼茲（Gottfried Wilhelm Leibniz）在世，歷史上少見的通才，被譽為十七世紀的亞里斯多德。
1651	英國政治哲學家湯瑪斯・霍布斯（Thomas Hobbes，1588 — 1679）《巨靈》（Leviathan）出版，為西洋政治思想史的名著。
1651	義大利天文學家喬凡尼・里喬利（Giovanni Battista Riccioli，1598 — 1671）發表百科全書式的著作《新天文學大成》(Almagestum novum)。
1660 - 1731	英國小説家丹尼爾・笛福（Daniel Defoe）在世，1919 年出版英國第一部現實主義長篇小説《魯賓遜漂流記》（Robinson Crusoe）。
1661	義大利顯微解剖學家馬爾切洛・馬爾皮吉（Marcello Malpighi），發現了微血管。
1664 - 1729	英國發明家湯瑪斯・紐科門（Thomas Newcomen）在世，曾經發明過紐科門蒸氣引擎，後來被運用在礦區與油田，節省大量的人力。
1667	法國建立國立天文台一巴黎天文台（Observatoire de Paris）。

1667 - 1745	愛爾蘭諷刺文學大師強納森・斯威夫特（Jonathan Swift）在世，1726 年出版《格列佛遊記》，嚴厲批判當時的社會。
1669	磷（Phosphorus），化學符號 P，原子序數 15。在化學史上第一個發現磷元素的人，推斷是十七世紀的一位德國商人亨尼格・布蘭德（Henning Brand）。他相信鍊金術，由於曾聽傳說從尿裡可以製得「金屬之王」黃金，於是抱著圖謀發財的目的，便用尿作了大量實驗。1669 年，他在一次實驗中，將砂、木炭、石灰等和尿混合，加熱蒸餾，雖沒有得到黃金，而竟意外地得到一種十分美麗的物質，它色白質軟，能在黑暗的地方放出閃爍的亮光，於是波蘭特給它取了個名字，叫「冷光」，這就是今日稱之為白磷的物質。布蘭德對制磷之法，起初極守秘密，不過，他發現這種新物質的消息立刻傳遍了德國。
1675	英國建立格林威治皇家天文台（Royal Observatory, Greenwich）。
1680	德國巴洛克時期作曲家帕海貝爾（Johann Pachelbel，1653 — 1706）完成《卡農》（Pachelbel's Canon）。
1685 - 1750	德國巴洛克時期作曲家巴哈（Johann Sebastian Bach） 在世，為傑出的管風琴、小提琴、大鍵琴演奏家，是音樂史上最重要的作曲家之一，被稱作西方音樂之父。
1688 - 1689	光榮革命（Glorious Revolution），使英國議會政治逐漸發展出兩黨制與責任內閣制。1689 年國會通過「權利法案」，英國國會為最高立法機構。
1689	英國哲學家洛克（John Locke，1632 — 1704）發表《政府論》（Two Treatises of Government）主張政府的權威只能建立在被統治者擁有的基礎之上，並且支持社會契約論，保護公民自然權利（天賦人權）。
1689 - 1775	法國思想家孟德斯鳩（Montesquieu）在世，與伏爾泰、盧梭合稱「法蘭西啟蒙運動三劍俠」。1748 年發表政治學名著《法意》（The Spirit of the Laws），倡議三權分立。
1694 - 1778	法國思想家伏爾泰（Voltaire）在世，被稱為「法蘭西思想之父」，對美國革命和法國大革命的主要思想家都有影響。
1701 - 1754	清代現實主義小說家吳敬梓在世，著有中國第一本長篇諷刺小說《儒林外史》。
1702	英國第一份日報《The Daily Courant》創刊。

1706 - 1790	美國著名政治家、科學家富蘭克林（Benjamin Franklin）在世，他曾經進行多項關於電的實驗，並且發明了避雷針。
1711 - 1776	蘇格蘭哲學家大衛・休姆（David Hume）在世，蘇格蘭啟蒙運動的重要的人物之一。
1712 - 1778	瑞士裔法國思想家盧梭（Jean-Jacques Rousseau）在世，其在《社會契約論》（The Social Contract）中主權在民的思想，是現代民主制度的基石。
1715 - 1763	中國四大小說名著之一《紅樓夢》作者曹雪芹在世。
1716	漢語辭典《康熙字典》編成。
1718 - 1779	英國傢俱工匠湯瑪斯・奇彭代爾（Thomas Chippendale）在世，其在 1754 年出版的《紳士與傢俱木工指南》（The Gentleman and Cabinet Maker's Director）是第一本有關傢俱設計的書籍。
1723	義大利巴洛克時期作曲家韋瓦第（Antonio Vivaldi，1678 — 1741）完成著名的小提琴協奏曲《四季》（The Four Seasons）。
1723 - 1790	英國經濟學家亞當密斯（Adam Smith）在世，1776 年發表經濟學專著《國富論》（The Wealth of Nations）。
1735	鈷（Cobalt）化學符號 Co，原子序數 27。鈷的英文名稱「Cobalt」來自於德文的 Kobold，意為「壞精靈」，因為鈷礦有毒，礦工、冶煉者常在工作時染病，鈷還會污染別的金屬，這些不良效果過去都被看作精靈的惡作劇。 鈷礦主要為砷化物、氧化物和硫化物。此外，放射性的鈷 -60 可進行癌症治療。鈷的化合物鈷（III）酸鋰被廣泛用於鋰離子電池（鈷酸鋰電池）中。
1736 - 1819	英國發明家瓦特（James Watt）在世，改良了紐科門蒸汽引擎，奠定了工業革命的重要基礎。
1736 - 1806	法國物理學家庫倫（Charles-Augustin de Coulomb）在世，1785 年發現一條物理學定律，後稱為庫侖定律一是電學發展史上的第一個定量規律。
1737 - 1797	義大利科學家伽伐尼（Luigi Galvani）在世，畢生研究電流，他的名字（Galvanometer）成了檢流器的命名。
1741	德裔英國巴洛克時期作曲家韓德爾（George Frideric Handel，1685 — 1759）完成《彌賽亞》（Messiah）神劇。

1743 - 1794	法國化學家拉瓦節（Antoine Lavoisier）在世，為近代化學之始祖；他提出了「元素」的定義，並於 1789 年發表第一個現代化學元素表，列出 33 種元素。
1745 - 1827	義大利物理學家伏特（Alessandro Volta）在世，在 19 世紀因發明電池而聞名，他的名字也成了電壓的單位。
1746 - 1828	西班牙畫家哥雅（Francisco Goya）在世，用畫作記錄了戰爭，其 1810 年至 1814 年間的系列畫作《戰禍》（The Disasters of War），被形容為對戰爭的「巨大憤怒」及對戰爭的譴責。
1748	鉑（Platinum），化學符號 Pt，原子數 78。鉑是一種密度高、延展性高、反應性低的灰白色貴金屬，屬於過渡金屬。鉑的應用包括：催化轉換器、實驗室器材、電觸頭和電極、電阻溫度計、牙科器材及首飾等。一些含鉑化合物，特別是順鉑（Cisplatin），可用於治療某些癌症。
1749 - 1832	德國大文豪歌德（Johann Wolfgang von Goethe）在世，知名的戲劇家、詩人、自然科學家、文藝理論家和政治人物，為威瑪古典主義最著名的代表。
1749 - 1823	英國醫師愛德華・詹納（Edward Jenner）在世，研究及推廣牛痘疫苗，防止天花而聞名，被稱為疫苗之父。
1751	鎳（Nickel），化學符號 Ni，原子序數 28。鎳屬於過渡金屬，質硬，具延展性；是現代手機喇叭及耳機的重要材料之一。
1751 - 1772	法國學者，狄德羅（Denis Diderot，1713 — 1784）主編《百科全書，或科學、藝術和工藝詳解詞典》（Encyclopédie, ou dictionnaire raisonné des sciences, des arts et des métiers）。
1753	鉍（Bismuth），化學符號 Bi，原子序數 83。鉍的化學性質與砷及銻類似，與其他重金屬不同的是，鉍的毒性與鉛或銻相比是相對的較低。鉍不容易被身體吸收、不致癌、不損害 DNA 構造、可透過排尿帶出體外；基於這些原因，鉍經常被用於取代鉛的應用。例如用於無鉛子彈，無鉛銲錫、藥物和化妝品上，特別是水楊酸鉍，用來治療腹瀉。
1755	英國文人約翰遜（Samuel Johnson，1709 — 1784）獨立編撰的《詹森字典》（A Dictionary of the English Language）出版，是英語歷史中最具影響力的字典之一。

1755	鎂（Magnesium）化學符號 Mg，原子序數 12。1755 年，布拉克（Joseph Black）發現白鎂氧（MgO）並不是生石灰（CaO）。但直到 1808 年，戴維（Humphry Davy）才用電解法製得了金屬鎂。
1756 - 1791	奧地利音樂家莫札特（Wolfgang Amadeus Mozart）在世，為歐洲最偉大的古典主義音樂作曲家之一。
1759 - 1797	英國女性主義者瑪莉·沃斯通克拉夫特（Mary Wollstonecraft）在世。1792 年發表《女權辯護》（A Vindication of the Rights of Woman），是女性主義的經典。
1760 - 1840	英國工業革命（Industrial Revolution）一人類生產逐漸轉向新的製造過程，出現了以機器取代人力、獸力的趨勢，以大規模的工廠生產取代個體工場手工生產的一場生產與科技的革命。
1766	氫（Hydrogen），化學符號 H，原子序 1。氫的原子量為 1.00794 u，是元素週期表中最輕的元素。16 世紀，人們透過混合金屬和強酸，製出氫氣。
1766 - 1844	英國化學家約翰·道爾頓（John Dalton）在世，近代原子理論的提出者。
1768 - 1830	法國物理學家傅立葉（Joseph Fourier）在世，提出傅立葉級數（Fourier series），並將其應用於熱傳導理論與振動理論。
1770 - 1927	德國著名音樂家貝多芬（Ludwig van Beethoven）在世，其作品對音樂發展有著深遠影響，因此被尊稱為「樂聖」。
1770 - 1831	德國哲學家黑格爾（ Georg Wilhelm Friedrich Hegel）在世，是德國 19 世紀唯心論哲學的代表人物之一。
1771	氧（Oxygen），化學符號 O，原子序數 8。構成有機體的所有主要化合物都含有氧，包括蛋白質、碳水化合物和脂肪。構成動物殼、牙齒及骨骼的主要無機化合物也含有氧。由藍藻、藻類和植物經過光合作用所產生的氧氣化學式為 O2，幾乎所有複雜生物的細胞呼吸作用都需要用到氧氣。
1772 - 1823	英國經濟學家李嘉圖（David Ricardo）在世，提出勞動價值理論，影響了初期社會會主義及後來馬克思的剩餘價值學說。
1772	氮（Nitrogen），化學符號 N，原子序數 7。在自然界中氮單質最普遍的形態是氮氣，這是一種在標準狀況下無色、無味、無臭的雙原子氣體分子，由於化學性質穩定而不容易發生化學反應。氮在工業上也是很重要的化合物，如氨、硝酸、用作推進劑或炸藥的有機硝酸鹽以及氰化物。

1772	鋇（Barium），化學符號 Ba，原子序數 56。鋇是一種柔軟的有銀白色金屬光澤的鹼土金屬，其化合物用於製造煙火中的綠色。硫酸鋇作為一種不溶的重添加劑被加進鑽井液中，而在醫學上則作為一種 X 光造影劑。可溶性鋇鹽因為會電離出鋇離子所以有毒，因此也被用做老鼠藥。
1773 - 1829	英國物理學家楊格（Thomas Young）在世，他證明人類眼睛只能分別紅、綠、藍三色，其他顏色是由這三色組合而成。
1774	氯（Chlorine），化學符號 Cl，原子序數 17。氯氣可以作為一種廉價的消毒劑，一般的自來水及游泳池就常採用它來消毒。
1774	錳（Manganese），化學符號 Mn，原子序數 25。錳在冶金工業中用以製造特種鋼，在鋼鐵生產上用錳鐵合金作為去硫劑和去氧劑。
1775 - 1817	英國小說家珍・奧斯汀（Jane Austen）在世，她在 1813 年出版《傲慢與偏見》（Pride and Prejudice），反映了女性為追求社會地位和經濟保障而把婚姻作為依靠。。
1776	傑弗遜（Thomas Jefferson）發表《美國獨立宣言》（United States Declaration of Independence）。
1778	鉬（Molybdenum），化學符號 Mo，原子序數 42。在工業上，鉬化合物（世界上約有 14% 的產品）被用於高壓和高溫應用品，如色素或催化劑等。
1781	鎢（Tungsten]），化學符號 W， 原子序是 74。純鎢主要用在電器和電子設備，它的許多化合物和合金也有很多其它用途：最常見的有燈泡的鎢絲，在 X 射線管中以及高溫合金。
1782	碲（Tellurium），化學符號 Te，原子序數 52。碲是製造碲化鎘太陽能薄膜電池的主要原料。
1784	中國歷史上規模最大的一套叢書《四庫全書》編成。
1785	英國《泰晤士報》（The Times）創刊。
1787	鍶（Strontium），化學符號 Sr，原子序數 38。鍶化合物如今主要用於生產電視機中的陰極射線管。
1787 - 1854	德國物理學家蓋歐格・歐姆（Georg Ohm）在世，發現了電阻中電流與電壓的正比關係，他的名字後來成了電阻單位。

1788 - 1860	德國哲學家叔本華（Arthur Schopenhauer）在世，唯意志主義的開創者，其思想對近代的學術界、文化界影響極為深遠。
1789 - 1799	法國大革命（French Revolution），法國民族主義得以興起。
1789	鋯（Zirconium），化學符號 Zr，原子序數 40。鋯不易腐蝕，主要在核子反應爐用作燃料棒的護套材料，以及用作抗腐蝕的合金。
1789	鈾（Uranium），化學符號 U，原子序數 92。鈾是鈾玻璃中顏色的來源，能產生橙紅至青黃色；早期攝影曾使用鈾為照片著色和暈渲。
1789	美國憲法正式生效，世界上首部成文憲法，成為日後許多國家成文憲法的典範。。
1791	鈦（Titanium），化學符號 Ti，原子序數 22。鈦最有用的兩個特性是，抗腐蝕性，及金屬中最高的強度一重量比。在非合金的狀態下，鈦的強度跟某些鋼相若，但卻還要輕。
1791 - 1867	英國物理學家法拉第（Michael Faraday）在世，在電磁學及電化學領域做出很多重要貢獻，是歷史上最具有影響力的科學家之一。
1794	釔（Yttrium），化學符號 Y，原子序數 39。釔常被用於現代手機螢幕。
1794	巴黎理工大學（École Polytechnique）創建。
1797 - 1828	奧地利音樂家舒伯特（Franz Schubert）在世，他是早期浪漫主義音樂的代表人物，也被認為是古典主義音樂的最後一位巨匠。
1797	鉻（Chromium），化學符號 Cr，原子序數 24。其單質是一種銀色的金屬，質地堅硬，表面帶光澤，具有很高的熔點。它無嗅、無味，同時具延展性。
1798	英國政治經濟學馬爾薩斯（Thomas Robert Malthus，1766 — 1834）發表《人口原理》（An Essay on the Principle of Population），作出一個著名的預言：「人口增長超越食物供應，會導致人均占有食物的減少。」
1798	鈹（Beryllium），化學符號 Be，原子序數 4。在鋁、銅、鐵和鎳中加入鈹作為合金材料，可以加強其物理性質。用鈹銅合金製成的工具十分堅硬，在敲擊鋼鐵表面時也不會產生火花。
1799 - 1837	俄國現實主義文學家普希金（Alexander Pushkin）在世，是十九世紀前期文學領域中最具聲望的人物之一，被稱為「俄國文學之父」。

1799 - 1850	法國現實主義文學家巴爾扎克（Honoré de Balzac）在世，其創作的《人間喜劇》（La Comédie humaine）寫了兩千四百多個人物，是人類文學史上罕見的文學豐碑，被稱為法國社會的「百科全書」。
1801	釩（Vanadium），化學符號 V，原子序數 23。釩為有韌性及延展性之堅硬銀灰過渡金屬，在自然界僅以化合態存在，一般用於材料工程作為合金成分。
1801	鈮（Niobium），化學符號 Nb，原子序數 41。鈮一般被用於製作合金，最重要的應用在特殊鋼材，例如天然氣運輸管道材料。含鈮的高溫合金具有高溫穩定性，對製造噴射引擎和火箭引擎非常有用。鈮是第 II 類超導體的合金成份。這些超導體也含有鈦和錫，被廣泛應用在核磁共振成像掃描儀作超導磁鐵。鈮的毒性低，亦很容易用陽極氧化處理進行上色，所以被用於錢幣和首飾。鈮的其他應用範疇還包括焊接、核工業、電子和光學等。
1802 - 1885	法國文學家雨果（Victor Marie Hugo）在世。法國文學史上卓越的作家，一生創作了眾多詩歌、小說、劇本、各種散文和文藝評論及政論文章。代表作有《巴黎聖母院》、《九三年》、和《悲慘世界》等。
1802	鉭（Tantalum），化學符號 Ta，原子序數 73。目前鉭的最主要應用是用鉭粉末製成的電子元件，以電容器和大功率電阻器為主。在手提電話、DVD 播放機、電子遊戲機和電腦等電子器材中都有用到。另一面，鉭可用來製造各種熔點高的可延展合金。這些合金可作為超硬金屬加工工具的材料，以及製造高溫合金，用於噴射引擎、化學實驗器材、核反應爐以及導彈當中，也被廣泛用來製造手術工具和植入體。
1803	鈀（Palladium），化學符號 Pd，原子序數 46。鈀主要用作工業上的催化劑（鈀催化偶聯反應）、內燃機車輛的觸媒轉換器及白金首飾，另外，它可以吸收比自身體積大 900 倍的氫氣。
1803	鈰（Cerium），化學符號 Ce，原子序數 58。氧化鈰是最優質的玻璃拋光粉；其奈米粉末可以作為柴油添加劑，提高柴油發動機燃油效率，減少柴油發動機的排放。鈰可用作催化劑、電弧電極、特種玻璃等；硝酸鈰用於制煤氣燈上用的白熱紗罩等。

1803	●	鋨（Osmium），化學符號 Os，原子序數 76。由於鋨的氧化物具有高揮發性和高毒性，而鋨金屬容易形成氧化物，所以其金屬態的應用很少。人們一般使用的是耐用性很強的鋨合金。銥鋨合金非常堅硬，可同其他鉑系金屬用於製造需耐用的鋼筆筆頭、機器樞軸及電觸頭等。
1803	●	銥（Iridium），化學符號 Ir，原子序數 77。銥因其高熔點、高硬度和抗腐蝕性質，被應用於工業及醫學。例如高溫半導體再結晶過程所用的坩堝以及製造火花塞、氯鹼法所用的電極等等。另外，近距離治療利用 192Ir 所釋放的 γ 射線來治療癌症。這種治療方法把輻射源置於癌組織附近或裡面，可用於治療前列腺癌、膽管癌及子宮頸癌等。
1804	●	銠（Rhodium），化學符號 Rh，原子序數 45。銠可用作高質量科學儀器的防磨塗料和催化劑、銠鉑合金用於生產熱電偶。也用於鍍在車前燈反射鏡、電話中繼器、鋼筆尖、內燃機車輛的觸媒轉換器及白金首飾等。
1804 - 1864	●	美國作家霍桑（Nathaniel Hawthorne）在世。1850 年發表小說「紅字」為世界文學的經典之一。
1804 - 1872	●	德國哲學家費爾巴哈（Ludwig Andreas von Feuerbach ）在世。主要理論為機械論的唯物主義。主要著作有《黑格爾哲學的批判》和《基督教的本質》等。
1805 - 1875	●	丹麥童話家安徒生（Hans Christian Andersen）在世。「美人魚」、「國王的新衣」、「醜小鴨」等本本傳世。他的作品被翻譯為 150 多種語言，成千上萬冊童話書在全球陸續發行出版。他的童話故事還激發了大量電影，舞台劇，芭蕾舞劇以及電影動畫的創作。
1807	●	英國國會通過廢除奴隸販賣法案（Slave Trade Act）。
1807	●	鉀（Potassium），拉丁語：Kalium，化學符號 K，原子序數 19。鉀主要用作還原劑及用於合成中。其化合物在工業上用途很廣。鉀鹽可以用於製造化肥及肥皂，鉀金屬在工業上可作為較強的還原劑。鈉鉀合金在一些特殊冷卻設備中作為熱傳導的媒介。
1807	●	鈉（Sodium），拉丁語：Natrium，化學符號 Na，原子序數 11。鈉在很多種重要的工業化工產品的生產中得到廣泛應用。鈉鉀合金可以用作核反應爐的冷卻材料，有機合成的還原劑。可用於製造氰化鈉、維生素、香料、染料、鈉汞齊、四乙基鉛、金屬鈦等，還可用於石油精製等方面。
1808	●	美國禁止買賣奴隸。

1808	鈣（Calcium），化學符號 Ca，原子序數 20。鈣因化學活性高，可用作金屬提煉的脫氧劑，以及油類的脫水劑等。其化合物在建築、肥料、制鹼、和醫療上用途很廣。
1808	硼（Boron），化學符號 B，原子序數 5。硼絕少單獨存在，通常以硼砂的化合形式出現。硼砂可用作水軟化劑和清潔劑。在半導體工業大量用作半導體摻雜物，同時硼的化合物在殺蟲劑、防腐劑的製造中也有重要的地位。
1809 - 1847	德國作曲家孟德爾頌（Jakob Ludwig Felix Mendelssohn Bartholdy）在世。孟德爾頌是難得的全能型天才，身兼鋼琴家、指揮、作曲家、教師等多重身分。主要作品有交響曲《蘇格蘭》、《義大利》、《宗教改革》、《仲夏夜之夢》等。
1809 - 1852	法國教育家路易士布拉耶（Louis Braille）在世，1829 年他發明盲人點字法。現在，布萊葉點字法已經適用於幾乎所有的已知語言，並成為全世界視覺障礙者書面溝通的主要方法。
1809 - 1882	英國生物學家達爾文（Charles Robert Darwin）在世，1859 年發表《物種起源》倡議進化論。
1810	氟（fluorine），化學符號 F，原子序數 9。20% 的現代藥物中都含有氟。
1810 - 1849	波蘭音樂家蕭邦（Frédéric François Chopin）在世。他是歷史上最具影響力和最受歡迎的鋼琴作曲家之一，也是波蘭音樂史上最重要的人物之一，創作了大量鋼琴作品，代表作有《馬厝卡舞曲》、《圓舞曲》等，被譽為「鋼琴詩人」。
1810 - 1856	德國音樂家舒曼（Robert Alexander Schumann）在世。浪漫主義音樂成熟時期代表人物之一，代表作有《四部交響曲》、鋼琴作品《蝴蝶》、《狂歡節》等。
1810 - 1882	德國生物學家泰奧多爾 · 許旺（Theodor Schwann）在世。他發現了胃蛋白 ，並提出「新陳代謝」的觀念。
1811 - 1886	匈牙利音樂家李斯特（Liszt Ferenc）在世。浪漫主義音樂的主要代表人物之一，其所創作的鋼琴曲以難度極高而聞名。代表作有《超級練習曲》、《愛之夢》、《梅菲斯特圓舞曲》等。

1811	碘（Iodine），化學符號 I，原子序數 53。碘是生物必須的一種微量元素，缺乏碘會引致碘缺乏病，影響甲狀腺，所以在日常飲食中得不到足夠碘的人要補充加碘鹽（通常是碘酸鉀）。而碘酊（又稱碘酒，為碘和碘化鉀的酒精溶液）則被當成緊急的消毒劑來使用。
1812 - 1870	英國小說家狄更斯（Charles John Huffam Dickens）在世。代表作有《孤雛淚》、自傳題材的《塊肉餘生錄》、《雙城記》等，在全世界盛行不衰，深受廣大讀者的歡迎。
1812	德國格林兄弟（Brüder Grimm）出版了自己第一卷《兒童與家庭童話集》，也就是一般說的《格林童話》，其中包括著名的《白雪公主》、《睡美人》、《灰姑娘》、《糖果屋》等。
1813 - 1883	德國作曲家華格納（Wilhelm Richard Wagner）在世。他不但作曲，還自己編寫歌劇劇本，是德國歌劇史上一位舉足輕重的人物。代表作有《黎恩濟》、《漂泊的荷蘭人》、《尼伯龍根的指環》(包括《萊茵的黃金》《女武神》《齊格弗里德》《眾神的黃昏》等。
1813 - 1901	義大利作曲家威爾第（Giuseppe Fortunino Francesco Verdi）在世，與華格納齊名，被認為是 19 世紀最有影響力的歌劇創作者之一。代表作有歌劇《納布科》、《阿依達》等。
1817	鋰（Lithium），化學符號 Li，原子序數 3。鋰在許多化學反應中，可作為原料或中間物，也被用來當作還原劑和催化劑，並被廣泛的使用於電池工業。
1817	鎘（Cadmium），化學符號 Cd，原子序數 48。鎘可製作鎳鎘電池、用於塑膠製造和金屬電鍍，生產顏料、油漆、染料、印刷油墨等中某些黃色顏料、製作車胎、某些發光電子組件和核子反應爐原件。
1817	硒（Selenium），化學符號 Se，原子序數 34。硒是人體必需的微量礦物質營養素，硒在生理上的功能除了抗氧化外，還調控了甲狀腺的代謝和維他命 C 的氧化還原態，也曾被提出和抗癌相關的可能性。另外也可以用作光敏材料、電解錳的催化劑等。
1818 - 1889	英國物理學家焦耳（James Prescott Joule）在世。他發現了熱和功之間的轉換關係，並由此得到了能量守恆定律，最終發展出熱力學第一定律；他的名字後來成了能量單位。

1818 - 1883	德國政治家馬克思（Karl Marx）在世，其中最著名和具備超強影響力的兩部作品分別有：1848 年發表的《共產黨宣言》、1867 年至 1894 年出版的《資本論》。
1819 - 1891	美國作家梅爾維爾（Herman Melville）在世，代表作為「白鯨記」。
1820 - 1895	德國哲學家弗里德里希・恩格斯（Friedrich Engels）在世，馬克思主義的創始人之一。恩格斯是卡爾・馬克思的摯友，被譽為「第二提琴手」，他為馬克思創立馬克思主義提供了大量經濟上的支援，在馬克思逝世後，幫助馬克思完成了其未完成的《資本論》等著作，並且領導國際工人運動。
1820 - 1910	英國護士南丁格爾（Florence Nightingale）在世，克里米亞戰爭時，分析英軍死亡的原因是在戰場外感染疾病，及在戰場上受傷後缺乏適當護理而傷重致死，真正死在戰場上的人反而不多；1859 年發表「護理筆記」。
1821 - 1881	俄國文學家杜斯妥也夫斯基（Fyodor Mikhailovich Dostoyevsky）在世，代表作品有《窮人》、《罪與罰》、《卡拉馬助夫兄弟們》等。
1823	美國總統門羅（James Monroe）宣佈《門羅主義》，關閉歐洲國家對美洲大陸殖民活動。
1823	矽（Silicon），化學符號 Si，原子序數 14。矽是一種半導體材料，可用於製作半導體器件、太陽能電板和積體電路，還可以合金的形式使用（如矽鐵合金），用於汽車和機械配件。矽也與陶瓷材料一起用於金屬陶瓷中，還可用於製造玻璃、混凝土、磚、耐火材料、矽氧烷、矽烷。
1824 - 1884	捷克作曲家史麥塔納（Bed ich Smetana）在世。他的音樂成功發揚了捷克民族文化，和捷克的獨立密不可分，因此被譽為捷克音樂之父。代表作有歌劇《被出賣的新嫁娘》、交響詩組曲《我的祖國》、第一號弦樂四重奏《我的一生》等。
1825	鋁（Aluminium），化學符號 Al，原子序數 13。現代手機常用的強化玻璃，其主成份矽酸鋁就是一種氧化鋁和二氧化矽的混合物。鋁也常被用作手機電池外殼。
1825	溴（Bromine），化學符號 Br，原子序 35。

1825 - 1895	英國生物學家赫胥黎（Thomas Henry Huxley）在世。他創造了概念「不可知論」來形容他對宗教信仰的態度，他還因創造了生源論（biogenesis，認為一切細胞皆起源於其他細胞）以及無生源論（abiogenesis，認為生命來自於無生命物質）的概念而廣為人知。
1829	釷（Thorium），化學符號 Th，原子序數 90。釷、鈾兩種元素是核能發電廠最重要的燃料，釷被視為可取代鈾的燃料，成為相對無害的輻射能源。
1831 - 1879	英國物理學家馬克士威（James Clerk Maxwell）在世。其最大功績是提出了將電、磁、光統歸為電磁場中現象的馬克士威方程組。
1832 - 1898	英國作家道奇森（Charles Lutwidge Dodgson）在世。筆名路易斯・卡羅（Lewis Carroll）代表作為《愛麗絲夢遊仙境》。
1833	瑞典化學家諾貝爾（Alfred Bernhard Nobel）在世。他是矽藻土炸藥發明者，並利用他的巨大財富創立了諾貝爾獎。
1833s	英國國會正式宣佈帝國之內，任何畜養奴隸之行為均屬非法。
1834 - 1907	俄國化學家門捷列夫（俄語：Дми́трий Ива́нович Менделе́ев）在世。他發現化學元素的週期性，依照原子量，製作出世界上第一張元素週期表，並據以預見了一些尚未發現的元素。
1835 - 1921	法國作曲家聖桑（Charles Camille Saint-Saëns）在世。他的作品對法國樂壇及後世帶來深遠的影響，代表作有《動物狂歡節》、《骷髏之舞》、《參孫與大利拉》等。
1835 - 1901	日本思想家、教育家福澤諭吉在世。明治六大教育家之一，影響了明治維新運動，福澤諭吉主要的思想特徵是反對封建社會的身份制度。也是最早將經濟學由英文世界引入亞洲的人之一。
1835 - 1910	美國作家馬克吐溫（Mark Twain）在世。其幽默、機智與名氣，堪稱美國最知名人士之一。代表作為「湯姆歷險記」。
1835s	法國哈瓦斯通訊社（Agence Havas）成立，是全球第一家通訊社，1944 年改組為法新社（AFP）。
1836s	美國人艾爾菲德・維爾（Alfred Lewis Vail）與薩繆爾・摩斯（Samuel Finley Breese Morse）發明摩斯電碼。

838 - 1875	法國作曲家喬治比才（Georges Bizet）在世。代表作為歌劇「卡門」。
838	清廷派遣欽差大臣林則徐，赴廣東禁煙，1839 年林則徐沒收英國人鴉片，在虎門銷毀。
838	鑭（Lanthanum），化學符號 La，原子序數 57。鑭被用於現代手機螢幕，氧化鑭可用於製造玻璃；六硼化鑭可用以製造電子管的陰極材料；金屬鑭用於氧化物金屬熱還原法製成釤、銪及鐿。
839	法國人路易・達蓋爾（法語：Louis-Jacques-Mandé Daguerre）發明第一台照相機。
840 - 1893	俄羅斯作曲家柴可夫斯基（俄語：Пётр Ильич Чайковский）在世。代表作有芭蕾《天鵝湖》、《胡桃鉗》、《睡美人》，幻想序曲《羅密歐與朱麗葉》、鋼琴獨奏《四季》等。
840 - 1926	法國印象派畫家克勞德莫內（Oscar-Claude Monet）在世。代表作有《印象・日出》、《盧昂的聖母院系列》、《睡蓮系列》等。
842 - 1919	法國印象派畫家雷諾瓦（Pierre-Auguste Renoir）在世。對於女性形體的描繪特別著名，代表作有《煎餅磨坊的舞會》、《船上的午宴》、《彈鋼琴的少女》等。
842	鉺（Erbium），化學符號 Er，原子序數 68。攝影濾光鏡及核反應控制棒都有用到鉺，也被用於現代手機螢幕。
1842	鋱（Terbium），化學符號 Tb，原子序 65。鋱是銀白色的稀土金屬，具有延展性、韌性且硬度高。鋱元素或鋱合金（Terfenol）在磁場中會改變外型，金屬棒會感應磁場強度和方向而立刻變長或變短一些，應用能將任何物體表面轉變成擴音器。
1843 - 1910	德國內科醫師柯赫在世，他發展出培養細菌的方法，1905 年因肺結核桿菌研究獲諾貝爾獎。
1844 - 1900	德國唯心主義哲學家尼采（Friedrich Nietzsche）在世。尼采對於後代哲學的發展影響極大，尤其是在存在主義與後現代主義上。
1844	法國文豪大仲馬（Alexandre Dumas，1802 — 1870）著《基度山恩仇記》、《俠隱記》。

1844	釕（Ruthenium），化學符號 Ru，原子序數 44。釕可在鉑礦中發現，僅在高溫時才能加工。亦在一些鉑合金中用作催化劑。純金屬釕用途很少。釕是鉑和鈀的有效硬化劑，使用它不會降低鉑和鈀的抗腐蝕性。含有較大百分數（30% — 70%）的釕的合金，包含有其它貴重金屬或鹼金屬，可用在電氣觸點上和需要抗磨和抗腐蝕的地方，如鋼筆尖和工具樞軸上。二氧化釕導電，在有機介質中以粉末狀與玻璃料相混合，可用作非金屬襯底製成電阻元件。
1845 - 1923	德國物理學家倫琴（Wilhelm Röntgen）在世，他發現 X 光，1901 年獲得諾貝爾物理學獎。
1846	俄國小說家杜斯妥也夫斯基著《窮人》、《雙重人格》。
1847	英國女作家夏綠蒂・白朗蒂著《簡愛》、艾蜜麗・白朗蒂著《咆哮山莊》
1848	美聯社（AP）成立。
1848	近代社會主義鼻祖馬克思與恩格斯發表《共產黨宣言》。
1849 - 1936	俄國科學家巴布洛夫在世，他發現「條件反射」，獲 1904 年諾貝爾獎。
1849	美國人哲學家梭羅（Henry David Thoreau，1817 — 1862）出版《公民不服從》（Civil Disobedience），在 1907 年大大影響了印度聖雄甘地。他的名著「湖濱散記」，也影響深遠。
1851	Reuter 成立與 N. Y. Times 創刊。
1851	第一屆世界博覽會於英國倫敦舉行。
1853 - 1890	荷蘭後印象派畫家梵谷（Vincent Willem van Gogh）在世。梵谷的作品，如《星夜》、《向日葵》、《有烏鴉的麥田》等，現已躋身於全球最具名、廣為人知的藝術作品的行列。
1855	英國《每日電訊報》（Daily Telegraph ）創刊。
1856 - 1943	尼古拉・特斯拉（Nikola Tesla）在世。他是電力商業化的重要推動者，設計了現代交流電力系統。他的多項相關的專利以及電磁學的理論研究工作是現代的無線通信和無線電的基石。
1857	法國醫師巴斯德（1822 — 1895）發現細菌致病的原理，發明巴斯德低溫滅菌法，使用至今。

859	蘇伊士運河正式開鑿（1859 ～ 1869）。
860	銫（Caesium），化學符號 Cs，原子序數 55。銫元素在化工業以及電子產業等有重要用途，二十世紀以來，用於鑽井液的甲酸銫為其最大應用。
861 - 1865	美國內戰南北戰爭，林肯總統在南北戰爭結束這一年遇刺身亡。
861	俄沙皇亞歷山大二世，簽署法案，解放俄國農奴。
861	銣（Rubidium），化學符號 Rb，原子序數 37。銣化合物有一些化學和電子上的應用。銣金屬能夠輕易氣化，而且它有特殊的吸收光譜範圍，所以常被用在原子的雷射操控技術上。銣化合物有時會被添加在煙花當中，使它發出紫光。
861	鉈（Ｔ hallium），化學符號 Tl，原子序數 81。溴化鉈和碘化鉈晶體硬度較高，而且能夠透射波長極長的光線，所以是良好的紅外線光學材料，商品名為 KRS － 5 和 KRS － 6。氧化亞鉈可用來製造高折射率玻璃，而與硫或硒和砷結合後，可以製成高密度、低熔點（125 至 150 ° C）玻璃。這種玻璃在室溫下特性和普通玻璃相似，耐用、不溶於水，且具有特殊的折射率。
862	俄國小說家屠格涅夫著《父與子》。
862	美國國會通過《農地法》，發表《解放黑奴令》廢除奴隸制度。
862	中國自辦第一所新式學校「同文館」。
863	銦 (Indium)，化學符號 In，原子序數 49。氧化銦和氧化錫的混合物氧化銦錫（ITO）是現代手機觸控螢幕的重要材料。
864	紅十字會在日內瓦成立。
865	音樂家孟德爾頌提出「遺傳法則」。
866	橫跨大西洋電纜完成。
866	孟德爾發表《植物雜交的實驗》，開啟了遺傳學的實證研究，可惜沒有人注意，直到 1900 年才受重視。
868	日本明治維新開始。

1868	氦（Helium），化學符號 He，原子序數 2。氦是一種無色的惰性氣體放電時發橙紅色的光。首個證明氦存在的證據是太陽色球的發射光譜中的一條亮黃色譜線。1868 年 8 月 18 日，法國天文學家皮埃爾·讓森在印度的貢土爾觀測日全食時，發現了這條波長為 587.49 nm 的譜線。由於氦很輕，而且不易燃，因此它可用於填充飛艇、氣球、溫度計、電子管、潛水夫等。也可用於原子反應爐和加速器、雷射器、冶煉和焊接時的保護氣體，還可用來填充燈泡和霓虹燈管，也用來製造泡沫塑料。
1869 - 1948	印度國父甘地在世。
1870	第二次工業革命開始。
1870 - 1952	義大利第一位女醫師蒙特梭利在世，她對幼兒教育很有貢獻。
1871	「巴黎公社」暴動，宣佈巴黎獨立，國民會議和政府軍平亂後成立第三共和。
1873 - 1929	梁啟超在世。
1875	鎵（Gallium），化學符號 Ga，原子序數 31。鎵可用作光學玻璃、合金、真空管等；砷化鎵用在半導體之中，最常用作發光二極體（LED）。
1876	美國發明家貝爾（1847 — 1922 年）獲電話專利，1877 年成立專利的電話公司。
1877	福建巡撫丁日昌在台灣架設第一條電報線。
1877	美國發明家愛迪生發明留聲機。
1877	日本東京帝國大學創校。
1878	鈥（Holmium），化學符號 Ho，原子序數 67。它和鏑一樣，是一種能夠吸收核分裂所產生的中子的金屬。在核子反應爐中，一方面不斷燃燒，一方面控制連鎖反應的速度。
1879	銩（Thulium），化學符號 Tm，原子序數 69。銩常以高純度鹵化物（通常是溴化銩）的形式引入高強度放電光源中，目的是利用銩的光譜。
1879	鈧（Scandium），化學符號 Sc，原子序數 21。鈧可用來制特種玻璃、輕質耐高溫合金。

879	釤（Samarium），化學符號 Sm，原子序數 62。釤主要的商業應用為釤鈷磁鐵，其具有僅次於釹磁鐵的永久磁化，釤化合物可以承受 700℃以上的顯著高溫，而不會失去其磁性，釤 153 放射性的同位素藥物的重要組成成分為釤一 153lexidronam（Quadramet），可以殺死癌細胞，例如肺癌，前列腺癌，乳腺癌，骨肉瘤。
880	美國人愛迪生發明電燈成功。
881 - 1973	西班牙畫家畢卡索（Pablo Ruiz Picasso）在世，出生西班牙馬拉加。
881	光緒 6 年，電報局成立，架設陸路電線。
881	開平礦務局開始修建唐胥鐵路通車，為中國自建鐵路之第一聲。
881 - 1936	中國文學家魯迅在世。
884	格林威治子午線成為國際換日線。
885	釓（Gadolinium），化學符號 Gd，原子序數 64。釓化合物具有高度的順磁性（paramagnetic），可作核磁共振成像的顯影劑。釓對磁共振造影機的磁場有強烈反應，以釓噴酸二甲葡胺藥劑形式注入血管中磁共振造影會清楚顯示血液流向，精確定位內出血的位置，並由 3D 視覺影像觀察血液自血管何處滲出，或觀察血液何處變窄或停止，確定血管阻塞或閉鎖的部位。釓被用於現代手機螢幕。
885	鐠（Praseodymium），化學符號 Pr，原子序數 59。鐠被用於現代手機螢幕。
885	釹（Neodymium），化學符號 Nd，原子序數 60。釹用於製造特種合金、電子儀器和光學玻璃。在製造雷射器材方面，有著重要的應用。
886	鏑（Dysprosium），化學符號 Dy，原子序數 66。由於鏑的熱中子吸收截面很高，所以在核反應爐中被用作控制棒。鏑也被用於現代手機螢幕。
886	鍺（Germanium），化學符號 Ge，原子序數 32。鍺是一種重要的半導體材料，用於製造電晶體及各種電子裝置。主要的終端應用為光纖系統與紅外線光學（infrared optics），也用於聚合反應的催化劑，製造電子器件與太陽能電力等。
889	法國艾菲爾鐵塔落成。

1894	氬（Argon），化學符號 Ar，原子序數 18。氬氣常被注入燈泡內，因 氬即使在高溫下也不會與燈絲發生化學作用，從而延長燈絲的壽命。
1896	銪（Europium），化學符號 Eu，原子序數 63。在雷射器和其他光電裝置中 銪可以作玻璃的摻雜劑，銪也被用於現代手機螢幕。三氧化二銪是一種 用的紅色磷光體，用於 CRT 螢幕和螢光燈中。
1898	氪（Krypton），化學符號 Kr，原子序數 36。正如其他惰性氣體，氪可 於照明和攝影。氪發出的光有大量譜線，並大量以電漿體的形態釋出， 使氪成為製造高功率氣體雷射器的重要材料，另外也有特製的氟化氪 射。氪放電管功率高、操作容易，因此在 1960 年至 1983 年間，一米的 義是用氪 86 發出的橙色譜線作為基準的。
1898	氖（Neon），化學符號 Ne，原子序數 10。氖最常用在霓紅燈之中。
1898	氙（Xenon），化學符號 Xe，原子序數 54。氙可用在閃光燈和弧燈中 或作全身麻醉藥。最早的準分子雷射設計以氙的二聚體分子（Xe2）作 雷射介質，而早期雷射設計亦用氙閃光燈作雷射抽運。氙還可以用來尋 大質量弱相互作用粒子，或作太空飛行器離子推力器的推進劑。
1898	釙（Polonium），化學符號 Po，原子序數 84。釙可用作製作原子彈。
1898	鐳（Radium），化學符號 Ra，原子序數 88。鐳能夠致癌，但是它也能 治療癌症。
1899	氡（Radon），化學符號 Rn，原子序數 86。當時氡是繼鈾、釷、鐳和 之後第五個被發現的放射性元素，在 1940 至 50 年代用於工業放射性 像，後逐漸被其他元素所取代。
1899	錒（Actinium），化學符號 Ac，原子序數 89。錒 227 的放射性很強， 此有用於放射性同位素熱電機中，應用範圍包括太空飛行器。
1899 - 1972	日本作家川端康成在世，為世界知名的日本新感覺派作家，1968 成為 本首位諾貝爾文學獎得主。
1906	加拿大發明家范信達（Reginald Aubrey Fessenden，1866 — 1932）採用外 法實現了歷史上首次無線電廣播，他廣播了自己用小提琴演奏「平安夜 和朗誦《聖經》片段。
1906	鎦（Lutetium），化學符號 Lu，原子序數 71。穩定的鎦可以用作石油 化反應中的催化劑，另在烷基化、氫化和聚合反應中也有用途。

1908	錸（Rhenium），化學符號 Re，原子序數 75。鎳錸高溫合金可用於製造噴氣發動機的燃燒室、渦輪葉片及排氣噴嘴；這些合金最多含有 6% 的錸，這是錸最大的實際應用，其次就是作為化工產業中的催化劑。
1913	鏷（Protactinium），化學符號 Pa，原子序數 91。鏷被用於原子能工業。
1914 - 1918	第一次世界大戰－歐洲歷史上破壞性最強的戰爭之一，約 6,500 萬人參戰，約 2,000 萬人受傷，超過 1,600 萬人喪生（約 900 萬士兵和 700 萬平民），造成嚴重的人口及經濟損失，估計損失約 1,700 億美元（當時幣值）。
1920	美國 KDKA 電台設立。
1922	英國 BBC 成立；1927 年元旦改組為非營利性公共廣播公司。
1922	鉿（Hafnium），化學符號 Hf，原子序數 72。由於鉿容易發射電子，多用作白熾燈的燈絲。鉿和鎢或鉬的合金用作高壓放電管的電極用作 X 射線管的陰極。由於它對中子有較好的吸收能力，抗腐蝕性能好，強度高，因此常用來做核反應爐的控制棒。
1924	日本 NHK 成立。
1925	英國工程師貝爾德（John Logie Baird，1888 — 1946）發明電視。
1925	美國哲學家杜威（John Dewey，1859 — 1952）出版《經驗與自然》將實用主義發揚光大。
1927	AT&T 公司首次示範電視廣播。
1929	美國華爾街股市崩盤，引發世界經濟大恐慌。
1936	BBC 正式播出電視節目。
1936	卓別林的《摩登時代》被認為是美國電影史上最偉大電影之一。
1936	美國《生活》（Life）雜誌創辦。
1937	鎝（Technetium），化學符號 Tc，原子序數 43。鎝－99m 半衰期較短（6.01 小時），並釋放出容易檢測的軟 γ 射線（140 千電子伏特），因此在核醫學上用於人體示蹤劑。
1939 - 1945	第二次世界大戰。

1939	（Francium），化學符號 Fr，原子序數 87。 由於極為罕見、穩定性低，因此目前還罕有商業應用。
1940	（Astatine），化學符號 At，原子序數 85。 存在於大自然中，是在地殼中豐度最低的非超鈾元素，任一時刻的總量不到 1 克。 －211 具有核醫學應用。剛製成的 需要馬上使用，因為在 7.2 小時之後，其總量就會減半。 －211 會釋放 α 粒子，或經電子捕獲衰變成釋放 α 粒子的釙－211，所以可用於 α 粒子靶向治療。
1940	錼（Neptunium），化學符號 Np，原子序數 93。錼具有放射性，其最穩定的同位素 237Np 是核反應爐和鈽生產過程的副產品，能夠用於製造中子探測儀。
1940	鈽（Plutonium），化學符號 Pu，原子序數 94。同位素鈽－239 是核武器中最重要的裂變成份。
1941	美國第一家商業電視台 NBC 成立。
1943	法國哲學家沙特（Jean-Paul Sartre，1905 — 1980）出版《存在與虛無》，是法國存在主義運動的奠基之作。
1944	鋂（Americium），化學符號 Am，原子序數 95。鋂是唯一一種進入日常應用的人造元素。常見的煙霧探測器，即是使用二氧化鋂（241Am）作為電離輻射源。
1944	鋦（Curium），化學符號 Cm，原子序數 96。同位素 244 Cm 最實際的用途是在 α 粒子 X 射線光譜儀（APXS）中作 α 粒子射源，但可用體積有限。
1945	聯合國成立。
1945	美國以原子彈攻擊日本廣島，結束第二次世界大戰。
1945	英國 Arthur C. Clarke 發明太空傳播原理。
1945	（Promethium），化學符號 Pm，原子序 61。
1946	美國 Chester Carlson 發明複印機。
1946	Russell Ohl 獲得了現代太陽電池的專利。

1948	貝爾實驗室三位科學家，巴登（J. Bardeen）、布萊德（H. W. Brattain）和蕭克利（W. Shockley）發明電晶體取代真空管，組成電晶體電腦。
1948	美國 John Walson 發明 Cable TV。
1949	法國小説家卡繆（Albert Camus，1913 — 1960）出版《正義者》。
1949	（Berkelium），化學符號 Bk，原子序數 97。目前 在基礎科學研究之外沒有實際的用途。
1950	鉲（Californium），化學符號 Cf，原子序數 98。鉲可以被用作核反應爐的中子啟動源或在中子活化分析中作為（非來自反應爐的）中子源。
1951	美國完成全國電視網，並推出彩色電視。
1952	美國作家海明威（Ernest Hemingway，1899 — 1961）出版《老人與海》。
1952	鑀（Einsteinium），化學符號 Es，原子序數 99。鑀除了在基礎科學研究中用於製造更高的超鈾元素及超鋼系元素之外，暫無其他應用。
1952	鐨（Fermium），化學符號 Fm，原子序數 100。由於產量極少，鐨在基礎科學研究之外暫無實際用途。
1953	歐洲完成電視網（Eurovision）。
1955	鍆（Mendelevium），化學符號 Md，原子序數 101。鍆在基礎科學研究之外暫無實際用途。
1957	蘇聯第一顆人造衛星升空
1957	美國 Audio Fidelity Records 公司第一次將立體聲引入商業唱片領域，1957 年可視為唱片錄音史上 Mono 與 Stereo 的重要分水嶺。
1958	北歐完成電視網（Nordvision）。
1958	David Paul Gregg 和 James Russell 發明瞭光學記錄技術，之後被廣泛用在各種光碟格式。
1960	蘇聯與東歐完成電視網（Intervision）。
1961	鐒（lawrencium），化學符號 Lr，原子序 103。
1964	鑪（Rutherfordium），化學符號 Rf，原子序數 104。

1964	美國 Comsat 衛星公司成立；積體電路（IC）電腦：IBM 研製出 360 型電腦，採用積體電路組合電腦。
1965	Intelsat 完成大西洋衛星網。
1966	鍩（Nobelium），化學符號 No，原子序數 102。
1967	Intelsat 完成太平洋衛星網。
1967	美國發射「電星」衛星，美國制訂公共電視法案，1968 年 3 月成立公視公司（CPB），1970 年成立公共電視網（PBS）。
1968	推出手提式錄影機。
1969	美國阿波羅 11 號登陸月球。
1969	美國國防部連結四所大學合作建立了一個小型通訊網路 –ARPANet（Advanced Research Projects Agency Network）。
1969	美國 UCLA 與史丹佛大學兩個實驗室的電腦，第一次試連成功。
1972	Ray Tomlinson 開發完成 E-mail 系統。
1973	法國工程師 François Gernelle 發明個人電腦 PC（Personal Computer）。
1974	𨭎（Seaborgium），化學符號 Sg，原子序數 106。
1975	ITU 完成全球自動電話撥號系統。美國國防部通訊局接管 ARPANet，將它一分為二：MILNet 專門用在國防研究及軍事用途；ARPANet 網路則作為學術用。
1975	光纖訊號傳輸技術高度發展。
1976	電視及電腦遊樂器首度大量上市。
1976	日本 JVC 公司開發出 VHS（Video Home System），成為當時主流的家用錄影機錄製和播放標準。
1978	影碟系統作市場測試。
1979	日本 NTT 公司推出第一代 1G。
1979	國際海事衛星組織成立，為航運界提供衛星通訊網路。

1980	家用電腦價格低於 500 美元。
1981	美國發射哥倫比亞號太空梭成功。
1981	鈹（Bohrium），化學符號 Bh，原子序數 107。
1982	歐洲太空總署發射衛星成功。國家科學基金會 NSF （National Science Foundation）建置 NSFNet。
1982	歐洲協會發射複衛星。
1982	鿏（Meitnerium），化學符號 Mt，原子序數 109。
1983	第一代通訊規格。
1984	𨭆（Hassium），化學符號 Hs，原子序數 108。
1985	日本衛星電視節目直接送至家中（DBS）。
1985	Jonathan D Waldern 博士開創 VR 研究，由英國 Hursley 的 IBM 研究實驗室支持。1991 年推出 Virtuality 虛擬實境網路娛樂系統，要價 73,000 美元，包含頭盔和外骨骼手套，是第一個 3D 虛擬實境系統。
1989	亞太經濟合作會議（APEC）成立。
1989	柏內茲一李 （Sir Timothy John Berners-Lee）被稱為「WWW 之父」，成功利用網際網路實現了 HTTP 客戶端與伺服器的第一次通訊。他建立全球資訊網，並設計製作出世界上第一個網頁瀏覽器。同時，他也設計了世界上第一個網頁伺服器，CERN httpd。
1991	BBC 節目遠東開播，香港衛視公司五個頻道（達 40 國）。
1991	亞洲衛星一號（DBS）開始運作。
1991	芬蘭 Radiolinja 推出第一代 2G。
1991	索尼公司和旭化成公司發布首個商用鋰離子電池。隨後，鋰離子電池革新了消費電子產品的面貌。
1991	SEGA 發行 SEGA VR 虛擬實境耳機街機遊戲和 Mega Drive。它使用液晶顯示螢幕，立體聲耳機和慣性傳感器，讓系統可以追蹤並反應用戶頭部運動。

1992	日本 Super Bird. 開播娛樂節目。
1993	索尼、飛利浦、JVC、松下電器等電器生產廠商，聯合制訂出 VCD 標準。
1993	美國國家高速電腦中心針對 Unix 系統研發出 Mosaic，它是第一套利用 GUI （Graphical User Interface）的瀏覽器。
1994	鐽（Darmstadtium），化學符號 Ds，原子序是 110。
1994	錀（Roentgenium），化學符號 Rg，原子序是 111。
1995	挪威廣播公司（NRK）推出 DAB 數位廣播。
1995	Panasonic、Philips、Sony 和 Toshiba 發展出 DVD 格式。
1996	以色列公司 Mirabilis 推出 ICQ，為首個廣泛被非 UNIX/Linux 使用者用於網際網路的即時通訊軟體。
1996	鎶（Copernicium），化學符號 Cn，原子序是 112。
1998	在史丹佛大學攻讀理工博士的賴利・佩吉和謝爾蓋・布林共同建立，管理網際網路搜尋引擎「Google 搜尋」。
2001	NTT DoCoMo 在日本首次商用發布 3G。
2002	Blu-ray Disc Founders 正式發表藍光光碟。
2003	加拿大 Dalsa 公司推出世界上首部商業用途的 4K 攝錄影機攝影機 Dalsa Origin。
2003	鉨（Nihonium），化學符號 Nh，原子序數 113。
2004	鈇（Flerovium），化學符號為 Fl，原子序數 114。
2004	鉝（Livermorium），化學符號 Lv，原子序數 116。
2005	日本世界博覽會首次展示 22.2 聲道。
2006	鿫（Oganesson），化學符號 Og ，原子序數 118。
2007	蘋果公司發布第一代 iPhone。
2009	全球首款採用 Google Android 為作業系統的智慧型手機 HTC Dream 上市。

2010	鏌（Moscovium），化學符號 Mc，原子序 115。是元素週期表氮族元素（15 (VA) 族）中最重的元素。
2010	蘋果公司發布了 iPad，引發平板電腦熱潮。
2010	YouTube 開始提供 4K 短片供線上瀏覽，同時允許已註冊用戶上傳超過 1080p 解析度的影片。
2010	鿬（Tennessine），化學符號 Ts，原子序數 117。
2012	夏普推出了世界上第一台 8K 電視（Demo）。
2015	NHK 製造了 8K 攝影機。
2016	3GPP RAN1 87 次會議確立 5G 底層規格，短碼方案由中國華為主推的 Polar Code（極化碼）勝出，中長碼由美國高通主推的 LDPC 勝出，長碼由美國高通主推的 LDPC 勝出。

國家圖書館出版品預行編目資料

壯遊書海／吳豐山作. -- 第一版. -- 臺北市：玉山社，
2018.01 面； 公分
ISBN 978-986-294-181-2（平裝）

855 106023452

壯遊書海

作　　者 吳豐山
發 行 人 魏淑貞
出 版 者 玉山社出版事業股份有限公司
臺北市仁愛路四段145號3樓之2
電話／02-27753736
傳真／02-27753776
電子郵件地址／tipi395@ms19.hinet.net
玉山社網站網址／http://www.tipi.com.tw
郵撥／18599799 玉山社出版事業股份有限公司

副總編輯 蔡明雲
校　　對 黃念玲
內頁書封攝影 楊永智、陳慶昇
封面設計 小痕跡設計
內文排版 普林特斯資訊股份有限公司
行銷企畫 侯欣妘
業務行政 沈雅婷
法律顧問 魏千峰律師

定　　價 450元
第一版第一刷 2018年1月
第一版第二刷 2018年3月